SOZINHO PARA SEMPRE

Livros do mesmo autor publicados pela **L&PM** EDITORES:

A costela de Adão
Pista negra
Primavera maldita
Sozinho para sempre

ANTONIO MANZINI

SOZINHO PARA SEMPRE

Tradução do italiano de
Maurício Santana Dias *e* Solange Pinheiro

Texto de acordo com a nova ortografia.
Título original: *Era di Maggio*

Tradução: Maurício Santana Dias e Solange Pinheiro
Capa: Sarah Bibel. *Ilustração*: Yuko Shimizu
Preparação: L&PM Editores
Revisão: Guilherme da Silva Braga

CIP-Brasil. Catalogação na publicação
Sindicato Nacional dos Editores de Livros, RJ.

M252s

Manzini, Antonio, 1964-
    Sozinho para sempre / Antonio Manzini; tradução Maurício Santana Dias e Solange Pinheiro. – 1. ed. – Porto Alegre [RS]: L&PM, 2022.
    352 p. ; 21 cm.

    Tradução de: *Era di Maggio*
    ISBN 978-65-5666-249-7

    1. Ficção italiana. I. Dias, Maurício Santana. II. Pinheiro, Solange. III. Título.

22-76970   CDD: 853
                            CDU: 82-3(450)

Gabriela Faray Ferreira Lopes - Bibliotecária - CRB-7/6643

© 2014, Sellerio Editore, Palermo
Published by special arrangement with Sellerio Editore S.L. in conjunction with their duly appointed agent The Ella Sher Literary Agency.

Todos os direitos desta edição reservados a L&PM Editores
Rua Comendador Coruja, 314, loja 9 – Floresta – 90.220-180
Porto Alegre – RS – Brasil / Fone: 51.3225.5777

Pedidos & Depto. Comercial: vendas@lpm.com.br
Fale conosco: info@lpm.com.br
www.lpm.com.br

Impresso no Brasil
Inverno de 2022

Para minha mãe e meu pai

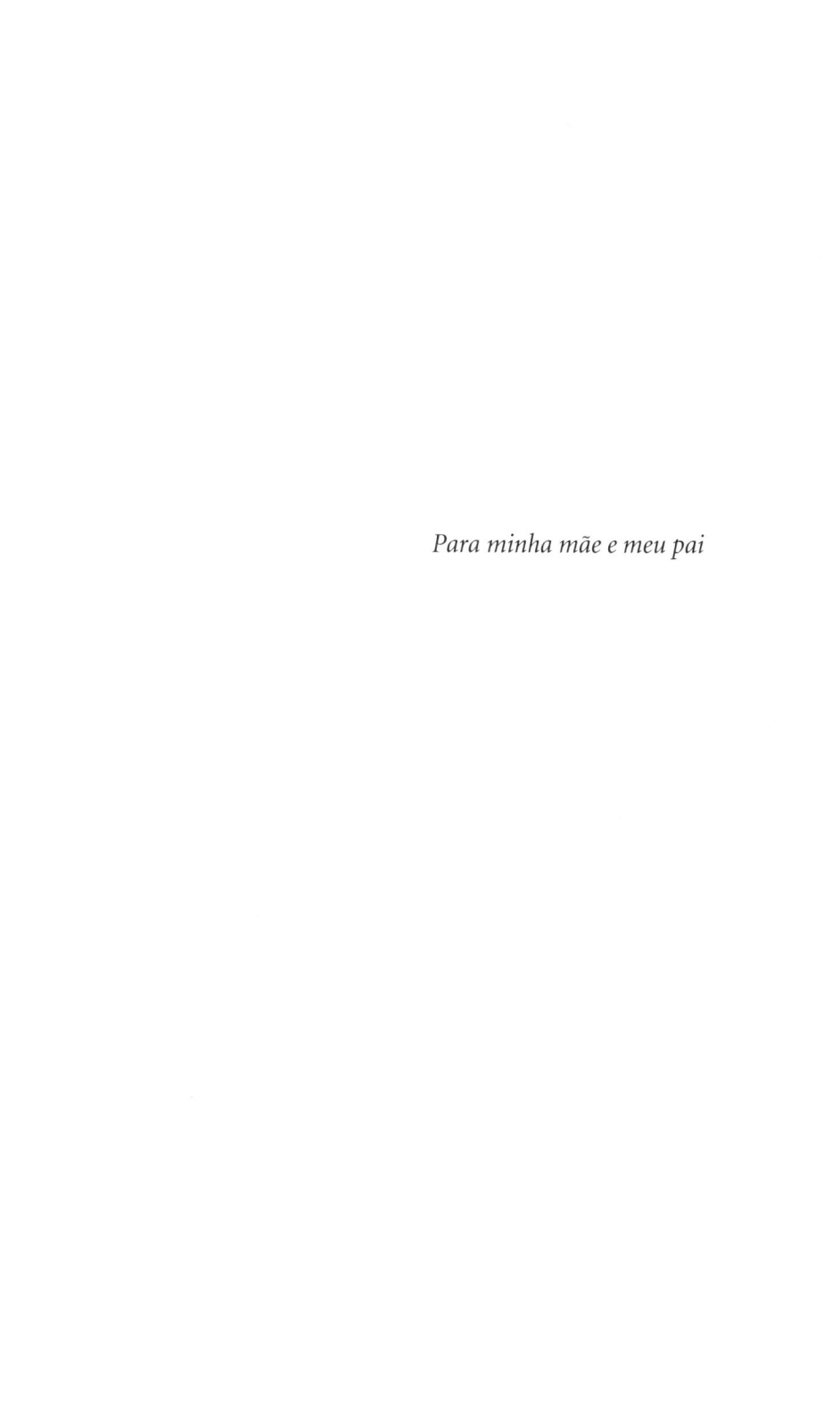

Um homem sozinho,
Fechado em seu quarto.
Com todas as suas razões.
Com seus erros tortos.
Sozinho, em um quarto oco,
Falando. Com os mortos.

Giorgio Caproni

Segunda-feira

Aosta, a sombra da 'Ndranghetta
por trás dos agiotas

Emprestavam dinheiro a empreendedores e pessoas físicas com taxas exorbitantes para depois se apoderarem de bens e contas bancárias. Essa era a atividade de Domenico Cuntrera, natural de Soverato, com antecedentes criminais, preso pela polícia graças às investigações sobre o homicídio de Cristiano Cerruti, braço direito do construtor Pietro Berguet, presidente da Edil.ber.

O comissário Andrea Costa declarou durante a coletiva de imprensa: "Entramos diretamente no coração da organização graças à investigação meticulosa feita por meus agentes, mas não posso acrescentar mais nada porque temos a certeza de que se trata apenas da ponta do iceberg".

"É fato que as organizações mafiosas há anos se radicaram no território do Vale, e creio que este último episódio trazido à luz pela delegacia de Aosta seja uma prova a mais", comentou o comandante dos carabinieri Gabriele Tosti, da Direção de Investigação Antimáfia de Turim.

"Estamos perante um ataque à parte sã do país. Devemos pensar em não deixar os empreendedores à mercê dessas organizações mafiosas", afirmou o juiz Baldi, da Procuradoria.

Domenico Cuntrera, preso pelo homicídio de Cristiano Cerruti, foi detido na fronteira suíça depois de ter abandonado precipitadamente a pizzaria Posillipo, de sua propriedade, aqui em Aosta. Nas mãos do homicida, ligado provavelmente a uma 'ndrina mafiosa, numerosos documentos agora estão sendo examinados pelos investigadores. A prisão do homem poderia ser o primeiro sucesso real do Estado na luta contra o crime organizado no nosso território.

Giampaolo Gagliardi

Rocco sentiu uma vaga satisfação ao constatar que seu nome não aparecia naquela matéria. Mas isso com certeza não bastava para aliviar seu estado de prostração. Não saía fazia três dias. Há três dias não ligava o celular, não via o escritório e os colegas, não ia tomar café da manhã na piazza Chanoux, não fumava um baseado, não via Anna. Com exceção dos passeios com Lupa para ela fazer xixi, ficava segregado no quarto do apart-hotel Vieux Aosta olhando a televisão e o teto, muitas vezes considerando o último bem mais interessante. Lupa parecia amar aquela vida nova feita de longas sonecas na cama, ao lado de seu dono, refeições fartas e umas voltinhas no centro histórico para baixar um pouco a comida. Era compreensível. Tinha sido abandonada na neve e andado por dias no meio do bosque e dos campos arriscando a vida sabe lá quantas vezes. Ficar no quentinho em um lugar seguro, em cima de um edredom macio e acolhedor, sem sentir ânsia nem sofrimento ou medo de ser atropelada por um caminhão, lhe parecia um sonho. E ela aproveitava inteirinho aquele torpor, saboreava cada instante daquela segurança.

Rocco, o jornal nas mãos, virou a página.

Ainda sem nome o assassino da rue Piave

Ainda não tem nome nem rosto o homem que, na noite de quarta-feira, entrou no apartamento do subchefe de polícia Rocco Schiavone na rue Piave, assassinando com oito tiros de pistola Adele

Talamonti, 39 anos, de Roma, amiga e confidente do subchefe de polícia. Segundo as últimas revelações, se encontrava em Aosta para uma visita, e agora o corpo da vítima foi transferido para a capital e enterrado em Montecompatri, nos arredores de Roma, local de origem da família. Mas há muitas perguntas sem resposta sobre o homicídio. Seria mesmo ela o alvo do assassino, ou seria o doutor Schiavone que, na noite do homicídio, não se encontrava em casa? Na delegacia ninguém dá um pio, na Procuradoria o silêncio é ensurdecedor. A sensação é que se está criando nos gabinetes uma barreira em torno do subchefe de polícia, no comando em Aosta desde setembro do ano passado. Um policial eficaz, que já obteve ótimos resultados, entre eles o de ter descoberto um negócio de agiotagem do crime organizado. Nós nos perguntamos: estamos diante de uma investigação com alto risco de comprometimento ou de uma ação envolvendo um pacto de silêncio entre as forças da ordem, agora que um integrante delas está no olho do furacão? Se assim fosse, se poderia pensar em um atentado à democracia. Contudo, confiamos nas forças da ordem e esperamos confiantes.

SANDRA BUCCELLATO

— Mas vai tomar no cu! — Rocco jogou o jornal no chão. — Pacto de silêncio uma porra! — berrou para as páginas do jornal esparramadas pelo chão. Quem era Sandra Buccellato? O que ela estava insinuando?

Era o segundo artigo nesse teor que a jornalista escrevia sobre aquele homicídio. "Adele Talamonti, 39 anos, de Roma" era a namorada de Sebastiano, seu melhor amigo em Roma. A "vítima" era uma velha e querida amiga que agora repousava no cemitério de Montecompatri. Que porra era aquele veneno que a jornalista destilava naquele artigo?

No jornal, Sandra Buccellato deveria ter escrito: "Doutor Schiavone! Mataram uma amiga sua em sua casa; e o senhor, faz dias, em vez de investigar, está fechado como um urso em hibernação? Está esperando o quê? Se mexa e tente entender alguma coisa. Enquanto o senhor fica lambendo suas feridas, aquele desgraçado está andando por aí, livre, leve e solto. Se mexa, Schiavone!".

A verdade era que Adele havia morrido no lugar de Rocco. Aqueles oito tiros de 6.35 que tinham disparado contra ela, enquanto dormia tranquila na cama da rue Piave, eram destinados a ele. Apenas a ele. Adele era responsabilidade dele. A enésima.

Como Marina.

Olhava o dia murchar como uma flor cortada.

Alguém bateu à porta. Lupa, deitada na cama desarrumada, ergueu uma orelha. Rocco não se mexeu. Esperou. Bateram de novo.

Agora vai embora, pensou.

Ouviu os passos do visitante se afastando no corredor. Suspirou fundo.

Aquele pé no saco tinha ido embora também.

Devagar, se deitou na cama, afundando no edredom. Lupa se aconchegou no sovaco dele. Os dois adormeceram abraçados, como dois náufragos.

— Um *macchiato* e um descafeinado! — gritou Tatiana.

Corrado Pizzuti não se mexeu, o olhar perdido na cesta com as xícaras para colocar na lava-louças.

— Corrado, acorda, são sete da noite! Um *macchiato* e um descafeinado!

Corrado se recompôs e olhou os dois clientes no balcão. Eram Ciro e Luca, da polícia municipal de Francavilla al Mare.

– Que foi, tava dormindo? – perguntou Ciro.

– Toma um café você também! – acrescentou Luca.

Corrado começou a se agitar perto da máquina.

– Foi um dia lindo de sol, hein, Tatiana? Por que mais tarde a gente não vai comer chouriço? – Fazia três anos que Luca dava em cima de Tatiana, a sócia de Corrado. E ainda não tinha entendido que a russa estava casada havia dois anos com o contador De Lullo, viúvo e sem filhos.

– Vai comer chouriço com tua esposa! – respondeu Tatiana, gentil.

Corrado mal sorriu. Tatiana era sempre gentil. Sempre sorridente. Sempre otimista. Talvez também por isso três anos antes ele a tivesse convidado para ser sua sócia no bar. Tatiana não tinha colocado dinheiro, onde é que ela ia arrumar? Mas Corrado precisava ter a seu lado uma pessoa honesta, em quem pudesse confiar, com quem deixar o bar e o caixa se precisasse se ausentar por algum motivo. Como na semana anterior. Quando Enzo apareceu em sua casa de madrugada para levá-lo à força até Aosta. Quem tinha dado para aquele desgraçado o endereço de Francavilla? Como ele o tinha encontrado? Chantageado por aquele assassino, não podia fazer nada além de obedecer e esperar que ele desaparecesse o mais rápido possível de sua vida.

– O que você tem? – sussurrou Tatiana. Corrado sorriu.

– Você anda pensativo.

O que ele poderia lhe dizer? Que seus dias eram um pesadelo sem fim? Que ele teria, com toda a boa vontade, entrado no primeiro voo para um país qualquer do outro lado do mundo? Em vez disso, falou:

– Este é pra você, Luca! – oferecendo o café ao outro policial.

– Então, Tatiana? A gente vai ou não vai comer esse chouriço?

– Faz o seguinte, Luca. Termine o café, pegue o Ciro e continue sua ronda. Talvez, antes de escurecer, você consiga aplicar alguma multa!

Ciro caiu na risada e deu uma palmada nas costas de Luca:

– Caraca, Luca, perca as esperanças! – e os dois policiais saíram do bar. Do lado de fora, se encontraram com Barbara, que entrou no bar Derby com um sorriso escancarado.

– Corrado, faz dois chás para mim? Vou levar para a loja!

– É pra já! – respondeu Corrado.

As duas proprietárias da livraria ao lado do bar o intimidavam. Não porque fossem bravas ou autoritárias. Barbara e Simona vendiam livros e, para ele, pareciam envoltas em uma aura de mistério. Quer dizer, café e sanduíche todo mundo compra, mas livros? No entanto, o negócio ia bem. Como se fossem duas sacerdotisas de um culto para ele desconhecido, as respeitava e satisfazia todos os desejos delas.

– Limão, como sempre?

– Limão, como sempre!

– Corrado, assim que você acabar o chá, acende as luzes lá fora, já está na hora... – disse Tatiana. Depois fez um gesto para a dona da livraria, que a seguiu para fora do bar. Queria falar com ela.

Na calçada, acendeu um cigarro. Ofereceu um para Barbara, que recusou.

– O que foi, Tatià?

– O Corrado está estranho. Faz quatro dias, fechou o bar. Ficou fora duas noites. Não me disse o motivo, nem me disse para onde foi. Desde que voltou, está... não sei, pálido, a cabeça nas nuvens; além disso, basta qualquer barulhinho e ele já dá um pulo.

– O que você acha?

– Sei lá. Mas não estou gostando.

Olharam o homem ocupado esquentando a água do chá no bule de alumínio.

– Corrado teve um passado ruim em Roma. Uma vez, me disse que não podia mais voltar.

Os olhos de Barbara se iluminaram:

– Que tipo de passado? – leitora inveterada de Le Carré e P.D. James, via complôs e enigmas em cada esquina.

– Coisa feia, eu te disse. – Então acrescentou em voz baixa. – Esteve até na prisão...

– E daí?

– Não sei. Tem alguma coisa que está tirando o sossego dele.

– O chá está pronto! – berrou Corrado.

Solidária, Barbara apertou o braço de Tatiana e entrou. A russa ficou do lado de fora, terminando o cigarro e olhando o céu. O mar continuava quebrando suas grandes ondas contra a praia e os escolhos. Logo seria noite. A dona da livraria passou ao lado de Tatiana com os dois chás.

– Depois a gente conversa – sussurrou, e se dirigiu a sua loja. A russa jogou o cigarro no chão e entrou no bar. Corrado, apoiado na máquina de café, olhava o distribuidor dos sucos de fruta.

– Faz o seguinte, Corrado, vá pra casa. Eu fecho.

– O quê?

– Eu disse, vá pra casa. Vá pra cama, ou então deite no sofá e assista à televisão, descanse. O dia de trabalho já terminou mesmo.

Corrado assentiu.

– Sim... sim, tudo bem. Então vou indo.

A mulher se dirigiu para trás do balcão.

– Tem certeza de que você não está com febre?

– Hã?
– Está com febre?
– Não. Não, febre, que é isso – respondeu Corrado. – Você fecha?
– Já te disse que cuido disso.

O homem abaixou a cabeça, pegou o casaco corta-vento no cabideiro, pegou o boné de lã no bolso e o enfiou na cabeça.
– Então até amanhã.
– Até amanhã.

Tatiana ficou ali, vendo-o ir embora.

A luz estava se apagando. Em pouco tempo, o mar seria apenas uma mancha negra salpicada pelas luzes dos barquinhos de pesca. Ele resolveu ir para casa andando pela beira-mar, para respirar um pouco. Passou por dois rapazes que faziam jogging e uma mulher que voltava para casa com o cachorro. Passaram somente dois carros e uma motoneta barulhenta. Francavilla al Mare era um lugar para se passar férias. Sobretudo à beira-mar, a maior parte das casas ficava fechada, trancada à espera dos proprietários que chegariam nos meses de verão. Corrado morava em uma rua pouco distante da praia e, em seu condomínio de dois blocos e doze apartamentos, além dele viviam apenas três famílias.

Não dava para continuar assim. Uma tortura infinita. Dormia poucas horas, e eram horas cansativas e agitadas, cinzentas, sem sonhos.

Todas as coisas têm um início e um fim, repetia para si mesmo. Por que para mim elas não acabam nunca?

Por quanto tempo deveria expiar seus erros? Era pior que uma prisão perpétua. Talvez tivesse sido melhor acabar na prisão, dizia com seus botões. Por que aquele policial, seis anos antes, não havia acabado com ele, junto com seu cúmplice? Agora estava acorrentado, impotente, assustado e nas mãos de um assassino.

– Isso tem que acabar! – disse em voz baixa, enquanto enfiava a chave na fechadura do portão de ferro que se abria para o pátio. Dirigiu-se para o lado esquerdo, na direção da escada A. Abriu o portão. Seu apartamento ficava no mezanino. Uma única virada de chave e entrou em casa. Acendeu a luz. Tirou o boné e o casaco e os pendurou nos ganchos ao lado da porta. Respirou fundo e entrou na cozinha. Enzo Baiocchi estava sentado à mesa. Fumava enquanto assistia à televisão. As persianas estavam fechadas, assim como as janelas, e a sala fedia a fumo rançoso e café velho. O estômago dele se revirou.

– Bem-vindo – disse-lhe.

Corrado não respondeu. Abriu a geladeira, pegou uma garrafa d'água.

– Você não comprou porra nenhuma.

Olhou-o apenas com o rabo do olho enquanto ia ao escorredor de louças para pegar um copo. Bastaria um golpe seco com aquela garrafa de vidro na nuca, forte e decidido, e o pesadelo acabaria.

– Não, não comprei.

– E o que é que eu vou comer esta noite?

Os cabelos loiros oxigenados de Enzo, secos e duros, pareciam estopa. O homem apagou o cigarro na xícara.

– Podia ter trazido uns sanduíches do bar... um *maritozzo**... seu filho da puta!

– Não pensei nisso.

– Hoje à noite vou jantar em Pescara. Me dá cinquentão.

---

* Doce típico romano, semelhante ao sonho recheado de creme consumido no Brasil. (N.T.)

Corrado terminou de despejar a água no copo. Bebeu. Colocou o copo na pia.

– Não – disse.

– Não o quê?

– Não te dou uma lira, Enzo. Tô de saco cheio.

Baiocchi se voltou lentamente:

– O que cê tá dizendo?

– Que faz três dias que você está aqui. Quis que eu te levasse a Aosta; nós fomos, mas agora é cada qual por seu caminho. – Nem ele sabia de onde lhe vinha aquela coragem. Mas disse a ele: – Quanto tempo você ainda vai ficar por aqui?

Enzo se levantou da cadeira, devagar.

– Quanto eu bem entender. E você num enche o saco. E sabe por quê?

Corrado fez que não com a cabeça. Enzo enfiou a mão no bolso. Tirou dele um recibo.

– Olha o que encontrei no bolso do teu casaco? Tu é um bundão! – e colocou o papel na frente dele. – Tá vendo? Sabe o que é? Em cima tem o teu nome e sobrenome, lá do hotel em Pont-Saint-Martin, onde você dormiu, e deu até seu documento pra eles. – Sorriu com os dentes amarelados. – Bundão! Isso dá e sobra. Lembra, Corrà: caio eu, você cai também.

Corrado se afastou da pia.

– Por que não volta pra Roma e me deixa em paz?

– Vou voltar, não se preocupe, eu volto. Quando as coisas se acalmarem. Mas você não sabe de nada.

– Eu não sei de nada? Quem não sabe de nada é você! – gritou Corrado. – Até errou; em vez do policial, atirou numa mulher que não tinha nada que ver com o assunto. Você é cego!

Enzo não se moveu. Olhava Corrado sem mudar de expressão.

– Deve ser um problema de família, Enzo! Você e seu irmão Luigi sempre erravam o alvo!

Enzo se levantou de um salto e partiu para cima dele. Lançou-o contra a parede. Uma faca havia aparecido em sua mão. Encostou-a na garganta de Corrado.

– Cuidado com as palavras, monte de merda! Não diz o nome do meu irmão, nunca! – A ponta da faca entrou na pele da garganta. Corrado abriu a boca e fechou os olhos. Uma gota de sangue correu pelo metal. – Lembra bem! Se eu caio, você cai também. – O bandido soltou a presa e, com um gesto rápido, colocou a faca no bolso. – Faz a barba e toma um banho, cê tá fedendo a gordura.

Terça-feira

Na delegacia, as coisas continuavam andando, mesmo sem a presença de Rocco. O agente Casella de plantão na recepção, Deruta e D'Intino às voltas com algum documento perdido, a inspetora Caterina Rispoli ao telefone na salinha do térreo, Antonio Scipioni, o agente de origem sículo-marchigiana, empenhado em receber denúncias. Italo Pierron parecia o único a sentir a falta de seu chefe. Na soleira da porta, olhava a sala vazia de Rocco. A escrivaninha, a janela fechada, a estante com os textos de jurisprudência nunca abertos, o crucifixo, a foto do presidente e o calendário. Prestou atenção nele, pela primeira vez, naquele dia de sol de primavera. Estava aberto no dia 8 de setembro do ano anterior, o dia em que Rocco havia assumido o cargo na delegacia de Aosta. O subchefe não tinha nem sequer dado uma olhada nele. Quantas vezes tinha lhe dito que, para ele, os dias eram todos iguais, fazia anos. E, exceção feita ao calor ou ao frio, não percebia outras diferenças significativas.

– O que você tem debaixo do braço?

Voltou-se de um salto. No meio do corredor estava Caterina.

– Nada, estava dando uma olhada na sala. – Fitou a folha de cartão bristol que trazia enrolada. – Isto? Uma coisa que eu queria pendurar. Meio que uma brincadeira.

Caterina indicou o rolinho, curiosa.

– O que é?

– Já vai ver. – Aproximou-se da parede ao lado da porta da sala do subchefe. Esticou a folha e, em seguida, dos bolsos da camisa tirou tachinhas coloridas. No cinto das calças tinha pendurado um martelinho. Fixou o papel na parede. Então se afastou para tornar a olhar a obra. – Acha que está reto?

Caterina o observou.

– É. Acho que está. Mas o que é isso? – e se aproximou para ler.

Italo havia dividido a folha em cinco grandes retângulos, que representavam a classificação das encheções de saco de Rocco Schiavone, do sexto ao décimo grau. Agora, todos conheciam aquela classificação. Começava na sexta posição, com as coisas mais leves, para chegar ao ponto máximo, a décima, onde se alinhava, solitária e impiedosa, a pior das encheções de saco: o caso por resolver.

Caterina começou a rir.

– Mas você sabe todas elas?

– As que eu sei escrevi aqui. Depois, à medida que a gente for descobrindo outras, vamos acrescentando, até termos um quadro abrangente da coisa.

– Telefonou para ele?

– Ele não me responde. Não responde a ninguém.

– Você passou na casa dele, na rue Piave?

– Tiraram os lacres – disse Italo. – Entre outras coisas, deixei um recado do comissário. Diz que encontrou para ele um apartamento na via Laurent Cerise. Só que Rocco deveria ir vê-lo.

– Tranquilo. Não é que, nesta época, os apartamentos sejam negociados como pão quente – disse Caterina. – Falando em pães, Deruta pediu permissão, parece que esta noite tem de ajudar a esposa no forno. – Caterina saiu andando pelo corredor.

– Caterina? Você lembra que amanhã nós vamos jantar na casa da minha tia?

Sem se voltar, Caterina respondeu:

– Amanhã à noite tenho yoga! – e ergueu os olhos para o teto. Repensou na lista do subchefe. Talvez ela também tivesse de fazer uma lista, teria colocado *jantar com parentes* no nono grau.

Rocco, esticado na cama, olhava a parede em frente. Tinha se fixado em uma mancha no canto, no alto. Uma mancha cinzenta. Parecia a Grã-Bretanha. Ou o perfil de um homem barbudo que ria de boca aberta. O rabo de Lupa agitou o ar. A cadela esticou as orelhas e ergueu o focinho. Três segundos depois, alguém tocou a campainha.

– Doutor? Doutor? Tudo bem?

Era a voz do porteiro do apart-hotel.

– Doutor, tem uma visita para o senhor. Por favor, abra. Responda!

Tinha de aparecer. Foi arrastando os pés até a porta. Virou a chave e abriu.

O porteiro estava na companhia de um homem enorme. Rocco o reconheceu na hora: o subcomissário da esquadra de Turim, Carlo Pietra, a serviço em Aosta desde que ele, Rocco, se trancara naquele apart-hotel.

O subchefe escancarou a porta.

– Entre... – disse.

Pietra sorriu ligeiramente, passou pelo concierge e entrou no quarto.

– Precisam de alguma coisa?

Schiavone não respondeu. Limitou-se a fechar a porta.

– Como tem passado?

– Tô indo.

Carlo Pietra era uma esfera que parecia preencher sozinho os trinta metros quadrados do quarto. Seus olhos eram azuis e alegres, tinha a barba rala e os cabelos compridos.

– Posso? – perguntou para Rocco, indicando a única poltrona do local.

– Mas claro, sente-se.

Sentou-se, fazendo a poltrona ranger. Olhou o subchefe, sua barba de alguns dias, os cabelos despenteados. Depois abriu a pasta que tinha colocado nos joelhos e examinou o conteúdo dela.

– É bem triste aqui dentro – disse, enquanto folheava os documentos.

– Não que em minha casa as coisas estejam melhores – Rocco abriu o frigobar. – Quer alguma coisa? Vejamos... Tenho uma Coca-Cola, dois sucos e três garrafinhas de um uísque desconhecido.

– Não, obrigado.

– Ou então posso lhe fazer um café na máquina. Não é ruim.

– Não, não, nada. Vou jantar na trattoria e quero estar com o estômago vazio. – E bateu três vezes nele com a mão.

Rocco se aproximou do cantinho onde ficava a cozinha. Ele gostaria de um café.

– Então, doutor Pietra, pode falar.

Pietra pegou um lenço e assoou o nariz.

– Ouça, vamos fazer uma coisa antes que a língua se enrosque nos dentes?

– Claro.

– Vamos nos tratar por você?

– Pode ser. – O subchefe apertou um botão e logo em seguida o café começou a correr da máquina para a pequena xícara de cerâmica.

– Então, Rocco, você poderia fazer um panorama rápido da situação?

– Posso – Rocco pegou o café e foi sentar-se na cama. Lupa havia voltado a dormir.

– Então, você tem alguma ideia de quem possa ter sido a pessoa que entrou em sua casa no dia 10 de maio e atirou em... – os olhos de Pietra procuravam em meio às folhas da pasta.

– Adele Talamonti – disse Rocco. – Isso. Adele Talamonti estava em minha casa. Ela era namorada de Sebastiano, um grande amigo meu. Tinha vindo para cá escondida, para que ele ficasse louco, procurando por ela. Sim, eu sei... – Rocco antecipou o olhar cético de Pietra – uma besteira, mas ela acreditava que assim reacenderia o interesse e a paixão do namorado. Resumindo, o assassino pensou que eu estivesse naquela cama, e atirou nela.

Pietra assentiu.

– Então, você não tem a mais remota ideia de quem pode ter sido?

– Não.

Carlo coçou a cabeça:

– Escute, Rocco, eu li umas coisas a seu respeito. E digamos que... assim, em uma avaliação inicial, seu passado é bastante confuso.

– Confuso é um eufemismo, Carlo.

– Então, ainda que não seja fácil ficar remexendo nele, você tem um suspeito.

Rocco negou com a cabeça:

– Não. Não tenho. Só sei que, quem quer que tenha tentado me matar, vai tentar de novo.

Carlo Pietra passou o olhar pelo quarto.

– E você está esperando ele aqui?

– Não. Estou aqui porque não tenho mais uma casa. Assim que eu encontrar uma, me mudo. Acima de tudo, por causa dela – e indicou Lupa. – Aqui é um pouco apertado para ela.

Pietra pareceu se dar conta da cadela apenas naquele momento.

– Não sei. Eu prefiro os gatos. – O subcomissário ergueu o corpanzil. – Tudo bem, vou falar com o comissário. Deixo nas mãos dele toda a papelada e volto para Turim. Não tenho mais nada a fazer aqui. Quando você volta a trabalhar?

– Tenho um pouco de férias para gozar.

– E vai gozá-las aqui?

– Não tenho vontade de ir a nenhum outro lugar.

– Foi um prazer – Pietra estendeu a mão e apertou a de Rocco. – Como é a situação aqui em Aosta?

O subchefe pensou na questão por uns segundos.

– Boa viagem.

Tinha sido Massimo, seu amigo de Viterbo, quem aconselhara a melhor ração para Lupa. Você podia confiar em Massimo. Criava cães lagotto romagnolo e os adestrava como soldados. Portanto, Rocco tinha tirado uma foto da cachorrinha e mandado por SMS ao amigo, que respondeu: "Caro Rocco, meu amigo, difícil dizer que raça é. Só de olhar, vejo três: setter, spaniel bretão e algum pastor. Seja como for, é bonita, e não a perca de vista". Pegou a tigela lavada e a colocou na pia da minúscula cozinha. Depois apanhou o jornal para dobrá-lo e jogá-lo fora. Os olhos bateram no artigo de Buccellato:

Nós nos perguntamos: estamos diante de uma investigação com alto risco de comprometimento ou de uma ação envolvendo um pacto de silêncio entre as forças da ordem, agora que um integrante delas está no olho do furacão?

Amassou a folha e a jogou na lixeira.

"7 vertical, Oco, Vazio, cinco letras."

Marina está sentada na cama, ao lado de Lupa. E a acaricia com a mão direita. Com a esquerda, segura as palavras cruzadas.

"Vago?"

"Espere, começa com 'i' e termina com 'e'."

"Ineficaz?"

"Rocco, eu disse cinco letras, termina com 'e'."

Cinco letras...

"Bem feinho aqui dentro..."

"É."

"Deus do céu, não que a rue Piave fosse uma maravilha."

"É verdade", respondo.

"Você tem de procurar uma casa."

"É inútil." Depois fico pensando nisso. "Inútil?"

"O quê?"

"A solução das palavras cruzadas. Cabe inútil?"

"São sete letras. Eu disse cinco, termina com 'e'. Espere, eu resolvo o 12 horizontal... receber a oferta... Esta é fácil, aceitar... o pseudolivro de Abdul Alhazred..."

"O quê?"

"Necronomicon."

"Mas como é que você sabe essas coisas?"

"Sabendo. Então, o 7 vertical era... Inane!"

"Inane?"

"Isso mesmo."

Olho para ela.

"Você está brava comigo?" Claro que está brava comigo. Uma coisa é certa. Minha esposa sempre faz rodeios grandes como os anéis de Saturno, mas agora estou acostumado. "Está brava comigo? Então por que não me diz na cara?"

Ela deixa a revista de lado, dá um beijo no focinho de Lupa e vai ao banheiro. Para na soleira da porta. Me olha com olhos enormes.

"Faça alguma coisa, mas que saco!", e desaparece por trás da porta.

Olha só eles, todos andando de um lado para outro, falando em voz baixa. Burros. Só que burros giram em círculo e movem uma moenda. Esses destroços de homens, pelo contrário, só gastam os sapatos e o mato que cresce no pátio.

– Acabou, todos pra dentro! – berrou um guarda jovem, com a barba rala e a pele ainda salpicada de espinhas.

Agostino, chamado de Professor, se levantou, seguido por Oluwafeme, o gigante nigeriano, e Erik, o vermelho. Outro dia de merda, o enésimo dia de merda. Devagar, atravessou a porta que dava para as escadas da ala número 2 da casa de detenção de Varallo. Saudou com um sorriso o guarda careca e começou a subir os degraus. Nem mesmo os olhares de respeito dos outros detentos causavam mais algum efeito nele. Tampouco os pedidos de justiça sumária que aquelas mãos trêmulas lhe traziam durante a socialização, quando as grades das celas eram abertas e era possível ficar zanzando pela ala recebendo cigarros e dívidas. Aqueles muros começavam a lhe dar náuseas. Tinha de mudar, de dar um jeito de ser transferido. Ares novos, vida nova, nova gente para subjugar. Dois que ele gostaria de levar junto eram Oluwafeme e Erik, vigorosos, fiéis e acima de tudo perigosos. Além do mais, Erik cozinhava como um deus.

– O que a gente tem para o jantar hoje? – perguntou a ele, enquanto cruzavam a última porta antes de chegar ao corredor daquela ala.

– Esta noite faço uma carbonara pra você. E o peito de frango ao limão.

Agostino assentiu.

– Vai colocar azeitona no frango?

– Mas é claro, professor!

Apertou as mãos que uns detentos lhe estenderam e, finalmente, entrou na cela. A única cama que não era beliche era a sua. Percebeu na hora que alguém havia mexido no travesseiro. O lençol estava mal dobrado. Enfiou a mão por baixo das cobertas e tirou uma folhinha, um pedaço de papel arrancado de um caderno quadriculado.

"Amanhã!", estava escrito.

Agostino olhou para Erik e o nigeriano. Depois, enfiou na boca o pedaço de papel e começou a mastigar.

– O que é? – Erik lhe perguntou.

– O aperitivo...

– Delegacia Colombo, digaaaa.

– Me chame De Silvestri.

– Quem está falando?

– Subchefe Schiavone.

Esperou na linha. Sua velha delegacia de Roma, onde havia passado anos, e onde ainda trabalhava De Silvestri, o antigo agente que o vira debutar nos órgãos da polícia, homem com a memória de um computador e a inteligência de um Nobel. Com o telefone sem fio na mão, olhou para fora da janela. Cinzento e úmido. Ameaçava chover de um minuto para outro. Mas os vidros da janela não estavam embaçados, sinal de que a temperatura lá fora finalmente estava se adequando à primavera.

– Doutor? Mas o que foi que aconteceu? – perguntou De Silvestri, com a voz catarrenta.

– Você ficou sabendo?

– Por acaso, no telejornal regional. Queriam se vingar do senhor, não é?

– É. Preciso de uma ajuda, Alfredo.

– O que eu puder fazer.

– Alguém saiu nos últimos tempos?

– Alguém... quem?

– Alguém que eu botei atrás das grades. Não sei, alguém que possa querer se vingar de mim?

Ouviu o agente respirar.

– Doutor Schiavone, o senhor está me pedindo para compilar as páginas amarelas?

– Sim, mas deixe de lado os casos pequenos. Batedor de carteiras, fraudes, essas porcariadas. Olhe os casos sérios.

– Quanto tempo eu tenho?

– Quanto você precisar.

– Eu telefono para o senhor.

Rocco desligou o telefone. Estava com um pouco de fome. Acordou Lupa.

– Vamos sair?

– Posso ir ver a Chiara? – perguntou Max.

– Tudo bem, mas fique pouco, certo? Ela ainda está cansada – disse Giuliana Berguet.

Max sorriu com seus dentes perfeitos, arrumou os longos cabelos loiros e subiu as escadas que, do salão, levavam para os quartos de dormir. Fazia dias que não via a namorada. Não tinha ido ao hospital para vê-la. Max ficava impressionado com os hospitais. Bastava dar uma olhadinha em um doente para se sentir mal. Uma perna amputada, um infarto, apendicite, não tinha doença que não contagiasse o mocinho como um cheiro ruim que penetra nas narinas.

Tinha mandado dezenas de SMS, mas Chiara respondera com frases curtas e meias palavras: "Estou bem, a gente se vê logo, não venha ao hospital, manda um beijo pra todo mundo na escola". E também tinha a história da Filippa. Não era culpa sua, ela praticamente tinha pulado no pescoço dele. Mas ele estava com Chiara. Tinha tentado falar com o pai, o dr. Turrini, médico-chefe do hospital. Mas ele sorrira e lhe dissera: "Max, você tem vinte anos, você é bonito e saudável. Vá transar e não fique se preocupando. Você vai pensar nas coisas sérias quando chegar a hora". É, as coisas sérias. Mas não podia fazer um papelão desses com a Chiara depois do que havia acontecido. Sequestrada! Max não conseguia pensar nisso. Tinha ficado encapuzada uns dias dentro de uma garagem, abandonada na montanha, sem beber nem comer. Aqueles dois caras que a tinham levado e depois morrido em um acidente, ele os conhecia. Tinha vendido para eles uma caixa inteira de Stilnox roubada do armarinho do pai. E ele sabia para que servia o Stilnox: para entontecer. A droga do estupro. Você dá o remédio pra uma menina e depois pode transar com ela, ela nem vai lembrar. Teriam feito isso com a Chiara? Eles a teriam violentado? Nesse caso, ele era responsável: seria culpa sua? Por outro lado, se ele não tivesse vendido o remédio para os dois filhos da puta, qualquer um o teria feito.

Antes de bater na porta do quarto, se concentrou em um pensamento: tome cuidado como fala, Max! Não faça merda.

Bateu. Não teve resposta. Abriu devagar a porta.

– Chiara? Chiara, sou eu, Max...

A menina estava deitada na cama, vestida. Estava coberta com uma manta e olhava pela janela. Os pés, calçados com um par de meias de lã grossas e coloridas, apareciam sob a coberta. Lentamente, virou a cabeça. Mal viu o rapaz, esboçou um sorriso, que logo se apagou.

– Oi.

– Oi – Max fechou a porta e foi sentar-se aos pés da cama. – Como é que você está?

Chiara deu de ombros.

– Tudo bem. E você?

– Tudo bem – fitou-a.

Despenteada, com olheiras.

– Senti sua falta – disse para ela. – Como você está se sentindo?

– Cansada.

– Quando você volta para a escola?

– Não sei. Por enquanto, não consigo.

Max suspirou.

– Pelo menos, consegue dormir?

– Não.

– E a perna?

Durante o cativeiro no porão a mil metros de altura, Chiara havia machucado a perna e a ferida tinha infeccionado. Andava com a ajuda de muletas, mas o médico estava otimista.

– Escute, você pode parar de me fazer perguntas como um jornalista?

Max abaixou a cabeça. No fundo, estava só tentando se interessar pela saúde da namorada. Chiara se voltou de novo para a janela.

– Acho que nunca vou me curar.

– Por que está dizendo isso? Eles fecharam a ferida!

Deus do céu, que bundão, pensou Chiara. Bonito e idiota.

– Não estou falando da perna, Max. Sonho com aquilo todas as noites. Todas as noites eu estou presa àquela cadeira, com o saco de pano na cabeça. Sozinha. E lá fora chove, neva, e estou sozinha. Sem água...

– Mas os dois que te sequestraram morreram, Chiara. Agora ninguém vai mais te fazer mal, sabe?

A menina virou a cabeça de repente e olhou Max nos olhos.

– E o que é que você sabe disso? Você tem certeza? – fechou os olhos. – Você viu? Fiz dezenove anos, e nem festa teve. Porque não quero que ninguém me olhe como você está me olhando. – Uma lágrima saiu dos olhos fechados. – A coitadinha que sequestraram, e vai saber as coisas que fizeram com ela!

– Chiara, não...

– Estão falando de mim na escola? E o que estão dizendo?

– Que queriam te ver de novo.

Chiara se enterneceu.

– E você, como está?

– Vou indo. Em casa, as coisas estão um horror.

– Em que sentido?

Max olhava as mãos. Continuava a esfregar uma na outra.

– Tem muita coisa errada, meu pai e minha mãe estão... hum? Eu não aguento mais ficar em casa.

Chiara bufou:

– Então vá embora. Dinheiro não te falta.

– E eu não pensei nisso? Mas, até eu terminar a escola, não me dão um tostão...

Finalmente Chiara sorriu.

– Gosto de você, Max. Mas você tem de me prometer uma coisa.

– Claro.

– Não venha mais aqui em casa.

Max arregalou os olhos.

– Mas...

– Vá pra escola, saia com seus amigos, mas não pense mais em mim. Chiara Berguet não existe mais.

– Por quê?
– Se eu soubesse, diria. Mas não sei. Não sei mesmo...
– Não vai me dar nem um beijo?
– Me desculpe, Max, me deixe dormir. Estou cansada...

No andar de baixo, o juiz Baldi, sentado no luxuosíssimo salão da casa Berguet, girava a colherinha na xícara que a empregada, Dolores, acabara de lhe trazer da cozinha. Pietro e Giuliana Berguet o examinavam.

– Fico feliz por vê-la com melhor aparência, sra. Berguet – disse Baldi.

– Obrigada; sim, finalmente estou conseguindo dormir.

Então o juiz olhou para Pietro. Ao contrário da esposa, estava pálido, não conseguia manter as mãos firmes e acendia um cigarro depois do outro.

– Então, eu vim para entender algumas coisas. A sua empresa estava participando de uma licitação da região. Correto?

O juiz tocara o nervo exposto. O rosto de Pietro, de pálido, logo ficou vermelho.

– Eles nos eliminaram! – explodiu. – Nos tiraram da licitação! Infiltração mafiosa, estão dizendo. O senhor está vendo, doutor Baldi? Minha filha sequestrada por aquele... desgraçado do Cuntrera, e o mafioso sou eu? Tentei explicar para a comissão. Aqueles bostas extorquiram dinheiro da gente!

– Pietro! – exclamou a esposa. Mas Pietro não a ouviu.
– E agora a Edil.ber é uma empresa com risco de infiltração mafiosa!?

– E o que lhe responderam?

– Eles me disseram: lembre-se de Cerruti, seu braço direito... ele fazia parte dessa organização... – Pietro Berguet se levantou do sofá de um salto. – E eles também têm razão, doutor Baldi. Razão para dar e vender! Cristiano estava mergulhado até o pescoço, o meu braço direito, o que eu poderia responder para eles? Tinha infiltração mafiosa, e como.

Baldi bebericou o café.

– Fiquei sabendo que a empresa que venceu a concorrência se chama...

Pietro falou antes dele:

– Architettura Futura. São jovens, começaram faz poucos anos. – Foi até a janela. – Mas uma licitação assim tão grande eles nunca conseguiram.

– Posso saber de que se trata?

– Uma nova ala do hospital e duas fábricas de produtos sanitários, em Cervinia e Saint-Vincent.

– De quanto dinheiro estamos falando?

– De muito, doutor. Muito.

– O que o senhor vai fazer agora?

– Vou tentar recorrer. Mas tenho certeza de que vou gastar um monte de dinheiro com advogados.

– Essa Architettura Futura... quem é o dono?

– Luca Grande.

– De Aosta?

– De Pont-Saint-Martin.

A porta da sala se escancarou e Max apareceu. O rapaz tinha uma cara triste, de cachorro que apanhou.

– Olá... – disse, quase a meia-voz.

Giuliana sorriu para ele.

– Doutor Baldi, esse é o Max... o namorado da Chiara.

– Sei, sei, eu o conheço. E conheço bem a sua mãe também. Tudo bem, Max?

– Vai indo...

– Falou com Chiara? – perguntou Giuliana.

– Falei. Bom, obrigado, e com licença. Até mais.

– Se você não aparecer mais por aqui, me fará um grande favor! – berrou, de repente, o sr. Berguet.

– Pietro! – Giuliana censurou o marido com os olhos arregalados.

– Volte pra casa da sua mãe, Max, e daquele idiota do seu pai! E diga a eles que, de minha parte, desejo o pior pra eles!

– Sr. Berguet?!

– Sabe, Baldi? Se cheguei a este ponto, foi graças à mãe daquele ali... vá, Max, vá, suma!

– Me... me desculpem – conseguiu gaguejar o rapaz, que estava com os olhos baixos. – Eu não...

– E agradeça à sua mãe, em meu nome!

Max abaixou a cabeça e saiu com o rabo entre as pernas. Giuliana, com o rosto enrubescido, havia se levantado.

– Pietro, o que é que esse pobre menino tem a ver...

– Mas você sabe quem me sugeriu recorrer ao Cuntrera? Para que aquele mafioso de merda me emprestasse o dinheiro? Sabe? A mãe desse pobre menino! Laura Turrini, do banco Della Vallée! E eu ainda tenho de aguentar essa cara de merda na minha casa! – E, com as veias do pescoço inchadas, se voltou para Baldi. – Está ali a podridão, doutor. Ali, naquela casa, na casa dos Turrini, nas casas dos amigos deles, nos bons salões desta cidade.

– Senhor, por favor, se acalme...

– Me acalmar o caralho. E vocês, estão fazendo o quê? Só servem para... para vir aqui, sentar, fazer cara triste e dizer quanto lamentam? – Pietro Berguet era então um rio transbordando. A raiva havia destruído as barreiras da sua educação, e não havia como detê-lo. – Se o senhor quer saber, eles estão no Lions Club, ou no Rotary, ou então no restaurante Santalmasso, fora de Aosta, onde um jantar custa duzentos euros! Lá que o senhor deveria ir pescar, lá! Não ficar sentado aqui na minha casa, tomando café e dizendo quanto o senhor lamenta!

– Pietro!

– Vá tomar no rabo! – e, dando um pontapé no sofá, saiu da sala.

Giuliana e Baldi permaneceram em silêncio. Foi a mulher que começou a falar.

– Desculpe o meu marido, dr. Baldi. Não pretendia ofendê-lo.

– Não se preocupe... acontece. Mas, diga-me – prosseguiu o juiz, mudando de assunto. – Os amigos de Chiara vêm visitá-la?

Alguém na casa bateu uma porta.

Giuliana continuou sentada.

– Para ser sincera, ela recebe mais telefonemas de jornalistas do que dos colegas de escola.

Baldi colocou a xícara na mesinha de cristal.

– Os senhores pensaram em apoio psicológico?

– Ela não quer nem ouvir falar disso.

– Os senhores deveriam insistir.

– Vamos tentar. Escute, eu e meu marido não conseguimos agradecer ao senhor e aos homens da delegacia por tudo que os senhores fizeram por nós...

Com um gesto brusco, o juiz interrompeu as lisonjas de Giuliana Berguet.

– Por favor. Não estou aqui para agradecimentos. E, de qualquer forma, o único a quem a senhora deveria agradecer é ao doutor Schiavone. Se não fosse ele, Chiara poderia não estar mais entre nós.

– Nós gostaríamos de agradecer, mas ele não está na delegacia. Não conseguimos encontrá-lo.

– Não me diga!

O subchefe estava assistindo a um talk show sobre política. Sem volume. Os participantes da discussão pareciam peixes em um aquário. As bocas se abriam e se fechavam. Os dentes quase sempre aparecendo. Mas, para ele, a coisa mais interessante eram os olhos. Totalmente sem coordenação com as bocas. Quanto mais elas estavam abertas, mais aqueles estavam sem vida. Catalogava os peixes daquele aquário: a mulher com as pernas cruzadas e o rosto deformado por um cirurgião plástico era uma moreia. O gordinho com queixo triplo e poucos cabelos, um baiacu. Sua excelência de óculos, um peixe-palhaço. Depois um barulho interrompeu as suas fantasias. Alguém estava enfiando uma folha de papel por baixo da porta. Rocco se levantou da cama, se abaixou e pegou o papel. O porteiro do apart-hotel avisava que Anna o havia procurado seis vezes e lhe pedia que telefonasse para ela.

Telefonar para Anna estava fora de cogitação. Não tinha energia para passar uma noite com ela comendo alguma coisa e falando besteiras. Nem ao menos desejava os beijos dela, dormir com ela. Nunca tinha sido capaz de adormecer abraçado a uma mulher que não fosse Marina. Com ela, conseguia passar uma noite inteira agarrado ao seu corpo, sem se mexer, sem esticar os braços; embalado por sua respiração, adormecia para segui-la nos sonhos.

O telefone tocou.

– Mas que saco! – atendeu sem pensar no assunto. – Schiavone...

– Telefonema para o senhor, de Roma – disse a voz fria do recepcionista. – A propósito, não quis perturbar o senhor, deixei uma mensagem por baixo da porta.

– Sim, eu vi, obrigado. Pode passar a ligação... – Pouco depois, ressoou a voz de seu velho amigo, o agente Alfredo De Silvestri.

– Doutor, sou eu, De Silvestri.

– Já tem algo para mim?

– Sim...

– Então vou colocar no viva-voz; assim, enquanto você fala, eu tomo umas notas. Ficar segurando o telefone com os ombros me dá dor na cervical. – Rocco apertou o botão e foi sentar-se à pequena escrivaninha na frente da janela. Ali havia um bloquinho de papel e umas canetas. – Pode começar, Alfredo. Estou pronto.

– Então, vamos começar – a voz de Silvestri encheu o quarto do apart-hotel. – Pulei todos aqueles que, como o senhor me disse, se relacionassem com roubos insignificantes, fraudes e pequenos delitos. Começarei com Antonio Biga. Lembra?

– Vagamente.

– Em 2004. Pegou oito anos por assalto a mão armada e...

– Ah, sim, claro, como não? Antonio Biga...

– Antonio saiu faz três meses. O último endereço conhecido é viale Massaia, 85. Em Garbatella.

– Outro?

– Certo. Número dois. Stefania Zaccaria. O senhor a prendeu por lenocínio em 2006. Saiu no ano passado.

– Stefania Zaccaria. Uma baixinha?

– Sim; aqui diz um e cinquenta e oito.

– Também pode ser. É meio louca. Talvez ela não tenha vindo aqui, mas pode ter encontrado alguém desesperado para fazer um serviço de merda desses. Vou deixar marcado. Stefania Zaccaria. E aí, o que você me diz do Fabio Zuccari?

– Certo, foi o primeiro em que eu pensei, também. Está no hospital. Um câncer o está devorando. Sobram os irmãos Gentili e Walter Cremonesi.

Os irmãos Gentili detinham o recorde de sete apartamentos em um único dia. Walter Cremonesi, por sua vez, era um incorrigível. Entrara nas prisões nacionais em 1976 por formação de quadrilha, um lobo solitário da extrema direita.

Roubos, homicídios, frequentava Rebibbia* como se fosse um supermercado. Da última vez, Rocco o havia colocado atrás das grades por rapina e homicídio.

– Onde estão os irmãos Gentili?

– Parece que na Costa Rica. Abriram um restaurante. Eu os deixaria de lado, doutor...

– Walter Cremonesi, então? Por que saiu?

– E o senhor me pergunta? Boa conduta. Parece que, na prisão, esses tipos se transformam em irmãs leigas que vão à igreja todos os domingos para se confessar.

– Ele é um bom candidato. Com quantos anos ele está agora?

De Silvestri fez as contas rapidamente.

– No próximo mês, cinquenta e oito.

– Me lembre de dar os parabéns a ele.

– Não se ouve falar do sujeito há anos. Diziam que estava em Paris. De qualquer modo, por enquanto, não me vêm outros à cabeça.

– Me telefone assim que tiver novidades.

– Pode deixar.

Olhou o bloco de notas. Tinha assinalado apenas dois nomes: Antonio Biga e Stefania Zaccaria. Sublinhou-os três vezes.

Tinha chegado a hora de pegar um voo para a capital.

– Caterina? Sou eu, Rocco...

– Chefe! Que prazer ouvir o senhor! Está nos fazendo falta!

– Não minta. Você não é boa nisso. Escute, preciso de um favor...

– Imagino que se trate da Lupa, certo?

---

* Bairro afastado do centro de Roma onde se localizam duas penitenciárias. (N.T.)

– Isso mesmo. Você toma conta dela?
– Vou pegá-la amanhã de manhã.
Que pena, pensou Rocco. Preferiria naquela noite mesmo.
– Obrigada, Caterì. Até amanhã.
– Até amanhã, chefe.
– Caterina, me diga uma coisa. A gente não tinha passado a se tratar por você?

Houve uma breve pausa. Então Caterina sorriu; ou, pelo menos, Rocco imaginou que sim.

– Até amanhã, Rocco.

O subchefe de polícia sentiu um arrepio.

Talvez estivesse voltando a viver.

Quarta-feira

– Táxi... táxi... quer?

No desembarque do aeroporto de Fiumicino havia uma nuvem de homens barrigudos que se aproximavam dos passageiros sussurrando aquela palavra mágica: "Táxi...".

Rocco não respondia. Ia direto ao estacionamento coberto, na direção dos veículos legalizados. Não era um gesto de autoridade. Simplesmente, outros pagaram licenças mais caras que um apartamento, lhe parecia ofensivo se deixar levar pelos piratas sem licença.

– Táxi, doutor? Levo o senhor pra cidade?

– Mas táxi, qual o quê! – disse o subchefe.

– E como o senhor vai pra casa?

Rocco parou para olhar o motorista ilegal.

– Vou com a viatura da polícia. Sou um subchefe de polícia. Agora você para de encher o saco ou devo ficar nervoso?

O motorista ilegal deu dois passos para trás, lançando olhares para os colegas, que abaixaram os olhos e por um momento deixaram de importunar.

– Num fica irritado, doutor... a gente também tem que trabalhar.

– Essa é uma opinião sua!

O sol brilhava. Mas o fedor do gás de escapamento tirava toda a poesia daquele céu azul e sem nuvens. Rocco entrou no primeiro carro disponível.

– Via Poerio, por favor... número 12.

– É pra já – disse o motorista, ligando o taxímetro. – Mas que dia, hã?

– É. Mas até Monteverde, eu gostaria de ficar em silêncio. Nada de Roma, Lazio, políticos ladrões, a cidade não funciona, é culpa dos comunistas e outras merdas do gênero. Obrigado!

– Num precisa ficar nervoso, doutor. Calado como um túmulo.

Encontrar Antonio Biga e procurar Stefania Zaccaria. Não era uma coisa simples. E, provavelmente, não chegaria a nenhum resultado. Mas precisava tentar, olhar nos olhos daquela gente e sentir o fedor delas. Rocco experimentava as coisas primeiro na pele, e depois as entendia na *res cogitans**. Há vibrações e ondas entre as pessoas que, às vezes, valem mais que cem pensamentos. Mais ou menos como quando jogava cartas com o tio, que lhe dizia sempre, "Rocco, se lembre das regras do jogo de cartas: é melhor uma olhadela do que cem ideias!".

A estrada Roma–Fiumicino estava congestionada. O motorista pegou um atalho que atravessaria o bairro da Magliana para depois chegar a Portuense. Sujeira em todos os cantos. E buracos colossais, nos quais o táxi chacoalhava. Parecia que estava atravessando um bairro de Beirute durante a guerra civil libanesa. Voltou-lhe à mente uma música de um compositor romano que comparava Roma a uma cadela no meio dos porcos.

– Doutor Schiavone! – o berro de surpresa ressoou no vão das escadas. – Que alegria rever o senhor!

– E como vão as coisas?

– Bem. E pro senhor?

– Como quer que andem? Me diga uma coisa, alguém veio me procurar nos últimos dias?

---

* Substância pensante (em latim no original, referência a Descartes). (N.T.)

A funcionária da portaria da via Poerio pensou um pouquinho.

– Não, doutor. Tirando os habituais boletos, que eu mando todos pro senhor lá em Aosta.

– Obrigado.

– O senhor vai achar o apartamento meio sujo. Esta semana a mulher não veio. A filha ia dar à luz.

– Tudo bem.

Pegou o elevador e subiu até o último andar. À cobertura. Sua casa.

Tinha cheiro de coisa fechada, como esperava, e os móveis cobertos por plásticos. Nem olhou o apartamento. Foi direto para o banheiro, passou uma água no corpo, trocou de camisa e saiu.

Brizio o esperava no bar de sempre, na piazza Santa Maria in Trastevere. Não se viam fazia nove meses. Tinha tirado os bigodes e penteado os cabelos com o repartido de lado. Ainda fazia as mulheres perderem a cabeça, e ele perdia a sua junto. Desde que tinha dezesseis anos era a única atividade a que Brizio se dedicara com certa seriedade. Depois topara com Stella, e deu uma acalmada.

– Você envelheceu, Rocco.

– Você também...

Se abraçaram.

– Quanto tempo você tem?

– Quanto for preciso.

– Como está o Seba?

– Mais tarde a gente vê ele, junto com Furio. Vamos dar uma caminhada?

– A famosa caminhada.

Em maio, Trastevere estava cheia de turistas, e os degraus da piazza Trilussa já estavam lotados de moços e moças com cervejas e sorvetes nas mãos. Cruzaram a Ponte Sisto e se dirigiram à via dei Giubbonari. O Tibre era um líquido lodoso que corria lento. Gaivotas voavam entre os plátanos e os tetos das casas. Dois rapazes se perseguiam, rindo, de bicicleta.

– Rocco, os nomes que você me passou... Walter Cremonesi deveria estar em Paris.

– E daí?

– Digo deveria, porque se perderam os rastros dele. Mas por que ele iria querer se vingar de você?

– Não se lembra? O assalto à mão armada na piazza Bologna!

– Porra, Rocco, mas isso é coisa de 1999!

– É, mas eu botei ele atrás das grades.

– Você acha que treze anos depois... Não, eu deixaria ele de lado. E, além do mais, Cremonesi não é um desequilibrado. É um bosta, mas o que ele lucra com uma vingança? Esse aí sempre se relacionou com os graúdos.

Rocco assentiu, não muito convencido.

– O que você me diz da Zaccaria?

– Stefania Zaccaria? Há dois dias, bateu de frente no anel viário. Está no Santo Spirito. Tem mais gesso do que pele. Se sair viva, deve ir fazer uma peregrinação em Medjugorje.

– Dois dias atrás... Não é um álibi. Além do mais, sempre poderia ter mandado alguém. E Antonio Biga? O que ele anda fazendo?

– Não sei. Se vê pouco por aí. Dizem que ele se envolveu com os Casamonica. Mas não sei. É bundão demais.

– Mora em Garbatella?

– Não. Ali mora a mãe. Ele mora atrás da piazza della Chiesa Nuova.

– É lá que você está me levando?
– Você quer ir?

Na pracinha no meio das ruelas havia uma imensa figueira retorcida e nodosa. Rocco e Brizio entraram no bar à frente do prédio de Biga. O subchefe sorriu ao ver os *tramezzini* sob o pano úmido.
– Me traga dois. Atum e alcachofra, e salada de frango. E uma água... – disse, feliz, para a mocinha que atendia atrás do balcão.
Então, foram se sentar nas mesinhas do lado de fora.
– Tem certeza de que não está em casa?
– Certeza – respondeu Brizio. – O vizinho me disse que ele saiu. Mas volta logo.
Chegaram os *tramezzini* e o café para Brizio. Rocco deu logo uma mordida.
– Ahhhh... isso sim... isso me faz falta.
– Mas por quê, em Aosta não tem *tramezzini*?
– Não.
– Coisa de louco... – disse Brizio, bebericando o café.
– É, mas fazem um monte de coisa boa lá também.
– Tipo?
Rocco pensou no assunto.
– Sanduíche com *mocetta**.
– O que é isso?
– Da próxima vez eu te trago. Não dá pra descrever.

Três o seguravam, cada um deles pesava o dobro e era pelo menos trinta centímetros mais alto que ele. Suas cabeças tapavam o sol, tiravam o ar e ocultavam os muros e as torres de vigia.

---

* Fiambre típico dos alpes, parecido com presunto cru. (N.T.)

– Abdul, quanto a gente tem que esperar? – ameaçou entredentes o loiro, um que tinha o olho semicerrado por uma cicatriz e uma cobra tatuada que lhe aparecia no pescoço. Erik, o vermelho, era como o chamavam lá dentro. – Então, Abdul?

Omar achou que não era o caso de corrigi-lo.

– Não sei. Falei pra vocês, tem coisas que eu não faço.

– Eu digo: merda! – falou o negro. O mais alto, aquele que se exercitava na academia todos os dias. Lá fora, tinha sido pugilista; agora, dentro, um assassino. – Você, hoje de manhã, seu marroquino de merda, tinha que pegar a mercadoria!

Omar não era marroquino. Era de Túnis. Mas deixou passar também essa imprecisão. A mão enorme do negro apertou o peito dele.

– Você quer morrer com vinte anos? – cuspiu na cara dele, mostrando os dentes brancos manchados de tártaro. O hálito do negro talvez fosse pior que os seus punhos. – Hein? Quer morrer com vinte anos, seu bosta?

Outra imprecisão. Omar tinha nascido em Túnis no dia 18 de maio de 1988. Se fosse morto hoje, como Oluwafeme ameaçava, isso aconteceria a poucos dias do seu vigésimo quarto aniversário. Mas preferiu não dizer nada, principalmente agora que a mão enorme do africano apertava seu pomo de adão.

– Escute bem. – Quem estava falando era o terceiro, o professor. O de óculos. Um PPS, preso para sempre. Duas penas perpétuas e outras honrarias acumuladas em anos de honroso serviço. Por trás dos óculos, não tinha olhos. Dois pedaços de vidro sem alma. Duas coisas que serviam para olhar, para espiar, para observar, mas não para transmitir emoções. – Veja, Omar, eu e os meus amigos sabemos das merdas que você faz aqui dentro. Que você faz os teus amigos trazerem presentinhos, que vende eles por aí, e ganha dinheiro pra quando sair. Porque você vai sair, não é mesmo?

Omar assentiu. Faltavam seis meses para ele.

– Eu me corrijo: porque você gostaria de sair, certo? – O professor o olhou, sério. – E, de acordo com a gente, hoje de manhã os teus amigos lá de fora deveriam trazer uns presentinhos. Cadê eles?

– Hoje não trouxeram nada, juro pra vocês. No locutório estava o Marini. E com o Marini no meio... vocês sabem, não passa porra nenhuma! Eu não estou mentindo, professor. Eu não...

Oluwafeme foi rápido e preciso. Um direto demolidor entre o nariz e os lábios. Um golpe seco, quase invisível pela velocidade de execução, se não fosse pelo sangue que correu dos lábios e do nariz de Omar. O moço levou as mãos ao rosto. Nos olhos, centenas de flashes e uma dor surda que lhe atravessava o cérebro. As pernas não o sustentavam, mas desabar era impossível. A outra mão de Oluwafeme o mantinha em pé, grudado na parede.

– E a gente não acredita! E quando a gente não acredita em alguma coisa, o que acontece?

O quatro-olhos, o cérebro do grupo, balançou a cabeça.

– Pra nós, não sei. Mas ele morre. – Agarrou o queixo dele e olhou nos olhos que Omar, a duras penas, tentava manter abertos. – Entendeu o que eu disse? Você morre. Te pergunto de novo: cadê a mercadoria?

Omar não conseguia respirar; abaixou a cabeça e cuspiu no chão um grumo de sangue, depois ergueu a cabeça de novo.

– Pode ser que eu não tenha me explicado... – lançou um olhar para trás das costas do negro, que mantinha o punho pronto para outro golpe e viu, no pátio, seu amigo Tarek o procurando. Deveria dar um jeito de ser visto, ou então seria um homem morto. – 'Fessor, qual é a parte da história que o senhor não entendeu? Eu não tenho porra nenhuma!

O ex-pugilista nigeriano lhe deu outro golpe de direita nas têmporas. Omar deixou a cabeça abaixar, mas foi Erik quem o fez reerguê-la com um gancho sob o queixo que lhe quebrou pelo menos uns dois dentes e fez um corte na ponta da língua. A esse golpe foi acrescentado um enésimo golpe em pleno estômago, que Oluwafeme lhe aplicou com a mão esquerda, de modo a mantê-la também treinada. Omar vomitou o café da manhã nos sapatos. Mas a essa altura o espancamento não podia continuar uma coisa limitada à frente do campo esportivo no pátio da casa de detenção de Varallo. Tarek e Karim, os amigos de Omar, perceberam a briga e se lançaram sobre Erik e o nigeriano.

Tarek voou a meio metro do chão e deu um pontapé na nuca de Oluwafeme, que caiu para frente, batendo no muro do pátio. Karim, por outro lado, tinha se jogado com todo seu peso nas costas de Erik e, agarrado como um coala a um eucalipto, enfiava os dedos nos olhos dele. O loiro, machucado, tentava se livrar dele sem sucesso. Omar tinha se deixado cair no chão com a boca cheia de sangue e de muco. O professor deu um chute em Karim, agarrado às costas de Erik, atingindo-o nos rins. O rapaz urrou, mas mantinha os dedos cravados nos olhos do ruivo, que tentava se livrar daquela espécie de gato selvagem que caíra por cima dele. Enquanto isso, o nigeriano, balançando a cabeça, tinha se levantado. Tarek, de sobreaviso, o esperava. Oluwafeme se jogou contra ele. Tarek tentou mantê-lo à distância com o pouco de karatê aprendido em uma academia pulguenta de Hammamet. Mas só conseguia dar-lhe uns soquinhos. Os outros hóspedes da casa de detenção assistiam sem intervir à briga que havia começado entre os três tunisianos e o grupo do professor. Os mais jovens pararam o jogo de futebol, os mais velhos, o jogo de bisca. Aziz se separou do grupo que tagarelava junto do pavilhão de carpintaria para ajudar seus conterrâneos. Correu na direção de Erik, que ainda tinha Karim agarrado às suas costas. Enquanto isso, Oluwafeme, o ex-pugilista, dera um golpe no rosto de Tarek e o jogara no chão. Omar, com o rosto ensanguentado e os olhos semicerrados, estava tentando se levantar, mas o professor o mantinha no chão, com um pé no pescoço dele. Com um movimento brusco, Erik finalmente se libertou de Karim e, com um salto, agarrou seu pescoço. Começou a apertar cada vez mais forte. Karim já estava com os olhos saltados e não conseguia respirar. Mas bem nesse momento chegou Aziz, que atingiu Erik com um soco atrás da orelha; ele afrouxou o aperto, deixando Karim no chão tossindo como um louco e tentando recuperar o fôlego. Aziz berrava para se dar coragem, e se jogou contra o loiro machucado. Agitava os punhos com toda a força e o medo. Punhos que não atingiam o alvo. Aziz era um comerciante, as brigas não eram seu ponto forte, e isso Erik sabia. Esperou, protegendo o rosto, e depois foi ele quem partiu com uma série infinita de socos que devastaram o rosto de Aziz. Jatos de sangue e de saliva voavam ao redor. Naquele ponto, os outros detentos resolveram que era o caso de intervir. E foram todos juntos para acabar com o massacre. Do portão, finalmente, dois agentes penitenciários correram para acalmar a briga. Houve urros, pontapés e mais socos. Um terceiro agente penitenciário, Federico Tolotta, de serviço na ala 3, chegou correndo, apesar de seu corpanzil. Pegou o molho de chaves das grades que estava no chão, segurou-o com força em uma das mãos e com ele deu um golpe na nuca do nigeriano, fazendo-o cambalear. Outros guardas armados entraram no pátio. Contiveram Oluwafeme, Erik, Agostino, chamado o professor, dando golpes de cassetete. O confronto terminou. Omar e Aziz estavam muito mal. Karim tinha saído da briga com dificuldades de respirar; Tarek, atingido por

Oluwafeme, tinha se levantado e, afora a mandíbula que fazia barulho a cada movimento, parecia que, de resto, estava bem.

Dois guardas penitenciários se encarregaram dos africanos do norte para levá-los à enfermaria. Erik, o nigeriano e o professor foram levados para celas de isolamento à espera de ações disciplinares.

Seis guardas, comandados por Mauro Marini, o mais velho, tentavam restabelecer a calma entre os demais encarcerados. Um detento do outro lado do pátio, longe da briga, estava no chão, perto da porta que levava à ala número 3. O guarda Mauro Marini se aproximou.

– Você aí! Levante-se!

O outro não se mexeu. Marini se inclinou para virá-lo:

– Opa! E então? – Sacudiu-o, virando-o. O homem estava com os olhos abertos, com as pupilas viradas para o alto, a boca escancarada, um fio de saliva correndo da boca. – Ai, merda... – murmurou Marini, procurando um colega com os olhos.

– O que está acontecendo? – berrou para ele Daniele Abela, em serviço fazia poucos meses.

– Corram, caralho! – respondeu Marini, colocando dois dedos no pescoço do homem caído no chão.

Abela e Tolotta, o gigantesco guarda da ala três, se aproximaram.

– Este aqui já era! – disse Marini.

– Ah, porra... chamem o diretor!

Rocco já havia devorado quatro *tramezzini* e dois cafés. A tarde prosseguia solene e a luz, de amarelada, começava a ficar alaranjada. Ele estava vigiando a rua e as ruelas em torno do prédio de Biga; Brizio, constantemente distraído pelas mulheres que passavam a sua frente, não conseguia se concentrar.

– Estou começando a ficar de saco cheio, Brizio. Quando aquele bosta do Biga volta?

– Hum... só que eu estava pensando em uma coisa – disse o amigo. – Se foi ele, vai ser difícil a gente encontrá-lo por aí. Matou a Adele, em vez de você, e pode ser que tenha se escondido em algum buraco.

– E quem pode dizer? Antonio é da velha guarda.

Brizio assentiu. Sabiam que os criminosos romanos tinham desde sempre esse limite: são fanfarrões. Mantêm o queixo erguido e orgulhoso quando precisariam se esconder e vão se enfiar em um canto como um rato na hora em que poderiam andar por aí se vangloriando das próprias ações. Biga já devia ter passado dos setenta anos e agora, depois de todos esses anos nas sombras, se sentia protegido e intocável. Pelo menos, em Roma.

Saiu da travessa delle Vacche. Estava sozinho e, embora o anoitecer fosse ameno e primaveril, andava com guarda-chuva. Ele o fincava no meio dos *sampietrini** a cada passo, apoiando nele o peso. Rocco deu uma cotovelada em Brizio que, de repente, se voltou, abandonando a bunda de uma esplêndida alemã de shorts.

– Olha ele – disse Rocco. E se levantou. À medida que se aproximava, percebeu: o que Antonio Biga tinha nas mãos não era um guarda-chuva. Era um curioso tipo de bastão com um inchaço na parte central, que terminava com um cabo em forma de gancho. Quando Antonio viu o subchefe de polícia, não teve nenhum sobressalto, nenhuma indecisão. Continuou a mancar na direção do policial, sorrindo. Para quem não os conhecesse, parecia o reencontro de dois velhos amigos.

– Olha só, quem está aqui? Rocco Schiavone. E o que você faz por estas bandas? Te chamaram de volta pra Roma?

---

* Calçamento típico do centro histórico de Roma. (N.T.)

– Estava te procurando.

Antonio inspirou profundamente. Com um gesto rápido apertou um botão, e o bastão magicamente se transformou em um banquinho.

– Você se importa? Faz seis meses, quebrei o fêmur. Então eles me botaram uma prótese de um material que usam na Nasa. Mas ainda não estou firme. – E sentou-se naquele precário suporte de garantida fabricação chinesa. – Legal, não é? Usam pra ir pescar.

Rocco continuava em pé. Ele o olhava de cima para baixo.

– E você, vai?

– Aonde?

– Pescar.

– Pescar nunca significou porra nenhuma pra mim – e deu uma risada que se transformou em uma tosse convulsa. Tinha ficado vermelho, estava sufocando, mas Rocco não mexeu um músculo para ajudá-lo.

– Você não vai bater as botas aqui, vai, Antò?

O homem recuperou o fôlego. Enxugou a boca.

– Então me diz uma coisa, olha. Depois que você me estragou a vida, sei que a sua também não andou muito melhor.

– Te informaram bem. A propósito, os pais da dra. Semplici te mandam um abraço. Se lembra dela? Aquela que você apagou no banco?

– Eu nunca matei ninguém. Você sabe que sou inocente.

– Como não? E além de andar por aí todo torto, o que anda fazendo de bom?

– Mas o que é que eu posso te dizer? Sabe? Me vão aposentar em dois meses.

– Aposentadoria, pra você?

– É! Este é um grande país!

– Pode dizer em voz alta, já que ele deixa um bosta como você ficar vivo – Rocco acendeu um cigarro. – Você andou viajando?

– Quando?

– Ultimamente?

– Além de Frascati? Não. Nada. – Antonio percebeu que, na esquina da travessa, outra figura estava encostada à parede do prédio. – O que você está fazendo? Trouxe escolta?

– É um amigo meu.

Antonio olhou com mais atenção.

– Caramba... Brizio! Envelheceu. Cês vêm em dupla procurar uma carcaça como eu?

– Sabe onde estou agora?

– Achava que você tivesse ido encontrar tua mulher a sete palmos. E, em vez disso, te vejo ainda todo belo e folgado andando por aí e enchendo o saco.

– Acha ruim?

– Bastante, meu caro. Bastante. – O velho criminoso espirrou. – Passei os dois primeiros anos lá dentro pensando em como fazer você abotoar o paletó de madeira. Depois, eu disse para mim mesmo: Antò, mas que diferença faz? Sai dessa cela e aproveita a vida.

Rocco jogou longe o cigarro.

– Schiavò, já te dei os pêsames pela tua mulher?

Com a ponta do pé, Rocco bateu no banquinho de Antonio, que caiu no chão em um piscar de olhos.

– Filho da puta!

Rocco se inclinou e o agarrou pelo colarinho.

– Eu te deixo falar porque você é um velho estropiado e suas palavras não valem porra nenhuma. Mas vê se não exagera.

Os dois se olharam nos olhos.

– Me ajuda a levantar, me dá uma mão... – disse Antonio.
– Uma porra que eu ajudo – respondeu Rocco. Aproximou ainda mais o rosto da cara do bandido. – O que você sabe?
– Deixa eu entender uma coisa, tira. Eu alguma vez te disse alguma coisa? Nunca. Então, por que cê está me fazendo esse monte de pergunta? O que você quer saber?
– Quem fez uma viagem pra Aosta ultimamente?
Antonio sorriu. Tinha os dentes escuros, sem dois incisivos:
– Cê tá cagando nas calças, hein?
– Quem?
– Lamento só pela mulher do Seba, que não tinha porra nenhuma que ver com isso. Pecado. Uma tesuda...
Rocco lhe deu uns tabefes com a mão aberta.
– Não ouse mencionar o nome dela. E então? – apertou ainda mais o casaco do velho bandido.
– Não sei. Procura entre quem quer se vingar de você. Nós é tantos, Schiavone... começa a trabalhar!
– Antò, se eu souber que você está envolvido, quebro os teus dois fêmures. – Rocco o soltou. Levantou-se e olhou o velho de alto a baixo. – Todos esses anos de cadeia não te mudaram nada. Você continua sendo o mesmo cabeça de merda, e com o fêmur quebrado. Torça para não me ver mais, Biga!
Voltou-se na direção de Brizio, que não tinha se afastado da esquina daquela rua.
No chão, Antonio Biga tentava se levantar. Agitava as pernas como um besouro de cabeça para baixo.
– Schiavò, eu num tenho mais nada que ver com essas histórias. Não fui eu. E sabe por quê? Porque eu não teria errado. Eu num ia matar a mulher do Sebastiano. Eu matava você! – os gritos do velho ecoavam na ruazinha deserta. – Se me quebrou o fêmur, eu te denuncio!

— Se arranje com o pessoal da Nasa! – Schiavone gritou para ele. Depois fez um gesto para Brizio. – Vamos. Não é ele. Sabe, mas não vai falar.

— Talvez passe um carro e atropele ele – disse, e indicou Biga que se arrastava procurando se apoiar no banquinho para ficar em pé.

— Não, aqui é zona de pedestre. – Então Rocco olhou para o céu. – Ainda está claro. Vamos fazer uma visita para a Zaccaria?

"Lamentamos, sua ligação não pôde ser completada..." O juiz Baldi bateu o telefone.

— Cadê? – berrou para a sala. Depois enfiou o dedo indicador na orelha e se coçou. – Cadê aquele mentecapto? – gritou para as paredes de sua sala. Tornou a agarrar o telefone.

— Delegacia de Aosta, às ordens.

— É o juiz Baldi. Onde está o Schiavone?

— Faz um tempinho que não o vemos, doutor.

— Com quem estou falando?

— Agente Deruta.

— Me passe... quem está aí?

— Não saberia dizer. Quer a lista?

— Quem está no lugar do Schiavone!

— Ah... era o Pietra, da esquadra de Turim. Não sei se está na sala. Quer falar com ele?

— Não, quero convidar para jantar! Claro que quero falar com ele!

Ouviu uns barulhos de fundo. Uma conversinha abafada. Baldi ergueu os olhos para o céu. Alguém tornou a pegar o telefone.

— Doutor, agente Italo Pierron, às ordens.

— Onde está o Carlo Pietra?

– Para falar a verdade? Não sei... Não o vejo desde ontem.
– Caralho! Não temos tempo. Venha agora mesmo ao tribunal.
– O que está acontecendo?
– Temos de ir correndo ao presídio de Varallo. Há esperanças de localizar o Schiavone?
– Vou fazer todo o possível. No máximo amanhã dou notícias dele para o senhor.
– Você tem futuro, Pierron.
– Doutor, por que vamos ao presídio de Varallo?
– Mataram Mimmo Cuntrera!

Stefania Zaccaria estava internada na ala de traumatologia do hospital Santo Spirito de Roma. Estava deitada no leito em um quarto individual com a perna direita na tração, um braço engessado, um imobilizador na outra perna e uma venda que lhe cobria o olho esquerdo. Os lábios refeitos por um péssimo cirurgião plástico estavam inchados e cheios de casquinhas. Aos pés da cama encontrava-se uma senhora de idade fazendo crochê. Pela janela entravam raios de sol que davam uma reanimada no verdinho burocrático das paredes que, tanto no hospital quanto na prisão, dava o melhor de si. Stefania Zaccaria havia construído um império com a prostituição. Tinha comprado dezenas de apartamentos de um quarto em vários bairros romanos e colocado neles moças eslavas e sul-americanas. Um negócio que, em um ano de vacas magras, lhe rendia umas centenas de milhares de euros. Rocco a havia mandado para a prisão duas vezes, mas ela sempre tinha conseguido dar um jeito. Graças ao poder do dinheiro e dos bons advogados, muitos deles clientes das suas moças. Quando Rocco entrou no quarto, a mulher que fazia companhia para Stefania parou de trabalhar e levou o indicador aos lábios.

— Shhh... — disse para Rocco. — Está dormindo.

O subchefe de polícia se aproximou da cama. Stefania Zaccaria mantinha o olho fechado. Mas a pálpebra lhe tremia um pouco demais. Rocco entrou no jogo.

— Como ela está?

— Vai indo — respondeu a mulher. — O senhor, quem é? Um amigo?

— Íntimo. Como ela ficou nesse estado?

— Bateu com o carro em Casalotti. Bateu em cheio em uma betoneira da ANAS.*

— Que sorte ela estar viva — disse Rocco. Então se aproximou. Stefania estava cheia de arranhões na testa e nas maçãs do rosto. — Desde quando está assim?

— Hoje é o terceiro dia.

— O que dizem os médicos? Posso levá-la à delegacia?

— À delegacia? — disse a mulher, deixando cair a agulha de crochê no cobertor.

— Não dá, não é mesmo? Então venho aqui com o juiz. Stefà, voltamos à velha história. Me parece que você vai passar uns dias atrás das grades.

Stefania continuava mantendo o olho fechado.

— Mas o que o senhor está dizendo? Não vê como ela está?

— Estou vendo, sim. Porém, faz uma semana, Stefania fez besteira das grandes. E agora que botamos a mão nela, vai pagar as contas. Não é assim?

— Assim o caralho! — respondeu Stefania Zaccaria abrindo o olho são. — O caralho que dessa vez você me põe atrás das grades, Schiavone! E vamos escutar, o que é que eu teria feito uma semana atrás?

---

* Azienda Nazionale Autonoma delle Strade: órgão estatal encarregado da manutenção das rodovias italianas. (N.T.)

– Ah, mas agora você está acordada? – disse o subchefe de polícia, falsamente surpreso. Observou que lhe faltavam também uns dentes. – Você sabe, Stefania. O de sempre!

– Schiavò, eu não vou com você à delegacia. Me mande um juiz, mande quem você quiser. Vocês deviam falar com os meus advogados! – e acompanhou a ameaça erguendo ligeiramente o torso, movimento que lhe provocou uma pontada de dor lancinante na base do pescoço.

– Vai devagar... – sugeriu a mulher de idade.

– Cala a boca, imbecil! – Stefania gritou com ela.

– Não se trata assim uma mãe...

– Comissa, ela não é minha mãe.

– E eu não sou comissário. Sou subchefe de polícia. Agora, quem é a senhora, sua tia?

– Que é isso! Essa coitada faz o serviço de casa.

A velhinha assentiu, sorridente.

– Eu cuido de tudo! – confirmou, orgulhosa.

– Continue, subchefe de polícia, me diga uma coisa: o que eu teria feito uma semana atrás?

Rocco pegou uma cadeira de fórmica e a colocou perto da cama. Olhou a velhinha.

– Escute, a senhora me faz uma gentileza?

– Claro – disse, sorrindo.

– A senhora pode nos deixar sozinhos dois minutos?

A mulher olhou Stefania.

– Posso?

– Não tem de perguntar para mim. Tem de se levantar e sair do quarto por dois minutos. Dá pra fazer isso?

Ela colocou o crochê no colchão.

– Então eu vou ao banheiro, com sua licença. – Levantou-se, arrumou a saia e, com um sorrisinho, saiu do quarto.

— Bom, Stefania. Agora que estamos nos olhando nos olhos... ou melhor, eu olhando pra um olho só – se corrigiu, indicando a venda no rosto –, vamos falar sério?

— Eu sempre falo sério.

— Sabe me dizer onde você estava uma semana atrás?

Stefania ergueu a pupila do olho são para o teto. Estava pensando.

— Uma semana atrás... Uma semana atrás... Quinta-feira à noite, você quer dizer?

— Exatamente.

— Deixa eu pensar... não me lembro. Acho que em casa. Nada especial. Mas por quê?

— Tente!

Stefania tentou.

— Nada, não me vem nada à cabeça. Mas por que quer saber?

— Você sabe.

— Não, não sei.

— Todos em Roma sabem.

— Mas eu não. Você enche o saco.

Rocco estendeu uma das mãos. Colocou-a no braço são da moça.

— Solte meu braço.

Rocco não tirou a mão.

— Você sabe por que estou aqui. E me esperava. Foi você?

— Que fez o quê?

Rocco apertou o braço. Stefania fez uma careta de dor.

— Eu disse que a gente tem de falar sério. Eu te quebro o braço bom também.

— Não sei, não sei...

Rocco aumentou a pressão.

– Não sabe?
– Sei, quer dizer, eu sei... Sei o que aconteceu com você... Me solta, está me machucando!
– É esse o plano. E então?
– Como dói... não aperta...
– Se você não falar, passo para a perna quebrada.
– Eu não tenho nada que ver com isso. Eu gostaria de ter, juro. Mas não penso em você, nem sabia onde você estava.
– E quem te disse que alguém foi me fazer uma visita?
– Me solta, me solta e eu te digo.
Rocco soltou o pulso dela. Olhou Stefania.
– Estou esperando...
Stefania Zaccaria engoliu um grumo de saliva.
– Um cara estava dizendo...
– Um cara que se chama?
– Aquele lá... como é o nome dele...
Rocco estendeu a mão na direção da perna com o imobilizador. Stefania quase deu um pulo.
– Paoletto Buglioni!
Rocco sorriu. Acariciou o braço que havia acabado de esmagar e se levantou da cadeira.
– Você é um merda, Schiavone, sabia? Por que não volta pro lugar de onde veio? – Enquanto ela gritava, Rocco tornou a colocar a cadeira no lugar, se dirigindo à porta. De costas, se despediu com um gesto de Stefania, que continuava a berrar fazendo a cama e o imobilizador balançarem. – Olha só, muito bem! Para de encher o saco! Agora eu chamo os advogados, comissa, que cê acha? E você nem pode vir aqui me ameaçar! Eu, quando quiser, posso...
O resto, Schiavone não ouviu. Já estava no corredor. Encontrou um enfermeiro.

– Olha, a paciente do 209 está dando um show.
– Mas que saco! Por mim, pode até aparecer na televisão! – e o paramédico continuou seu caminho.

Alessandro Martinelli, uma longa carreira na administração para dar com os costados em Varallo aos 54 anos e dirigir a casa de detenção, estava sentado com os braços cruzados. Na sua sala, tão simples quanto sua indumentária, as únicas concessões eram as fotos dos três filhos emolduradas e postas na escrivaninha. De resto, poderia parecer a cela de um frade.
– Não sei – dizia, balançando a cabeça. – Não posso conjecturar nada... gostaria que os senhores falassem primeiro com o médico.
Na frente dele estavam o juiz Baldi, com um elegante casaco de couro, e o agente Italo Pierron, em pé junto da porta.
– Como se chama o médico? – disse Baldi.
– É o responsável sanitário. Se chama Oreste Crocitti – respondeu o diretor.

Atravessaram uma dezena de corredores, ultrapassando grades que abriam e se fechavam em um concerto de rangidos, estalidos e batidas de metal. As paredes eram pintadas com o costumeiro verdinho burocrático. Finalmente, chegaram ao pátio. Na verdade, os pátios eram dois, separados por um alto paredão.
– Aquele ali, coberto, é para o isolamento. Este maior é para os outros detentos. – O diretor fazia as vezes de cicerone para os visitantes. Ao lado de uma pequena reentrância na parede, não longe da entrada da ala 3, inclinados sobre um lençol branco, sob o qual apareciam duas pernas, estavam dois guardas penitenciários e o médico Crocitti.
– Prazer, Baldi, Procuradoria de Aosta.

Crocitti se levantou. Um metro e noventa de magreza, sem cabelos, o olhar apagado por trás dos óculos de grau.

– Crocitti...

Baldi olhou o cadáver sem que qualquer emoção transparecesse de seu olhar.

– O que temos?

– Infarto do miocárdio – respondeu o médico. – Morreu na hora. Deve ter se exaltado na briga.

– Domenico Cuntrera não morreu de infarto! – berrou o juiz Baldi, e o médico e os dois guardas deram um pulo de susto. Italo ficou impassível, enquanto o diretor do presídio olhava constrangido para outro lado. – Este Cuntrera, eu mesmo mandei prender. É um mafioso que emprestava dinheiro a juros, envolvido no sequestro de uma mocinha... Uma pessoa assim não morre de infarto. Eu quero uma autópsia.

– Sim, doutor; na verdade, a autópsia é regulamentar. Nós vamos mandá-lo para Vercelli e...

– Para Vercelli o senhor vai de férias! Este aqui vai para Aosta! – berrou de novo o juiz.

– Mas... – o diretor do presídio se arriscou a objetar. – Nós dependemos do tribunal de Vercelli e...

– Ouça-me com atenção, Martinelli. Este homem é meu. Eu falo com o procurador em Vercelli. Italo! Avise Fumagalli. Quero que ele faça a autópsia.

– É pra já! – Italo se afastou do grupinho.

– Não creio que isso seja regulamentar – o diretor se opôs.

– Martinelli, digamos que eu estou pouquíssimo me importando!

– Então o senhor tem certeza de que não é infarto? – perguntou o médico Crocitti.

O juiz o olhou nos olhos.

– Aposto os dois testículos que se trata de um homicídio.

Era quase meia-noite, mas na rua do bairro Trieste pareciam cinco horas da tarde por causa do tráfego. Paoletto Buglioni estava na frente do Hysteria controlando a fila de jovens que queriam entrar na discoteca. Braços cruzados, vestido de preto, sem um fio de cabelo, o olhar feroz e a barba de uns dois dias, superava a altura dos clientes em pelo menos trinta centímetros. Os bíceps pareciam querer rasgar o casaco de um instante para outro. Quem chegava na frente da porta dupla de ferro, berrando e agitando copinhos de plástico cheios de qualquer bebida alcoólica, mal via aquele gigante se calava e ficava esperando, bem-comportado e paciente, que o leão de chácara lhe permitisse a entrada. Rocco e Brizio, apoiados na porta metálica de um antiquário, o olhavam a uns dez metros de distância. Paoletto ergueu o olhar e os avistou. Fez um gesto de assentimento para Brizio, que respondeu.

– Ele já vem – disse para Rocco.

Nem dois minutos depois, da discoteca saiu outro leão de chácara, baixo, porém mais musculoso que Paoletto. Negro, com os cabelos pintados de loiro e óculos de sol. Buglioni falou no ouvido dele, e o outro assentiu; depois o gigante se afastou da fila de jovens impacientes e, com passos decididos, se aproximou do subchefe de polícia e de seu amigo.

– E aí, Brizio!

Rocco por pouco não caiu na risada. A voz de Paoletto ficava uma oitava acima da de Callas, mas esganiçada e fraca. Parecia a voz de uma menina inocente.

– Oi, Paolè... conhece o Rocco?

Paoletto assentiu, mas sem estender a mão:

– Alguém tá atrás de você? – perguntou para ele.

– Quem te disse isso? – Rocco replicou.

O leão de chácara olhou para os lados, tirou um maço de cigarros do bolso, acendeu um com um movimento que vira algum ator fazer. – Estão falando por aí...

– Você falou para a Stefania... mas quem te disse? O que você pode me dizer? – Brizio perguntou.

– Ah... Sabe como é, Brizio.

– Não, como é?

– Os boatos correm. Sinto pela Adele. Seba, como é que ele está?

– Como quer que ele esteja? – interveio Rocco. – Puto da vida.

– Se eu pudesse fazer alguma coisa pelo Seba, faria. Mas, é sério, caras, não sei de nada. – E deu uma tragada no cigarro segurando-o com o polegar e o indicador. Piscou os olhos e encarou Rocco. – Como ela morreu?

– Oito tiros. 6.35, calibre pequeno.

Mais silêncio. De um portão saíram duas moças que chamaram a atenção de Brizio. Paoletto jogou fora o cigarro. O neon do letreiro do antiquário atingiu a careca dele, colorindo-a de azul.

– Como vai o teu irmão? – perguntou Rocco.

– Ahn.

– Ele que te contou?

– O quê?

– O que aconteceu lá no norte?

– Faz um tempinho que não vejo o Flavio. Vocês sabem, né? Vive com a mamãe, tadinha, tem 85 anos, é surda e não está muito bem. De todo modo, agora que estou pensando, parece que ele me disse Antonio Biga. Vocês conhecem, né?

Brizio assentiu. Passou a mão nos cabelos.

– Escuta uma coisa, Paolè... se ficar sabendo de alguma coisa, você nos conta? Pra mim, ou pro Seba?

– Claro. Pode contar comigo.

Brizio lhe estendeu a mão. O leão de chácara a apertou. Depois apertou também a mão de Rocco.

– Sinto muito, Rocco.

O subchefe de polícia e o amigo se afastaram. Paoletto voltou para a discoteca. Mal viu os dois desaparecendo na esquina, enfiou a mão no bolso e pegou o celular.

– Flavio... sou eu...

A voz cheia de sono do irmão respondeu.

– O que foi?

– Como a mamãe está?

– Mas você me telefona uma hora da manhã pra saber como a mamãe está?

– Não, me escute. Você vendeu uma menininha, uma 6.35, faz alguns meses?

– E daí?

– Porra, Flavio. Aquela não era para vender, você sabia. Pra quem você passou?

– Mas por que você não cuida da tua vida?

– Mas é a minha vida, bundão! Pra quem você vendeu?

– Mas por quê?

– Porque usaram ela... Provavelmente para atirar na Adele lá em Aosta. E agora?

– Ai, porra... Eu pensava que fosse para fazer um assalto.

– Quem?

Flavio inspirou.

– Enzo. Enzo Baiocchi!

Paoletto ergueu os olhos para o céu.

– O tira tá na cola dele. Você não sabe de nada. Fique calmo. E se a arma reaparecer, joga no Tibre.

– Você tá dizendo, se chegar até minhas mãos?

– Não sei. Mas você não sabe porra nenhuma e eu não te disse porra nenhuma. Pro Enzo Baiocchi... Dá pra ser mais bundão?

Rocco dormiu diretamente em cima do plástico que cobria a cama. E foi uma noite sem sono, com os fantasmas que botavam a cabeça para fora assim que ele fechava os olhos e não lhe davam trégua. Às vezes, tinha a sensação de que tivesse um aos pés da cama, que o olhava de olhos fechados. E sentiu sede o tempo todo.

Quinta-feira

Levantou-se com as luzes do alvorecer, feliz por aquela noite sem sonhos ter terminado. Desejou não precisar mais passar outra igual em toda sua vida.

Às seis e quinze, Rocco estava na varanda fumando o primeiro cigarro daquele dia, sentado de frente para o sol que nascia, pintando a cidade de vermelho e laranja.

"*Muito bonita, não é?*"
Marina segura a xícara de café com as duas mãos e tem um arrepio de frio.
"*Compramos esta casa por isso, não?*"
"*Na verdade, porque fica perto da casa dos teus pais.*"
"*Ah, vamos apostar. Então, você aponta e eu descrevo.*"
Ela acerta todas.
"*Vamos começar com uma fácil. Aquele grupo de telhados, lá embaixo?*"
"*Sant'Anastasia al Circo Massimo.*"
"*Muito bem. Aquela lá embaixo, na frente do Altare della Patria?*"
"*Torre delle Milizie! Ufa, uma um pouco mais difícil?*"
"*Então, aquele grupo de ciprestes... tá vendo? No alto de Testaccio?*"
"*Santa Sabina! Preciso te lembrar que nós nos casamos lá?*"
Tem razão. Com os ciprestes do Aventino e o Giardino degli Aranci ali ao lado.
"*Marì, mas você sabe por que colocam ciprestes nos cemitérios?*"
Bebeu um pouco de café.

"Por causa das raízes. São em forma de fuso e descem retas, não horizontais, assim não perturbam os túmulos e não fazem cócegas nos mortos." Me olha e sorri para mim.

"Quanta coisa você sabe."

"Verdade?"

Eu a olho. Ela vira os olhos para a cidade e os fecha um pouco.

"São rugas que eu estou vendo aí ao redor?"

"Não. São pregas. Eu não tive tempo de ter rugas." Se volta para mim. "Quer a verdade? Você se esqueceu dos meus defeitos. Acontece sempre com aqueles que morrem, não é? A primeira coisa que vocês esquecem a nosso respeito são os defeitos."

"Você não tinha defeitos."

"Ah, tá!" e começa a rir. "Fale a verdade, Rocco. Você está começando a ver uma névoa."

"Você está enganada!"

– Não é uma coisa que se resolva facilmente... – disse Furio acendendo um cigarro. Sebastiano estava sentado, tomando cuidado para que o chocolate em pó não mergulhasse na espuma do leite. Brizio, como sempre, olhava ao redor. A piazza Santa Maria in Trastevere, naquela hora da manhã, já estava cheia de gente, moças na maior parte.

Rocco pegou a xícara de café.

– Antonio Biga não fala. A Zaccaria não tem nada que ver com isso. E Paoletto é só um megafone.

– Mas parece que todo mundo aqui em Roma sabe – acrescentou Furio.

– Eu tinha te dito – falou Brizio. – Ah, não sei. Outros não me passam pela cabeça, por enquanto.

– E esse Walter Cremonesi? – perguntou Furio.

Rocco terminou o café e se recostou no espaldar da cadeira.

– Não sei. É uma coisa velha... Por que agora? Teria podido agir há tanto tempo, quando eu estava em Roma.

– Quem sabe esperava a hora certa?

Brizio se voltou para os amigos.

– Não. Cremonesi é um cara que anda nas altas esferas. Estava no meio das contratações, do controle do território. Por que se arriscar? E, além do mais, não é que só o Rocco tenha posto as mãos nele.

– Isso é verdade – concordou Furio. – Ele teria de dar uns tiros até no vice-inspetor da especial... aquele cara... como se chamava...

– Nardella – sugeriu Rocco.

– Isso mesmo. Não, o Walter Cremonesi não tem nada que ver com isso.

– Fico andando ao redor, mas não consigo entender quem é. E não gosto disso.

– Esse cara é um rato que saiu da toca – afirmou Sebastiano, sem tirar os olhos do cappuccino e do croissant que não tinha tocado ainda. – É alguém que não estava andando por aí já faz um tempo. – Finalmente ergueu os olhos úmidos para os amigos.

– Concordo – disse Rocco. – Estava pensando na mesma coisa. Precisamos procurar alguém que estava atrás das grades e saiu faz pouco.

– É isso! – acrescentou Sebastiano. – Aposto o que vocês quiserem que quem atirou na Adele é um rato de esgoto que agora está se escondendo.

Com a menção ao nome da mulher, todos voltaram os olhos para a mesinha. Sebastiano, por sua vez, sorriu.

– Não, assim não. Vamos combinar que cada vez que alguém disser Adele a gente sorri?

E eles fizeram isso. Só que Sebastiano teve de enxugar uma lágrima.

— Puta que o pariu... — resmungou e, com a mãozona peluda, agarrou o croissant, mordeu-o e tirou metade dele, enquanto as migalhas lhe caíam na barba e no casaco. E daí os barulhos da piazza Santa Maria venceram. E eles começaram a olhar os cingaleses que vendiam bugigangas, os moços sentados fumando nos degraus da fonte. Voltou à lembrança de Rocco aquela tarde de tantos anos antes, quando bem naqueles degraus viu Marina pela primeira vez e resolveu, enquanto o sol lambia os mosaicos dourados da basílica, que aquela moça seria sua esposa.

A viagem de volta lá de Roma foi um pesadelo. Mais de uma hora de atraso em Fiumicino. E, chegando a Turim, alguém havia estacionado o carro atrás do dele. Fora preciso chamar o guincho para liberar o Volvo em Caselle. De carro direto para Aosta, finalmente ligou o celular. Uma tempestade de sons denunciou a presença de dezenas de mensagens. Não perdeu tempo verificando de quem eram. Sabia. Da delegacia, da Procuradoria e de Anna. Chamou o agente De Silvestri.

— De Silvestri, ainda preciso da sua ajuda.

— Pode falar, doutor... — respondeu o velho agente romano.

— Quem eu estou procurando é alguém que não poderia botar o nariz pra fora.

— Está pensando em alguém que estava atrás das grades?

— Ou que tivesse medo de se mostrar por aí. Então, você precisaria fazer uma coisa...

— Uma bela de uma pesquisa. Quem saiu faz pouco tempo, quem fugiu...

— Talvez cruzando os dados alguma coisa apareça?

– Espero que sim, doutor. Mas não cometa o mesmo erro que acabou de cometer.

– E qual é?

– Veio a Roma e nem passou para me dar um abraço.

– Tem razão, Alfrè, tem toda razão.

Caterina o esperava na piazza Chanoux, na frente do bar. Mal o viu aparecendo na via di Porta Pretoria, Lupa correu ao seu encontro e pulou nele como se não o visse há séculos. Os cachorros não têm noção de tempo. Cinco minutos de ausência do dono, ou vinte anos, como Ulisses, por exemplo, para eles é a mesma coisa. Principalmente para os cachorros como Lupa, que não confiam mais nos homens.

– Obrigado, Caterina. Ela se comportou bem?

– Muito bem. Eu e ela somos amigas. Não é mesmo, pequenininha? – e sorriu para a cadelinha que abanava o rabo e girava ao redor de Rocco, ganindo. – Escute, doutor...

– Caramba! Nós nos tratamos por você!

– Vou tentar... Escute, Rocco, o Baldi está te procurando. Um homicídio no presídio.

– Um homicídio?

– Isso mesmo. Não sei mais nada. Não entendi direito. Ontem Italo foi correndo para lá com o juiz.

– E o que o Italo disse?

– Não tenho a menor ideia. Não o vejo desde ontem, ponto final.

Rocco assentiu.

– Quer dizer, ontem à noite vocês não estiveram juntos?

– Ficou chateado. Descobriu que eu menti para ele.

– Você, mentindo?

– É, a gente tinha de ir jantar na casa da tia, que não é nenhuma maravilha, e eu não estava a fim. Não gosto de jantares de família. Digamos que eu tenho alguns problemas com a instituição família. E ele ficou chateado.

– Por tão pouco?

– Às vezes, por muito menos!

Uma rachadura. Aquele relacionamento, que parecia sólido, duro como um diamante, já estava afetado pelo desgaste do tempo e da rotina? Envergonhou-se com o pensamento, mas não poderia mentir para si mesmo: os problemas daquele casal jogavam ao seu favor.

– Vocês brigaram?

– Digamos que... doutor, talvez não seja problema seu.

– E a inspetora começou a acariciar Lupa.

– Me desculpe, Caterina. Tem razão. Não é problema meu. Obrigado por Lupa. Vou voltar para o meu quarto.

– Quando o senhor volta para a delegacia?

Rocco ergueu os olhos para o céu.

– Tudo bem, Caterina, eu desisto. Mais cedo ou mais tarde você se acostuma a me chamar de você.

– Soa como uma ameaça! – disse a moça, sorrindo.

– E é! – assobiou para Lupa e voltou para o apart-hotel. Caterina ficou ali, olhando para ele, depois se voltou e se dirigiu à catedral, onde havia deixado o carro.

Tinha acabado de tomar um banho e colocado roupas limpas quando bateram à porta.

– Quem é? – gritou Rocco.

Nenhuma resposta. O assédio havia recomeçado. Deveria ser o cara da recepção.

– Quem é? – Silêncio. Bufando, se levantou da cama e se aproximou da porta. – Quem é? – berrou de novo, a poucos centímetros da madeira.

Silêncio.

Abriu.

À sua frente lhe apareceu o agente D'Intino, que o fitava com um olhar vago, mantendo o quepe na mão. D'Intino, natural das distantes terras de Abruzzo, era a pior punição que Aosta lhe havia reservado desde sua chegada à delegacia. Mais que a neve e o frio.

– Por que veio aqui? O que você quer? Não ouviu meus berros?

– Mas eu dei a batida secreta – e sorriu.

– A batida secreta?

O agente ergueu o punho e deu três batidas na madeira sorrindo para o subchefe de polícia.

– E que diabo é isso?

– A nossa batida, não é?

– Não. Eu e você não temos nenhuma batida secreta. Além do mais, três vezes, que droga de batida secreta é essa? Porra, D'Intino, você tem de aprender que quando você bate à porta e alguém pergunta: quem é?, você tem de responder!

Lupa latiu, como se reforçasse a lógica absoluta da coisa.

– Que bonitinho – disse D'Intino.

– Bonitinha – corrigiu Rocco. – É uma fêmea!

– Ahn. E que raça é?

– É uma Saint-Rhémy-en-Ardennes.

– Uma...?

– Saint-Rhémy-en-Ardennes. Raça raríssima, criada pelo barão Gaston de Veilleuse no século XVIII. Originária da cidade de Sedan, é pouco conhecida porque é uma raça cheia de contradições, mas é ótima companhia. Alterna momentos de grande afetuosidade com arroubos de ferocidade e desconhecimento dos famosos instintos fraternais e amistosos da raça canina. Por isso, não se aproxime muito, ela poderia te lamber ou arrancar uma das mãos, vai saber... Não me diga, D'Intino, que nunca ouviu falar!

– Não, não, agora que estou pensando, sim... Saint--Rhémy...

– ...en-Ardennes. Então, quer me dizer o que você está fazendo aqui?

– Tem uma coisa... Uma coisa horrível... aconteceu no presídio de Varallo.

– Tudo bem. E pode me dizer o que aconteceu no presídio de Varallo?

– Um defunto!

Rocco assentiu.

– Sabe de uma coisa, D'Intino? Na delegacia, se você procurar bem, tem um homem. É fácil encontrar, deve pesar uns cento e vinte quilos. Rosto simpático, alegre e muito, muito inteligente...

– Deruta?

– Eu disse muito inteligente. Parece que descrevi o Deruta?

D'Intino não respondeu.

– Bom. Esse homem atende pelo nome de Carlo Pietra. É o chefe da esquadra de Turim. Por enquanto, vocês deveriam ir falar com ele, porque este que vos fala está de férias forçadas até quando me der na telha. Fui claro?

D'Intino ficou na soleira da porta com a boca aberta.

– D'Intino, meu amigo, qual parte da minha fala não ficou clara pra você?

– Doutor. Não ficou claro o que eu devo fazer.

– Então escreva. Primeiro! Voltar para a delegacia.

D'Intino repetiu em voz baixa:

– ...voltar para a delegacia...

– Segundo: falar com Carlo Pietra.

– ...falar com Carlo Pietra.

– Terceiro: não encher o saco do Schiavone.

– ...terceiro, não encher o saco do Schiavone.
– Tudo claro?
D'Intino sorriu.
– Tenho de ir para a delegacia, procurar Pietra e dizer para ele não encher o saco do Schiavone.
– Mais ou menos.
– Então o senhor não vai?
– Aonde, D'Intì?
– Ao presídio?
– Cai fora! – e bateu a porta na cara dele.
Fim do esconderijo secreto. A vida havia voltado e o reivindicava a altos brados. No dia seguinte iria até a delegacia.
– Você parou com a vagabundagem, Rocco! – falou em voz alta.

Alessandro Martinelli tinha generosamente colocado à disposição seu escritório para Baldi e Pietra. Os guardas do presídio, Mauro Marini e Daniele Abela, sentados em duas cadeiras de madeira, olhavam o gigantesco chefe da esquadra em pé do lado da janela. Baldi, por sua vez, brincava com uma caneta Bic esparramado na poltrona de couro do diretor, que havia ficado em pé na soleira da porta, como um convidado. Italo Pierron estava ao lado dele. Mantinha as mãos às costas e observava os dois do presídio.
Com mais de cinquenta Marini, com menos de trinta o outro. Os dois com a cara fechada.
– Me expliquem direito: como as coisas aconteceram? – começou Baldi, sem olhar os dois no rosto.
– Eu e Abela interferimos para acalmar uma briga que havia começado no pátio ao lado da porta da ala dois. Uns quatro ou cinco detentos estavam aos socos e pontapés, então eu, Daniele e outros colegas os detivemos.

— Quatro tunisianos foram para a enfermaria – prosseguiu Abela. – Os outros, para o isolamento. No fim da briga, notamos o corpo do Cuntrera no chão e percebemos que ele estava morto.

— Esse Cuntrera... – disse Pietra, enquanto observava os telhados do presídio da janela da sala – tomou parte na briga?

— Não sabemos. Uns prisioneiros disseram que estava cuidando da vida dele, fumando.

Baldi lançou um olhar para Pietra, que continuava a olhar para fora.

— Quem vocês levaram para o isolamento?

— Os responsáveis. Um é Enrico Carini, conhecido como Erik, o vermelho. O outro é Oluwafeme Chiama, nigeriano, ex-pugilista diletante, e o terceiro é Agostino Lumi, conhecido como o professor. Eles começaram a briga. Omar Bem Taleb e o primo dele, Aziz, foram os que levaram a pior. Tarek Esseby e Karim Lakal, pouca coisa.

— Motivo?

— O que o senhor quer... – começou Marini. – Faz vinte e cinco anos que eu trabalho nos presídios, doutor, e os motivos das brigas são sempre os mesmos. Dinheiro, tráfico de entorpecentes, cigarros, não ter respeitado a hierarquia. Aqui dentro se cria todo um mundo, sabe? E eles se matam para que esse mundo seja respeitado. Existe uma hierarquia de poder, e o professor com os dois puxa-sacos dele estão bem no alto. Com toda certeza Omar não respeitou algum pacto. Ou simplesmente lhes devia dinheiro.

Baldi terminou a conversa.

— Por enquanto, podem ir. Obrigado. – Os dois guardas se levantaram e saíram da sala do diretor.

— Posso falar com o preso em isolamento? – disse o juiz, olhando Martinelli.

– Com todos os três? – perguntou o diretor.

– Apenas com o chefe. Esse Agostino Lumi.

– Aconselho o senhor a dar uma olhada no meu arquivo. Assim o senhor fica sabendo que tipo de pessoa ele é – e indicou um velho móvel de ferro que tinha uma letra do alfabeto para cada gaveta. Baldi fez um gesto para Pietra, que mexeu na hora entre as fichas da letra L. O juiz ficou pensativo olhando a costumeira foto do presidente, o crucifixo, a bandeira e a pequena estante da IKEA com dezenas de livros colocados desordenadamente.

– Cá está. Agostino Lumi. – O chefe da esquadra entregou a pasta a Baldi, que a abriu.

– Vamos dar uma olhada.

Agostino Lumi era um delinquente de grande respeito. Nascido em Varese em 1968, havia realizado uma dezena de assaltos à mão armada, participado de três tiroteios com os carabinieri, era acusado de homicídio duplo por ter tirado de seu caminho dois membros do seu grupo, uma tentativa de homicídio; além disso, outros crimes isolados, como furtos e fraudes acumulados em 38 anos de carreira tinham lhe valido duas penas perpétuas. A última, decretada enquanto estava preso na casa de detenção de Viterbo. Transferido para Varallo por motivos disciplinares, tinha evidentemente recomeçado a criar sua panelinha para também dar as ordens dentro das paredes daquele presídio.

– Um tipinho dos bons, resumindo.

– Se a experiência não me engana, doutor, não se tira muito de alguém assim... de qualquer modo, já pedi e obtive a transferência dele – disse Martinelli.

– Bom – suspirou Baldi. – Uma última coisa. O senhor tem as filmagens das câmeras de vigilância?

– Claro. O senhor as quer?

Baldi não respondeu. Limitou-se a assentir. Então olhou para Italo Pierron, que havia ficado em silêncio durante todo o interrogatório.

– Pierron, pegue o material do doutor Martinelli.

– Ah, doutor – disse Pietra. – Amanhã, tenho de voltar para Turim.

Baldi assentiu.

– Pierron, temos notícias do mentecapto?

Italo abriu os braços, desconsolado.

– Agente, lembre-se de que prometeu trazê-lo para mim.

– Com certeza, doutor Baldi! Não se preocupe!

"Você procura alguém que estava na prisão?" Sentada à pequena escrivaninha na frente da janela, Marina faz rabiscos sem sentido em uma folha de papel. Não gosta de ficar aqui no apart-hotel. Pouco espaço, se sente oprimida. Queria voltar para uma casa normal, eu sei.

"Talvez...", lhe respondo. "Senão, por que teria esperado tanto tempo assim para me atacar?"

"Talvez estivesse apenas no exterior."

"Você tem razão. Outra sugestão que devo fazer para De Silvestri."

"Nunca me fale do seu serviço."

"Mas não é o meu serviço. Estou falando de um filho da puta que matou Adele com tiros de revólver, e que, em vez disso, queria me matar. Isso se chama sobrevivência."

"Enrodilhado", me diz, pegando o habitual bloquinho de notas. "Não é uma palavra bonita? Enrodilhado. Dá a ideia de alguém deitado encolhido como um cachorrinho."

"E o que significa?"

"Você não sabe? É importante, Rocco. Muito importante."

Sergio Mozzicarelli fitava a rede metálica da cama acima dele abaulada pelo peso de Aldo, um de seus companheiros de cela. Estava com as mãos no peito. Parecia rezar. Em vez disso, estava pensando. A noite estava silenciosa. Alguém roncava. Alguém tossia. Um grupo de homens sozinhos e esquecidos tentava, como ele, cair no sono. Sergio se voltou para o leito vago, o leito que havia sido, por poucos dias, de Mimmo Cuntrera. Tinham levado os lençóis, e o colchão fino estava dobrado sobre si mesmo, expondo a rede metálica. Os outros dois homens na cela pareciam dormir profundamente. A luz da lua lambia as paredes e se refletia nas grades da janela pintadas de verde. A água da descarga da pequena privada gorgolejava. Respirou profundamente. Procurou fechar os olhos, esquecer os pensamentos e fingir que aquela água do sanitário ao estilo turco fosse, na verdade, a fonte no alto de uma montanha, fresca e potável. Mas aquele barulho continuava sendo um problema hidráulico e ele estava na prisão, não no meio do prado de algum vale alpino. Os olhos tornaram a se abrir, como se tivessem por dentro uma mola bem lubrificada. Deu uma olhada no beliche ao lado do seu. Karim parecia dormir. Depois se virou. Sergio viu os olhos do moço brilhando no escuro. O tunisiano estava acordado. Seus olhares se cruzaram.

– Não está conseguindo dormir? – sussurrou Sergio, para não acordar Aldo, que, acima dele, roncava e afundava a rede metálica com seus noventa quilos.

– Não... – respondeu Karim. – Nem você...

Sergio se virou de lado.

– Como é que você está?

– A boca tá doendo um pouco... mas vai passar – e o moço passou a mão na mandíbula, onde havia levado o pior soco. – Aqueles idiotas. Vou fazer eles pagarem.

– Deixe pra lá. Se cheguei aos 68 anos, é porque muitas vezes deixei pra lá.

O africano assentiu. Então se virou do outro lado, mostrando a nuca para o companheiro de cela. Sinal de que não queria mais continuar a falar. Sergio, por sua vez, parecia ter vontade de continuar. Não conseguia ficar sozinho com seus pensamentos. E não eram pensamentos de nostalgia ou de desconforto. Agora, lá fora ninguém mais o esperava. Sua esposa tornara a se casar, os dois filhos trabalhavam no exterior. Seu irmão estava encarcerado no presídio de Lecce e só sairia de lá quando abotoasse o paletó de madeira. Sergio estava sozinho, e nunca a solidão lhe pesara como naquela noite.

– Em quem posso confiar? – continuava a repetir com seus botões, fazia horas. Precisava falar com alguém, dizer aquela coisa que o estava matando minuto a minuto. Porque Sergio Mozzicarelli tinha visto.

Tinha visto tudo.

Esticado no colchão duríssimo do apart-hotel, Rocco mantinha os olhos abertos e fixos no teto iluminado pelo neon do letreiro de um pub lá embaixo, na rua. Piscava com regularidade, como um metrônomo, mudando de cor. Rosa claro, rosa escuro, violeta. Um dois três, um dois três. Uma valsa. Ainda era meia-noite. Como era possível que as noites no apart-hotel durassem tanto assim? Um dois três. Um dois três! Levantou-se da cama. Lupa olhou para ele, perplexa.

– Vou sair, Lupa. O que você quer fazer, vem comigo?

Era uma noite de maio, tinha estrelas e algum retardatário vagava pela cidade. Passou pela rue Piave, onde havia morado por nove meses. Olhou o prédio. Olhou a calha que o assassino ainda sem nome usara alguns dias antes para escalar o muro e entrar em seu apartamento. Olha ele ali. As persianas fechadas. Olhos fechados. Mortos e cegos. Como os de Adele. Que agora repousava no cemitério de Montecompatri, pertinho de Roma.

– Como se chama a rua onde o comissário encontrou uma casa para mim? – perguntou para Lupa, que estava farejando um bueiro. – Via Laurent Cerise...

Lupa saiu trotando ao lado dele.

– Agora a gente vai ao bar do Ettore e pergunta pra ele onde fica... – e se dirigiu à piazza Chanoux.

Via Cerise era uma rua anônima. Poucas casas, baixas. Gostou delas. Gostou principalmente do arco sob o prédio onde passava a via Archet. Esperava que o imóvel com o apartamento que o comissário lhe arranjara fosse exatamente aquele. Aproximou-se do portão. Acima do portão de madeira havia uma plaquinha de aluga-se. Rocco Schiavone sorriu. "Parece ser exatamente este o prédio. Amanhã a gente vem ver, né? Você gosta? É bonito. Olha, para lá tem as montanhas, e para lá tem as montanhas. Só rindo mesmo!", e deu meia-volta para retornar ao apart-hotel. Então percebeu que aquela rua ficava atrás do tribunal. "O quê? Vir morar ao lado da Procuradoria?", disse para a noite. "Mas nem pensar!" Ficaria nas garras de Baldi e companhia a cada minuto de sua vida. "Para cá, eu não venho nem morto!" Lupa latiu, convencida.

Alguém o esperava na frente do portão de vidro e ferro batido do apart-hotel. A sombra era a de um homem. E fumava um cigarro. Teria esperado Anna. E, no fundo, estava feliz por não ser ela; naquela hora da noite não aguentaria uma discussão sobre o futuro do relacionamento do casal na sociedade do século XXI. Com um gesto automático, Rocco enfiou a mão por baixo do *loden*. Mas agora fazia anos que não trazia a pistola. A sombra avançou dois passos e, sob a luz da placa do pub, assumiu a forma de Italo Pierron.

— Oi, Rocco.

— Oi, Italo. Por que a esta hora?

— Quando você volta para a delegacia?

— Não sei.

Lupa foi farejar as calças do agente à paisana, que a afastou com um ligeiro gesto de enfado. Italo não gostava de cachorros.

— O negócio lá na prisão. É sério.

— Sério quanto?

— Bastante.

— Me dá um cigarro.

Italo pegou o maço e os olhos de Rocco se iluminaram.

— Camel? Você comprou Camel?

— Os meus acabaram.

Enquanto acendia um cigarro, o subchefe de polícia olhou Italo nos olhos.

— Está tentando me corromper?

— Não, estou falando sério. Estava na máquina, eu podia escolher, e disse a mim mesmo: já que vou atrás do Rocco, por que não pegar os cigarros que ele prefere?

— Obrigado. É um pensamento feminino.

— Está me fazendo um elogio.

— Como você sabia que eu estava acordado?

— Porque desde que você está no apart-hotel eu telefono todos os dias para o porteiro, e agora já conheço os teus hábitos.

Rocco soltou a fumaça olhando o céu, pontilhado de estrelas.

— E agora vamos falar da gravidade da questão.

— O morto no presídio. É Mimmo Cuntrera.

Ao ouvir o nome, Rocco fechou os olhos.

– Caralho... – murmurou. – Como é possível? Mataram ele?

– Parece um infarto; mas para o juiz é outra coisa.

– É. Mimmo Cuntrera não morre assim. Seria bom demais se os merdas como ele fossem destroçados por um infarto. É erva daninha, não bate as botas tão fácil.

– Rocco, talvez você devesse voltar para a delegacia.

Italo tinha razão, e o subchefe de polícia sabia. Mimmo Cuntrera era rescaldo do caso Berguet. E das investigações que Rocco havia feito para salvar a pele da filha, Chiara. Não poderia ficar trancado dentro do Vieux Aosta. Adele estava morta. E ele se sentia responsável, ainda que o seu amigo Seba não pensasse assim. Aqueles projéteis 6.35 eram endereçados a ele, Rocco Schiavone.

– Registre, Italo. Em uma noite de maio, às... À uma hora e dez minutos, cai nas costas do subchefe de polícia Rocco Schiavone uma encheção de saco de décimo grau!

Italo sorriu, pensando na escala que havia pregado fora da sala do subchefe.

– Tudo bem, amanhã eu registro.

O subchefe de polícia o olhou sem entender.

– O que vai fazer agora, Rocco?

– Vou discutir o assunto com o travesseiro.

– Ficou com sono?

– Não. Lupa está com sono.

Era verdade. A cachorrinha tinha adormecido em cima dos Clarks.

Voltou a pensar em Mimmo Cuntrera. E na história da família Berguet. Alguma coisa não lhe parecia certa nessa história. Tinha uma nota muito dissonante na partitura. Cuntrera havia sido descoberto, Rocco e os seus agentes tinham libertado Chiara Berguet; a tentativa da associação mafiosa de botar as mãos na Edil.ber tinha ido por água abaixo: por que acabar com ele? O que ele sabia? Quem queria ele morto? Mergulhado em pensamentos, subiu as escadas e se encontrou de novo no colchão duro do Vieux Aosta. No teto, a mesma valsa de três cores do pub lá embaixo, na rua. "Um dois três, um dois três...", e adormeceu rapidamente.

Sexta-feira

– Você acha que, para falar com você, eu devo procurar o número do apart-hotel na lista, que, como é velha, não o tem, e então preciso olhar na internet e, só depois de seis sites não atualizados, finalmente consigo ouvir a sua voz de idiota no telefone?
– Que horas são? – disse Rocco.
– Sete e meia, e que você caia seco e esturricado! – berrou Alberto Fumagalli. – Venha ao hospital. Eu estou aqui, trabalhando. E vi uma coisa que, olha, nem nos filmes do Spielberg. Corra!
– O que os filmes do Spielberg têm a ver?
– Uma coisa de filme de terror!
– Spielberg não faz filmes de terror, seu ignorante.
– O que quer que seja, levante a bunda daí!
– Mas o caso não estava com o Pietra?
– Pietra voltou a Torino, um homicídio em Parella. Telefonei para o comissário, telefonei para o juiz. E eles decidiram que a porra das suas férias acabaram. Se mexa! – e o médico-legista encerrou a conversa.

Rocco esfregou os olhos. Mas não tinha intenção de correr, como Fumagalli sugeria. Se a vida o estava sugando, tinha resolvido vender a pele bem caro. Queriam jogar-lhe nas costas uma encheção de saco de décimo grau? Então ele retomaria seu ritmo de sempre: banho, café da manhã no Ettore, na piazza Chanoux, delegacia, o baseado matutino. Por fim, e só mesmo por fim, visita ao necrotério.

E agiu assim. Voltar à delegacia foi como se encontrar frente a frente com alguém que há anos diz ser seu amigo, mas que nunca o foi. O pessoal da limpeza tinha evitado tirar o pó dos móveis. Ele fechou a porta, escancarou a janela para o maio perfumado que trazia para sua sala uma brisa ligeira, sentou-se, abriu a gaveta da escrivaninha e acendeu o primeiro baseado depois de quatro dias de abstinência. Olhou pela janela. Os carros passavam na rua; os picos ainda sujos de neve brilhavam sob o sol tímido da primavera enquanto as encostas das montanhas tinham ficado verde-esmeralda. Mato novo, bom para as vacas.

– Sabe de uma coisa, Lupa? Eu poderia me jogar da janela. Mas cairia no teto do corredor de entrada da delegacia. Nem um metro. No máximo, eu torceria um tornozelo. Olha um pouquinho... – o céu estava limpo. As nuvens eram brancas e leves. Nos prados se viam as flores. – "*Ninetta mia crepare di maggio*" – cantarolava em voz baixa, olhando a paisagem – "*ci vuole tanto troppo coraggio, Ninetta bella dritto all'inferno avrei preferito andarci in inverno...*"*

Deu mais uma tragada. Boa. Suave e perfumada. Os trenzinhos dentro das veias voltaram a correr. O cérebro aumentou as rotações por minuto, os pistões afastaram o pó, o óleo lubrificou todos os gânglios nervosos e, finalmente, o subchefe de polícia Rocco Schiavone sentiu-se a postos. Agora sim, poderia sair e ir ouvir as novidades de Fumagalli e seus filmes de terror. Jogou a bituca para fora da janela, vestiu o *loden* e abriu a porta.

---

* "Minha Ninetta, para morrer em maio é preciso ter muita, muita coragem, minha bela Ninetta, direto ao inferno eu preferiria ir no inverno..." Versos de uma canção de Fabrizio de Andre, "La guerra di Piero". (N.T.)

– É um prazer rever o senhor, doutor! – disse Casella. Estavam todos enfileirados ali à sua frente. Casella, D'Intino, Deruta, Italo, Caterina e Antonio Scipioni.

– Que é isso? – disse Rocco. – Querem me botar no paredão?

– É um prazer rever o senhor, doutor! Fez falta, sabia? – disse Deruta. Todos tinham o rosto sorridente, pareciam uma classe que acabou de espalhar cola na cadeira do professor e não vê a hora de ele se sentar.

– É possível saber o que está acontecendo com vocês?

Italo deu uma piscadela, fitando a parede à direita do subchefe de polícia.

– O que foi, Italo?

– Dê uma olhada...

Rocco se voltou. Não tinha notado ao entrar, quinze minutos antes. Havia um cartaz pregado na parede ao lado da porta, dividido em quadrados numerados. No alto, o título: *As grandes encheções de saco*. Rocco se aproximou. Seus agentes davam risadinhas.

– Quem foi?

Italo levantou a mão.

– "As grandes encheções de saco"... – o subchefe de polícia começou a ler. De vez em quando seus ombros se moviam. Ria. – Os bares sem sorvete Algida, é verdade. Me enche muito o saco... e também a rádio católica Maria. Os zeros dos códigos bancários... mas você fez a lista?

– Nestes meses – respondeu Italo. – Depois, à medida que eu me lembrar de outros, acrescento.

– Então, acrescente estes três: no sexto grau, perder o marcador de livro. No sétimo, esperar as malas no aeroporto. Ou então ver elas chegando estragadas. Ou não ver elas chegarem. No oitavo, pode colocar quem manda mensagem sem assinar. No nono, assistir a um show de dança folclórica. No décimo, óbvio, o caso de homicídio. E, a propósito, Pierron, prepare-se porque temos de ir. Fumagalli tem alguma coisa para nós.

– Tenho de ir também? Eu já vi o morto ontem, no presídio.

– É essencial!

Italo assentiu. Caterina se aproximou do cartaz com uma caneta.

– Então eu acrescento as novas encheções – e começou a escrever.

– Caterì, quando você tiver terminado essa tarefa ingrata, poderia levar um pouco de água para a Lupa? Ela está dormindo na poltrona da minha sala.

– Claro. As malas no aeroporto, em que grau estão?

– No sétimo. Coloque no sétimo.

– Mas tem certeza de que eu preciso ir? – insistia Italo, esperando poder evitar a visita ao necrotério. – Acabei de tomar café da manhã.

– Tranquilo. Ao que parece, não é nojento, só horrível.

– Então, não é pra vomitar?

– Isso mesmo.

Fumagalli os esperava do lado de fora do necrotério. Olhava o céu cheio de nuvens que, como bolinhas de algodão, flutuavam tranquilas, seguindo os ventos calmos de primavera. A neve, o frio, o céu escuro pareciam a anos-luz de distância.

– É estranho, não? – disse o médico, assim que Rocco e Italo ficaram ao alcance da voz.

– O quê? – perguntou o subchefe.

– Quando a gente está no meio do inverno, os dias se arrastam e parecem nunca acabar. E parece que até o frio nunca vai acabar. Depois, olha só! Zás! E você nem se lembra mais de quando era inverno.

– Fale por você. Eu lembro muito bem. Estava por aqui na semana passada – respondeu Rocco. – Então, esse filme de terror?

Alberto Fumagalli cerrou os lábios e olhou sério para os dois policiais.

– Antes de entrar, Rocco, uma palavrinha.

Afastaram-se, deixando Italo sozinho no meio da praça.

– Ouça. O espetáculo é bem feio. Eu já vejo ele... – e indicou o agente valdostano – já o vejo desmaiado, no chão. Quer dizer, talvez seja melhor deixar ele de fora. A menos que...

– A menos que?

– Nós dois façamos uma aposta.

Rocco olhou o médico nos olhos.

– Gostei...

– Tipo, eu dou ao agente seis segundos.

– Você sai com vantagem, Alberto. Você conhece o espetáculo, eu não. Por isso, se você diz seis segundos, tem uma margem de possibilidade de vitória maior que a minha. Então, me deve uma vantagem.

– Que seria?

– Seria que eu digo sete segundos. Se Italo resistir seis segundos ou menos, você vence. De seis e um centésimo até ele desmaiar, que poderia acontecer até em dez segundos, eu venço.

Alberto pensou no assunto:

– Quer dizer, eu venço se ele desmaia no sexto segundo?

– Ou antes.

– Feito!

– Tá, mas a gente aposta o quê?

– Um jantar. Na enoteca Croix de Ville.

– Entrada, primeiro prato, segundo e sobremesa?

– E licor Amaro!

Rocco apertou a mão dele. Aproximaram-se de Italo, enquanto o médico-legista tirava o celular do bolso. Não tinha intenção de telefonar. Procurava o aplicativo do cronômetro, que colocaria para funcionar assim que Pierron colocasse os olhos naquilo que o médico havia descrito como um espetáculo de horror.

– Vamos! – disse o subchefe de polícia, e os três entraram.

Italo olhava o piso de linóleo. Rocco, atento, analisava o rosto do agente, já pálido. Mal entrara no corredor empesteado com o fedor de desinfetante metálico, já demonstrava sinais de palpitação. O subchefe pensou ter apostado com muita leviandade. Fumagalli abriu a porta do necrotério e, com um sorriso sádico, disse:

– Vocês primeiro...

– Rocco, eu... – disse Italo em voz baixa.

– O quê?

– Preferia não entrar.

– Preferia uma ova, Italo. Você é um policial, aprenda a desempenhar a sua profissão!

Entraram. Rocco, como uma mãe apreensiva, mantinha os olhos em seu agente preferido. Não olhava Alberto, que, nesse ínterim, havia ido levantar o plástico do cadáver. O costumeiro fedor de coisa podre misturado com álcool que dava a sensação de se impregnar para sempre nas roupas. Eles se aproximaram da maca das autópsias. Italo arregalou os olhos. O subchefe de polícia observava atentamente o colega, enquanto o médico, conscienciosamente, havia feito o cronômetro funcionar.

Um: as íris de Italo Pierron aumentaram como manchas de óleo. Dois: os lábios se entreabriram ligeiramente. Três: as pálpebras começaram a bater, histéricas. Quatro: a testa ficou coberta de gotinhas de suor. Cinco: as pálpebras começaram a se abaixar. Seis: os bulbos oculares se viraram para o alto. Quase sete: Italo caiu no chão.

— Porra! — disse Alberto, fazendo o cronômetro parar. — Seis segundos e cinquenta e cinco, cacete!

Rocco sorriu e se inclinou para erguer o colega.

— Bravo, Italo! Eu sabia que você não me decepcionaria. Albè, me deve um jantar! Me dá uma mão!

— *Promissio boni viri est obligatio**... por apenas cinquenta centésimos de segundo, caralho!

Carregaram o policial e o levaram para fora do necrotério. Colocaram-no em um banco.

— E agora, fazemos o quê? Esperamos ele acordar?

— Que é isso. Em dois minutos ele está em pé — disse Rocco. Deixaram-no deitado de pernas levantadas e voltaram para a sala de autópsia.

Dessa vez, Rocco olhou o corpo.

O cadáver de Mimmo Cuntrera era um cadáver normal, algo que Rocco já havia visto, infelizmente, dezenas de vezes. O detalhe estranho estava no fato de ele já se encontrar em avançado estado de decomposição.

— Não vejo nada de errado nele — disse o subchefe de polícia. — Quer dizer, está um pouco decomposto. Cadê esse filme de terror?

Alberto Fumagalli sorriu. Dirigiu-se à mesa ao lado e pegou uma camiseta branca. Levantou-a, como se quisesse mostrar a perfeição da lavagem.

— Hein? — disse.

---

* Promessa de um bom homem é [para ele] uma obrigação. Em latim no original. (N.T.).

— O quê? — Rocco começava a ficar nervoso.

— Trouxeram ele para cá, lá do presídio, com esta camiseta. Uma camiseta básica, branca, feita na China, ao que me parece. Algodão. E ele estava com ela também quando eu o coloquei na mesa de autópsia.

— Continuo a não ver nada de estranho.

— Olhe aqui.

A costura ao redor das mangas estava desfeita em mais de um lugar.

— Está esgarçada. E aí?

— Se diz "desfeita".

— Em Roma a gente diz "esgarçada".

— E você está em Aosta e aqui se diz "desfeita".

— Tudo bem, Alberto, está desfeita. Então...?

— Antes de colocar o Mimmo na gaveta ontem à noite, não estava. O que aconteceu? – a pergunta do médico permaneceu suspensa no silêncio do necrotério.

— Não sei. Não estava morto?

— Domenico Cuntrera estava mais morto que Júlio César.

— Esta noite, alguém entrou aqui e, tomado por um surto, rasgou a camiseta?

— Não. Só existe uma resposta.

— Zumbis?

— Vá tomar no rabo, Rocco. Mas que zumbis! Esse aí inchou.

— Os cadáveres não incham?

— Vou tentar ser mais claro. Este aqui ficou inchado de modo desproporcional em uma noite e depois, em poucas horas, desinchou.

— O que você acha disso?

— Uma coisa assim nunca me aconteceu. Estou quebrando a cabeça desde a manhã. Os cadáveres não fazem isso... E, acima de tudo, quer ver o ânus?

– Posso pular essa parte?

– Como quiser. Era por precisão científica. Está vendo que ele já começou a se decompor? Depois de 24 horas?

– Essa é a coisa estranha. E você consegue descobrir o motivo?

– Não é fácil. Não é fácil... Está com cheiro de envenenamento. Não sei com qual substância, mas, na minha opinião, é isso!

– Você tem uma lente de aumento?

– O que quer ver?

– A pele.

– Rocco, meu caro, esse é o meu ofício. E, além disso, não olho a pele com lente de aumento. – O médico se aproximou de um tripé. – Lâmpada fluorescente Solenord.

Arrastou-a até o cadáver e então a acendeu.

– Lente biconvexa com uma intensidade de luz a cinquenta centímetros de 550 lux.

– Albè, não vou comprar. – Rocco segurou o braço da lâmpada e começou a olhar o pescoço do falecido Cuntrera.

– O que está procurando?

Porém, Rocco não respondeu. Observava em silêncio a pigmentação da pele, as verrugas. Então, de repente se deteve.

– Preciso da opinião de um especialista – e cedeu o posto a Alberto.

– Cacete... – disse o médico-legista. – Cacete... pequena, bem pequena, mas eu aposto a minha aposentadoria que isto é uma picada!

– Tem abelhas no presídio? – o subchefe de polícia sorriu.

– Isso muda tudo. Uma picada na jugular. Na mosca!

– O que você me diz?

Alberto se endireitou de repente:

– Que as coisas começam a ficar claras. Agora tenho de trabalhar muito rápido. Se quiser ficar, fique. Mas tenho de abrir o paciente e, acredite em mim, para alguém como você, não é um espetáculo alegre.

– Estou indo. – Rocco se dirigiu para a saída enquanto Alberto se lançava à mesa para pegar seus instrumentos de trabalho. – Qual é o plano? – perguntou o subchefe de polícia ao chegar à porta.

– Tenho de pegar uns pedaços do bom Mimmo e mandar para análise. Preciso de um toxicólogo experiente, muito bom. Isso é uma coisa que, pessoalmente, nunca vi. E te digo a verdade, acho extremamente excitante!

– Excitante?

– Foi o que eu disse.

Rocco assentiu.

– Excitante. Me deve um jantar. – Abriu a porta.

– Ah, Rocco?

O subchefe de polícia se deteve.

– Diga.

– Notícias do filho da puta que entrou na sua casa?

Rocco se limitou a negar com a cabeça.

– Quando o encontrar, me diga. Porque, e que fique entre nós, eu gostaria de tê-lo como paciente por algumas horas.

Saindo no corredor, se aproximou de Italo, que estava recuperando os sentidos.

– Força, Italo, vamos voltar para a delegacia. Eu dirijo.

Italo assentiu e deu as chaves para o subchefe.

– Desculpe, é que...

– Tranquilo, com isso ganhei um jantar!

O mar estava calmo. Uma enorme planura cinza prata que, no horizonte, ficava quase roxa. As ondas baixas e contínuas se quebravam docemente sobre os escolhos. Uma gaivota voava, solitária. À distância, um navio havia se colocado de perfil na linha do céu. Corrado Pizzuti estava de braços cruzados fora do bar, com o olhar perdido na paisagem. Tinha pensado em denunciar Enzo Baiocchi. Considerando-se tudo, ele era inocente. Simplesmente o havia acompanhado até Aosta, que mal havia? Não tinha conhecimento do motivo da viagem, diria isso para a polícia. O que, de resto, era a verdade. Se tivesse sabido antes das intenções daquele bandido, teria fugido, deixando-o em algum posto de gasolina no meio da estrada. O problema era: acreditariam nisso? Corrado tinha estado na prisão duas vezes, por fraudar uma empresa de seguros e por tráfico de drogas. Quanto valia a sua palavra para um policial? Menos de zero. Principalmente com aquela prova daquele maldito recibo que lhe tinham dado no hotel. Como tinha conseguido cometer um erro assim tão idiota? O enésimo erro de sua vida.

Precisava se livrar de Enzo.

Ou eu ou ele, pensou.

– Olha... *ristretto*, como você gosta.

Tatiana havia se aproximado dele, do lado de fora, com duas xícaras de café.

– Obrigado...

A mulher levou a xícara aos lábios.

– Hoje o mar está tão lindo, não é? O inverno acabou. Logo recomeçam o calor e a temporada.

Corrado sorriu, enquanto uma motoneta passava rápida e fazendo barulho à beira-mar.

– Verdade. E recomeçarão os barulhos, e eu não vou conseguir dormir antes das três horas.

– Mas o que está acontecendo com você?

Finalmente ele se voltou para olhá-la.

– Uns pensamentos idiotas.

– E você quer me dizer?
– Não é nada, não se preocupe.
– Pelo contrário, é sim. Desde que você saiu na semana passada você está estranho. O que aconteceu?
– Nada, eu já disse. De vez em quando penso em Roma. E me dá um pouco de saudades, só isso. Depois passa.
– Hoje à noite, te convido para jantar.
Corrado sorriu.
– E o contador De Lullo? Vai deixar sozinho em casa?
– E daí? Uma noite só, ele não vai morrer.
– Como se chama a sua cidade? Sempre esqueço.
– Você não consegue lembrar. Vsevolozhsk... perto de São Petersburgo.
– E se a gente abrisse um bar lá?
Tatiana caiu na risada.
– Você não aguenta três meses. É frio demais pra você. Mas por quê? Não gosta daqui?
– Não mais... – desviou-se da mulher e entrou no bar.
Tatiana suspirou bem no momento em que Barbara, da livraria, saía da loja.
– Bom dia, Tatiana...
– Bom dia.
Barbara olhava ao redor. Parecia ter algo urgente a dizer para a russa. Deu uma olhada para dentro do bar.
– Preciso falar com você – disse num sussurro, sem se aproximar.
– Pode falar.
– Não aqui. Mais tarde. Agora eu vou indo – e voltou correndo para a livraria.
Tá todo mundo ficando estranho, pensou Tatiana.
Corrado havia começado a preparar os sanduíches. Lento, metódico. Uma fatia de pão, a maionese, a folha de

alface, o atum, outra folha de alface, mais um pouco de maionese. No terceiro sanduíche de presunto, se deteve. Olhou a faca com cabo amarelo que estava segurando e retomou o fio dos pensamentos que a sócia interrompera. Não havia outra solução. Não poderia continuar a viver naquele pesadelo, chantageado por aquele bosta. Tinha de agir. Preparar tudo com calma e atacar de repente. Quando Enzo menos esperasse, quando Enzo estivesse indefeso. De outro modo, não conseguiria dominá-lo. Um golpe seco, rápido e preciso, e os problemas estariam resolvidos. Precisava reunir coragem. Talvez se ajudar com uma dose de coca antes de ir dormir, para ficar acordado, lúcido, quando enfiasse a faca de cabo amarelo no corpo do monstro.

Antes de entrar na sala, Rocco observou que Caterina havia atualizado o cartaz das encheções de saco. Sorriu com o trabalho minucioso da inspetora.

– Doutor Schiavone!

A voz estridente e desagradável do agente D'Intino ressoou no corredor. Rocco se voltou.

– O que você quer, D'Intì?

– O cachorro.

– O quê?

– Está lá dentro. Ainda está dormindo. Será que ele se sentiu mal?

– É um filhote. Dormir é uma das suas atividades favoritas.

– Escute, tem pelo menos seis telefonemas do juiz Baldi. Ele está procurando o senhor como um louco.

– Que horas são?

– Cinco.

Rocco ergueu os olhos para o céu.

– Tenho de ir à Procuradoria.
– Quer que eu o acompanhe?
– Não se incomode.
– Quer que eu cuide do cachorro?
– Também não.
– Quer que eu faça alguma outra coisa?

Estava a ponto de responder, "Sim, pare de encher o saco". Porém, lhe passou pela cabeça uma ideia repentina que lhe iluminou a mente como só os golpes de gênio sabem fazer.

– D'Intino! Tenho uma coisa importante para você e Deruta. Uma tarefa fundamental!

O agente se endireitou.

– Sim? Sim! Chamo o Deruta?

– Olha ele aí! – disse Rocco. Tinha acabado de aparecer por uma porta lateral. – Deruta! Venha cá, por favor.

– Estou indo, doutor – e, se balançando sobre seus pezinhos, se aproximou.

– Então, Deruta e D'Intino, tem uma coisa muito importante e delicadíssima que vocês precisam fazer para mim.

– Às ordens como sempre – e Deruta se aprumou.

– E, por favor, vocês têm de prestar contas só para mim. Para mais ninguém na delegacia. Ficou claro?

Assentiram com um gesto concorde.

– É uma tarefa dura, difícil, mas eu sei que vocês conseguem desempenhá-la. Vocês sempre conseguiram, por falar nisso.

Os lábios de Deruta se retorceram ligeiramente em uma expressão cética.

– O que foi?

– Veja bem, doutor... uma vez o senhor nos deu uma chave e mandou a gente procurar a fechadura, e por pouco não massacraram a gente com golpes.

– Verdade – acrescentou D'Intino. – Outra vez, vigiar uns traficantes; e eu quebrei duas costelas...

– Além disso, semana passada mesmo, na montanha, no meio da neve, por pouco não cortaram o dedão do pé dele, congelado.

– Ainda estou mancando um pouco!

– Mas desta vez é muito mais difícil. Porém, se vocês não se julgam capazes, não faz mal. Pedirei ao Scipioni, ele não tem medo de certas coisas!

– O senhor está brincando! – O orgulho de Deruta se rebelou. – Diga para nós!

– Quarta-feira, 9 de maio, e quinta-feira, 10 de maio...

– Semana passada...

– Muito bem, Deruta. Vocês precisam ir a todos, estou dizendo, todos os hotéis e *bed and breakfast* de Aosta e da província e pedir a lista dos hóspedes presentes. Evitem locais luxuosos e de três estrelas. Procurem de duas estrelas para baixo. Resumindo, preços baixos.

D'Intino abaixou a voz.

– O que estamos procurando?

– Vocês procuram. E, acima de tudo, fiquem de orelha em pé se o hóspede vier de Roma. Por favor, façam com que deem a lista para vocês e tragam para mim. Só para mim. Estou sendo claro?

Assentiram de novo.

– Quando começamos?

– Agora, Deruta. Agora mesmo! – e abriu a porta para entrar na sua sala. Voltou-se de novo para os agentes que haviam ficado parados no meio do corredor. – E então? E aí? Mexam-se!

– Para fazer esse serviço, no entanto... precisamos de uma coisa! – e Deruta olhou D'Intino, procurando um gesto de confirmação.

– De que vocês precisam?

Deruta ergueu a mão direita com quatro dedos bem visíveis.

– Quatro marcadores de texto!

– Um cor-de-rosa, um amarelo, um verde e um azul! – concluiu D'Intino.

Rocco franziu um pouco as sobrancelhas.

– Mas por que, não tem mais na delegacia?

– Não – disse Deruta, trágico. – Não nos deram mais.

Rocco estendeu os braços.

– Dez euros bastam?

– Claro.

O subchefe de polícia pegou a carteira. Não tinha dez euros. Deu-lhes uma nota de 20.

– Comprem quatro para cada um!

D'Intino e Deruta transpiravam alegria pelos olhos, pela pele e pelas mãos que, apressadas, agarraram os vinte euros. Agradecendo e confabulando, saíram da sala.

– Ai, ai... – murmurou Rocco, e entrou na sala.

Lupa estava ao lado da porta. Balançava o rabo, que batia ritmado contra o espaldar do sofá no qual havia adormecido. Tinha ouvido a voz do subchefe de polícia.

– Oi, Lupinha, tudo bem? – Rocco pegou a cachorrinha nos braços, ergueu-a olhando-a nos olhos. – Agora você e eu temos de ter uma conversa séria. Pode ser que o papai precise viajar por uns dias. Você vai ficar boazinha?

Lupa lhe lambeu o nariz.

– Vou entender como um sim. Agora você me acompanha até o juiz?

Lupa lambeu-o de novo.

– Mas você tem de se comportar bem, entendido? Andar, marche! – colocou-a no chão e ela na mesma hora saiu correndo da sala, se perdendo pelos corredores.

Lupa estava particularmente interessada pelas franjas do falso tapete bukara da sala de Baldi. Estava desmanchando uma a uma.

– Cachorros não podem entrar na Procuradoria – Baldi lhe disse.

– Eu sei. Mas, lá embaixo, abriram uma exceção.

– Ela vai empestear minha sala.

– Lupa não tem cheiro ruim. Tem cheiro de pipoca. Principalmente quando dorme.

Baldi balançou negativamente a cabeça.

– Diga-me apenas se o senhor tem uma ideia, Schiavone.

– Em primeiro lugar, devo lhe dar os parabéns.

O juiz o escutava com atenção.

– Se o senhor não tivesse insistido que levassem na mesma hora o corpo da vítima para o necrotério do Fumagalli, a gente nunca teria se dado conta.

– Schiavone, se dado conta de quê?

– O senhor tinha razão. Não foi infarto. Cuntrera foi morto.

– Eu sabia, eu sabia!

Rocco deu uma olhada em Lupa, que continuava a comer o tapete.

– Só queria que o senhor me explicasse melhor.

– Fumagalli descobriu uma reação estranha no cadáver, ocorrida durante a noite. E graças a ela agora está investigando como aquele corpo se tornou, precisamente, um cadáver.

– Ótimo! – e Baldi deu um soco na escrivaninha que fez pular a fotografia da esposa, as canetas e um velho calendário de latão aberto em junho de 2005. Lupa, entretanto, não se distraiu. Continuava a mastigar o bukara. Baldi se levantou de um salto. Deu a volta na escrivaninha.

– Este tapete é propriedade do Estado, se o seu cachorro continuar, vou fazer o senhor pagar.

– Lupa! – o cachorro passou a estraçalhar os cadarços dos Clarks de Rocco.

– Então nós estamos diante de um homicídio. E quem o matou poderia ser o nosso misterioso titereiro, não é assim?

– Isso. O pretenso Carlo Cutrì.

– Pretenso, o senhor disse bem. Agora me ouça... Vou fazer um resumo rápido. Domenico Cuntrera era parte da quadrilha que estava arrancando dinheiro da família Berguet. Mas temos de juntar as peças. Peças importantes. A primeira: os papéis de Cuntrera, com os quais nós o prendemos na fronteira. Bem, estou lidando com eles... e muitas coisas não se encaixam. Mas se trata de problemas bancários que, para o senhor, pouco interessam...

– Se o senhor assim diz...

– Não se encaixam porque, segundo os números e contas criptografadas, chegamos bem no alto, doutor Schiavone.

– Não me parece que o senhor sofra de vertigens.

Baldi caiu na risada.

– Vou me apropriar dessa frase. Mas vamos à segunda peça: o banco Della Vallée. Lembra? Emprestava dinheiro para a Edil.ber de Pietro Berguet. O banco havia encerrado os empréstimos para a construtora. E assim Pietro Berguet pediu dinheiro emprestado para Cuntrera, leia-se 'ndrangheta, e ele queria assumir o posto e controlar toda a construtora.

– Lembro perfeitamente, doutor. Passaram-se poucos dias.

Baldi não prestou atenção nele.

– Então, o senhor descobriu que sete das vítimas desse Cuntrera, todos pequenos empresários que lhe deviam dinheiro, tinham uma coisa em comum: a saber, a conta corrente na Cassa della Vallée. Até aqui, tudo bem?

O subchefe de polícia se limitou a assentir.

– E então eu comecei a ler a papelada desse banco, cuja diretora, Laura Turrini, o senhor conheceu. E eis a segunda peça: a sra. Turrini... bem, não trabalha mais no banco. Mandada embora, dispensada no transcorrer de uma tarde.

– Soa estranho.

– E agora passamos ao terceiro detalhe, que é o mais preocupante. E seria Carlo Cutrì. Que deveria ser o cúmplice do falecido Cuntrera.

– Certo. Residente em Lugano, não é?

– Carlo Cutrì não existe.

Rocco arregalou os olhos.

– Não – esclareceu Baldi. – Não existe. No endereço mora uma família francesa, e nas listas dos moradores de Lugano não tem nem sombra de Carlo Cutrì.

– O que isso significa?

– Não sei. Significa que Carlo Cutrì é o nome falso de outra pessoa que controlava Mimmo Cuntrera e que organizou o sequestro da pobre Chiara Berguet.

Rocco acendeu um cigarro.

– Ou então o nome é verdadeiro, mas agora ele se esconde sob um nome falso.

– Isso.

– Uma bela de uma confusão, doutor.

– Eu tenho a exata sensação de estar sempre um passo atrás.

– Mas atrás de quem?

— E eu vou saber, Schiavone? Se eu soubesse, teria resolvido o problema, não acha? A sensação é a de um curral...

— ...cujos bois já fugiram. É, é uma sensação horrível.

— E apague o cigarro. Desde quando eu disse que aqui se pode fumar?

Rocco obedeceu com uma careta enquanto o juiz voltava para a escrivaninha. Percebeu que a foto da esposa havia caído com o rosto virado para baixo. Pegou-a e, pela primeira vez na frente de Schiavone, virou-a, colocando-a de frente para o interlocutor. Fez a apresentação, "Minha esposa...". Rocco sorriu. Talvez o casamento do juiz fosse salvo. Depois de todos aqueles rodeios desde setembro, com a foto que viajava da gaveta para a lata de lixo para voltar de face para baixo na escrivaninha, depois de tantos meses a serenidade parecia ter voltado à família. Baldi se inclinou para verificar que o cachorro não estivesse causando danos à mobília da sala.

— Que raça é?

— É uma Saint-Rhémy-en-Ardennes.

— Uma o quê?

— Uma raça raríssima. E bipolar. Pode ser muito tranquila ou então muito agressiva. Depende da índole do dono.

— Nem vou chegar perto para fazer carinho. Saint-Rhémy-en-Ardennes... me parece um disparate. Então, descobrindo o assassino de Cuntrera...

— Poderemos chegar ao mandante. Cuntrera tinha acabado de vir para cá, cedo demais para arrumar inimigos tão mortais.

— Perfeitamente de acordo. E, além do mais, como eu disse, os papéis que Cuntrera levava queimam! Queimam como fogo. O mandante tem de ser procurado lá no presídio. Tenho certeza. Como o senhor tem intenção de agir?

— Investigar em um presídio é uma coisa muito difícil. Existe um código de honra resistente como os muros que o contornam. Ninguém falaria comigo, ninguém daria um passo em falso na minha frente. Preciso resolver a coisa aqui do lado de fora. E, na vida, aprendi que se a gente tem de lidar com lama e merda, tem de mergulhar no lamaçal, deixar que ele te encha de respingos e começar a feder.

— Se infiltrar?

— Inútil, doutor Baldi. Os detentos descobririam na hora que não sou um deles. Além do mais, eu precisaria de tempo. Não, preciso ir lá e fingir que é algo rotineiro. Só assim posso tentar conquistar um pouco de simpatia. O senhor me ajude com o diretor, que ele me dê todo o apoio possível.

— Considere a coisa feita.

Só queria pegar umas camisas e os aparelhos de barba descartáveis. Entrou na velha casa da via Piave como um ladrão. Foi primeiro ao banheiro, depois contou até três e entrou no quarto de dormir. Tinha medo. Medo de que ainda estivesse lá o colchão com as manchas de ferrugem, que não era ferrugem. Medo de rever o corpo de Adele crivado com as balas que alguém havia disparado naquela noite de quinta-feira na pobrezinha. Abriu a porta e correu para o armário sem se voltar, sem pensar, rápido e sem respirar, como se o próprio ar ainda estive empesteado por aquele homicídio. As camisas estavam ali, na segunda prateleira. Pegou-as e saiu rápido do quarto. Fechou a porta do apartamento sem nem dar uma volta na chave. Desceu as escadas ainda sem respirar e se flagrou na rua. Finalmente respirou com a boca escancarada e se dirigiu ao carro. Sentada no capô ainda morno de seu Volvo estava Anna, de braços cruzados.

— Tudo bem? – perguntou.

– Já estive melhor. E você?
– Já estive melhor.
Nos seus olhos havia uma luz estranha, Rocco não conseguia entender se era raiva ou uma tristeza profunda. Estava vestida de preto. Preta a malha sobre a qual repousava um belo pingente de prata. Preta a saia na altura dos joelhos. Botinhas pretas que chegavam aos tornozelos. Não usava meias. Com a mão, levou os cabelos para trás.
– Estou te esperando faz dias.
– Eu sei. Voltei hoje ao trabalho.
– Hoje à noite você está livre?
– Sempre estou.
– Temos uma festa. Você vai?
– Não estou com ânimo para ir a uma festa.
– Dessa você vai gostar. Vai estar a *crème de la crème* de Aosta.
– Vai estar também o seu amante?
– Você é o meu amante.
– Digo o oficial. O arquiteto Bucci-qualquercoisa.
Anna sorriu.
– Bucci Rivolta. Como é possível que o nome não entre na sua cabeça? Não sei se ele vai estar. Mas pode ficar tranquilo. Não é mais o meu amante.
– Sabe de uma coisa? Estou meio cansado de gente que quer dar um tiro em mim!
– Tranquilo, ele não tem nem porte de arma. Às oito, na minha casa?
Rocco assentiu.
– Tem roupa preta?
– Vamos a um velório?
– Não, é algo elegante.

– O preto não é elegante. É fúnebre. Vou do melhor jeito que puder. – Então apertou o botão e as luzes do Volvo piscaram.

– E com isso a conversa se encerra – disse Anna com seus botões. – Por favor, se você for se atrasar, ou se não for, me avisa?

– Claro, claro. – Rocco entrou no carro. Anna bateu na janela. Rocco a abriu. – Sim...?

– Você acha imprudente te pedir um beijo?

Rocco esticou o corpo, mal tocou os lábios dela com os seus, engatou a ré.

– Já beijei túmulos mais quentes – murmurou Anna.

– O que foi?

– Nada – disse a mulher, que se virou e voltou para casa.

– Mas por quê? Por quê? – berrou o subchefe de polícia, dando um soco no volante.

A única televisão que funcionava na delegacia era a da sala de espera. Rocco afastou dois agentes que estavam descansando depois de um turno de 24 horas. Enquanto Italo lidava com os cabos em volta do aparelho, Antonio Scipioni entrou com um pacote de DVDs nas mãos.

– Bom. – Rocco foi ao encontro dele. – Está tudo aí?

– Estas são as gravações das câmeras quatro, cinco e seis do pátio.

– Ótimo. Terminou, Italo?

Pierron se voltou para o subchefe:

– Prontinho!

– São horas de gravação! – exclamou Antonio. – Começa vinte minutos antes de encontrarem o cadáver e termina uma hora depois.

– O que aconteceu depois não nos interessa – e Rocco abriu o primeiro estojo. – Para nós, interessa o antes.

– Nós assistimos tudo em sequência?

– Vocês assistem tudo em sequência – disse Rocco com voz monótona. – Minuto a minuto. E marquem as coisas interessantes que perceberem.

Nos rostos de Italo e Antonio se revelou o mais profundo desconforto.

– Por quê? – perguntou o subchefe de polícia. – Vocês tinham outras tarefas para hoje?

– Bom... eu diria...

– Antonio, uma bela tarde no cinema com um amigo, o que mais você queria? – e, sorrindo, deixou os dois agentes com aquela missão ingrata.

Atravessando o corredor, o subchefe de polícia viu Casella saindo de uma sala.

– Casella!

O agente veio correndo.

– Às ordens, doutor!

Rocco pegou a carteira e tirou uma nota de vinte euros.

– Vai na confeitaria. Compre uma boa quantidade de petit-fours e leve para Antonio e Italo, que estão na sala de espera.

– Por quê?

– Chegamos a este ponto? Você pergunta o motivo de uma ordem peremptória de um superior seu?

– Não, é que como eu estou com uns documentos, achava que...

– Achava errado. Vai, corre. Em uns dez minutos você tem que estar de volta. Talvez eu tenha outras coisas para você fazer!

– Estou indo!

Casella pegou o dinheiro e se dirigiu para a saída.

Antes de entrar na sua sala, deu uma olhada no cartaz das encheções de saco. Pegou uma caneta no bolso. Acrescentou uma no sexto grau: as guloseimas de domingo. Então entrou, seguido por Lupa.

Fechou a porta, e o barulho da porta batendo coincidiu com o toque do telefone na escrivaninha. Pegou o aparelho.

– Quem tá enchendo o saco? – berrou.

– Schiavone? Sou eu, Farinelli...

Era o chefe da polícia científica de Turim.

– Oi.

– Como você está?

– Melhor que ontem...

– Sempre espero o momento em que você vai me dizer: bem! Esse vai ser o dia em que eu vou tentar a fortuna na loteria.

Rocco sentou-se na poltrona de couro. Lupa se deitou no sofá.

– Esse dia só vai chegar quando a água recuperar o domínio sobre a terra firme e o planeta for salvo da humanidade!

– Bom. Estou te sentindo em forma. Agora escute: alguma coisa está acontecendo.

– Diga.

– Estamos falando da pistola que foi disparada na sua casa. A 6.35. Fiz umas pesquisas cruzadas e, adivinha? Essa pistola foi usada há três anos, assalto à mão armada em um banco em Cinecittà, e um morto. A vítima se chamava Ugo Ferri, aposentado. Por azar, entrou no meio do tiroteio.

– Continue.

– Dois bandidos. Um preso, o outro fugiu, e a pistola nunca foi encontrada. E agora, olha só, ela aparece na mão do misterioso assassino da sua pobre amiga Adele.

– Você sabe o nome do bandido preso?

– Espere, tenho aqui... – Rocco ouviu o barulho de folhas de papel. – Mas que porra, onde... ah, está aqui! Então... Pasquale Scifù... Morreu na prisão uns anos depois.
– Do outro, por sua vez...
– Nada. Scifù nunca abriu a boca.
– Temos testemunhos, qualquer coisa que possa me ajudar?
– Pouca coisa. A única é que, enquanto Scifù era de estatura normal, parece que o outro era um gigante. Ele atirou.
– Obrigado. Você foi incrível.
– Ajuda?
– Espero que sim.
– Finalmente! E comece a ver o copo meio cheio!
– Que copo?

Antonio Scipioni e Italo Pierron estavam grudados na televisão fazia três horas. Os olhos começavam a confundir linhas e cores.
Rocco Schiavone entrou como uma lufada de vento.
– Estamos indo bem?
– Ah, obrigado pelos petit-fours... estavam muito bons – disse Antonio.
– Rocco, a gente não aguenta mais. Estamos vendo a mesma coisa faz horas... – respondeu Italo, esfregando o rosto.
– E posso saber o que vocês viram?
– Vamos fazer o seguinte. Nós mostramos para o senhor as imagens aceleradas e, enquanto isso, comentamos.
– Antonio, mas você não me chamava pelo nome, como o Italo?
– Ah... sim... é que na delegacia...
– Se não tem outras pessoas, que diferença faz pra você?
– Tem razão, doutor. Posso começar?

— Comece.

Antonio apertou um botão do controle e as imagens em preto e branco começaram.

— Esta é a câmera um.

Em velocidade rápida, parecia que assistiam a um filme formalista soviético.

— Então. Aqui está a briga. Olha, dá para ver os três detentos, aqui, à esquerda da tela, batendo no marroquino.

— Tunisiano — corrigiu Italo.

— Isso. Aí, para ajudar o tunisiano, aparecem estes outros dois africanos do norte, está vendo? Um pula nas costas daquele que está machucado...

— Erik — precisou Italo.

— O outro, com golpes de caratê, tenta bater no crioulo.

— "Negro", Antonio; "crioulo" é ofensivo — Rocco o corrigiu.

— Tem razão. O negro. Que, no entanto, cai em cima dele de pancada.

— Cacete, que golpe de direita. Sabe bater esse africano, não?

— É. Depois...

— Depois... – Italo começou a falar — temos outro africano que vem correndo, este aqui, está vendo? Me parece que se chama Aziz, e leva uma surra do Erik.

— O Erik também sabe bater, não?

— E então os detentos correm para acalmar a briga. Entram os guardas e colocam as coisas em ordem.

Olharam mais um pouco as imagens.

— Quem é o terceiro que agride o tunisiano?

— Esse é o que chamam de professor. É a cabeça pensante do grupinho — respondeu Italo.

– Olha, chegamos ao ponto! – Antonio indicou o lado direito da televisão. – Está vendo o povo que começa a se juntar? Aqui atrás está o corpo do Mimmo Cuntrera.

– E por que não o vemos?

– Porque é uma zona cega.

Rocco segurou o queixo. A barba de dois dias fez um barulhinho ao contato, como óleo em uma panela.

– E as outras câmeras?

– Nenhuma das seis câmeras mostra esse ângulo do pátio.

– Quer dizer, vocês estão me dizendo que não temos nenhuma imagem do homem que cai no chão?

– Não.

O subchefe de polícia se levantou.

– Era fácil demais, não?

Os dois agentes se olharam como se fosse culpa deles.

– E então já sabemos uma coisa. Quem matou o cara conhece perfeitamente o presídio e as câmeras de vigilância. Então é alguém que está lá dentro já faz um tempinho.

Sergio Mozzicarelli tornou a entrar em sua ala. Cumprimentou com um gesto o guarda de turno. Não estava com vontade de ficar no pátio. Não depois daquilo que acontecera. Não depois daquilo que vira. Apoiou as costas na parede do corredor e começou a examinar seus companheiros de ala.

Com quem poderia falar?

Excluiu na hora os estrangeiros. Não se relacionava com eles, não os conhecia. Romenos e albaneses falavam mal italiano. Os africanos não falavam de jeito nenhum. Então, só sobravam os italianos, exígua parte da população carcerária. Poderia falar com Cavabucion, o ex-barista de Pádua, de quem não sabia nem o nome de batismo... Riscado. Com Federico?

Com certeza interpretaria mal a conversa de Sergio, achando que era uma cantada. E começaria a dizer coisas de duplo sentido, referentes a uma possível relação a ser consumada na hora do banho ou então às escondidas em sua cela durante as horas de "socialização". Mariano? O caminhoneiro que havia eliminado em uma só noite a esposa e o amante? Também não. Sobravam Marco e Federico. Jovens demais. Só pensavam nos filhos deixados para trás e nos dias que lhes faltavam para voltar para casa. Só eram bons para fazer pulseirinhas de couro com signos do zodíaco entalhados em pedra preta. Com eles, a lista de compatriotas se encerrava. Poucos, e nenhum de confiança ou preparado para receber seu segredo e mantê-lo guardado com zelo. E, acima de tudo, nenhum que pudesse lhe dar um conselho.

Esquece!, seu cérebro lhe dizia. Esquece, Sergio, você viu, e daí? Cuida da tua vida. Em um ano você sai e pode tentar aproveitar o finzinho dessa vida de merda que você viveu.

– Vou me meter em encrenca... – disse em voz baixa, olhando o chão. E a troco de quê? Domenico Cuntrera não era nem seu amigo. Naqueles poucos dias, tinham trocado, ao todo, umas três palavras. Só sabia que era calabrês, que todas as noites rezava para Nossa Senhora e que seria transferido em poucos dias. Mas não tivera tempo.

Esquece.

Mas lhe voltava à cabeça o rosto daquele infeliz que havia ficado cianótico e que parecia lhe pedir ajuda com os olhos arregalados enquanto a vida o abandonava, veloz e covarde. A espuma na boca, a respiração entrecortada. E ele, o que tinha conseguido fazer? Como havia respondido àquele pedido desesperado? Havia se escondido atrás da coluna de cimento armado para não ser visto enquanto um grupo de idiotas se massacrava do outro lado do pátio.

Esquece.
— Entrem! Está fechando! — berrou um guarda. Devagar, tornou a entrar em sua cela, junto com Aldo e Karim. Com um ruído metálico, as grades se fecharam. Logo trariam o jantar. Esquece.

Oito e meia. Rocco estava atrasado. Havia perdido tempo telefonando para Brizio e lhe contando detalhes da pistola e do assalto à mão armada com o morto em Cinecittà. O amigo lhe garantira que iria fazer alguma coisa. Ainda que do napolitano, Scifù, nunca tivesse ouvido falar. Corria na direção do apart--hotel com Lupa, que o seguia, balançando a cauda. Tinha de tomar um banho rápido e se vestir. Mas em sua cabeça já estava surgindo a ideia de telefonar para Anna e lhe dar um fora colossal. Entrou no apart-hotel para pegar a chave.
— Você está super atrasado!
Virou-se. Às suas costas, sentada no sofá do saguão, estava Anna. Lupa correu ao encontro dela, latindo. Anna a recebeu de braços abertos.
— Lupa! Está feliz por me ver? — inclinou-se para acariciá-la, então olhou para Rocco. — Ela está feliz por me ver. Aprenda com a Lupa.
— Levo três minutos, troco de roupa e desço. Acha que o cachorro pode ir?
— Acho que não.
— Nem o cachorro... mas tudo bem. — Rocco assobiou e Lupa o seguiu pelas escadas.

Optou pelo habitual terno de veludo marrom com camisa azul sem gravata e, é claro, os Clarks.
— Agora você vai nanar — disse Rocco, colocando a ração na vasilha de plástico cor-de-rosa. — Tudo bem? Volto

logo. – Lupa correu para a comida. Rocco enfiou o *loden*, deixou a luz do abajur acesa para a cachorrinha e fechou a porta.

– Obrigado por vir aqui no apart-hotel. Estava atrasado.
Anna examinou Rocco.
– E isso seria uma roupa elegante?

Destoava ao lado da indumentária dela: um simples tubinho preto enfeitado por um colar em forma de ramos de videira com pedras vermelhas que surgiam entre pequenas folhas de ouro, um casaco cor de ciclame justo na cintura com botões de osso, botinhas pretas de couro de cobra.

– Você está vestido para ir trabalhar.

Rocco se olhou no espelho da recepção. Nem tinha se penteado.

– Você acha?
– Nem fez a barba! Vamos, estamos atrasados. Pegamos o teu carro, ou quer que eu dirija até lá?
– Lá, onde?
– Fora de Aosta. Na direção de Rumiod.
– Você conhece o caminho?
– Sim. Vamos à casa de Berardo Turrini.
– Esse sobrenome não me é desconhecido. Algum parentesco com Laura Turrini, a diretora do banco Della Vallée?
– É o marido. O médico-chefe.

Definir a moradia de Berardo Turrini como casa era um eufemismo. Se entrava na propriedade graças a um portão de duas folhas dominado por seis antigos lampiões de ferro batido. Rocco e Anna percorreram com o carro uma estradinha margeada por uma dupla fila de bétulas de tronco branco que sobressaíam como esqueletos na noite. A *villa* era gigantesca, iluminada para uma festa. Rocco a observou depois de ter estacionado o carro na grama, entre automóveis que em valor superariam o PIB de um país africano. Três andares de arquitetura moderna, um triunfo de vidro, madeira e pedra.

– Nada mau, hein? – disse Anna, olhando bem onde punha os saltos para não torcer o tornozelo em algum buraco. Mas a grama era um veludo.

Passaram por um caminho de cascalho e finalmente chegaram à porta da casa, um imenso arco de vidro que conduzia às salas do piso térreo. Um vaivém de pessoas que vagavam com o copo na mão, garçons uniformizados adejando para lá e para cá levando bandejas em equilíbrio precário. Assim que os dois entraram, um garçom velho e careca estendeu os braços para receber os casacos e depois se afastou.

– A gente vai receber os casacos de volta? Deixei a minha carteira no meu – disse Rocco. Anna nem lhe respondeu.

Luzes difusas iluminavam suavemente as obras penduradas nas paredes. Rocco se sobressaltou, aproximando-se de uma tela cortada no centro. Os outros quadros não eram inferiores. Burri, uma tapeçaria de Boetti, uma quantidade de desenhos a lápis, de Miró a Léger.

– Um em cargo de chefia ganha tanto assim?

– É dinheiro de família, Rocco. Agora, chega de ficar babando em cima dos quadros e vamos nos apresentar.

– Anna! – um homem com pouco menos de sessenta anos, bronzeado, de cabelos brancos e um terno preto usado de modo esportivo sobre uma simples camiseta da mesma cor se aproximou com os braços abertos. – Finalmente!

– Berardo! – Se abraçaram. Os habituais dois beijos no rosto. – Posso apresentar o doutor Schiavone?

– Eu o conheço de fama – disse o homem, esboçando um sorriso. Trocaram um aperto de mãos. Rocco abrangeu a casa com um olhar.

– Mas precisa pagar entrada para lhe fazer uma visita?
Berardo caiu na gargalhada.

– Vejo que o senhor aprecia a arte contemporânea. Venham, vou acompanhá-los até minha esposa.

Atravessaram uma sala tão grande quanto um apartamento e se aproximaram da mesa de vinhos, onde Laura Turrini tagarelava com uma mulher com mais de setenta anos. Uma teia de rugas no rosto destoava dos lábios recém-operados.

– Laura, olha quem está aqui?

– Anna! – ela se afastou da mesa pedindo desculpas com um gesto à sua interlocutora. – Anna, que bom te ver! – Se abraçaram. Aí o olhar de Laura ficou triste, fitando Rocco. – Doutor Schiavone...

– Vocês já se conhecem? – perguntou Berardo.

– Sim – respondeu Rocco. – Como está, sra. Turrini?

– Esta noite, podemos nos tratar por você.

– Como você está, Laura?

– Bem. Você está muito bem!

– Não minta – interveio Anna. – Parece saído de um plantão de 48 horas!

– Tem visto os Berguet?

Laura empalideceu. Foi o marido quem respondeu.

– Nem fale nisso... O que aconteceu com eles. É... desagradável?

– Só desagradável?

– Bom, quer dizer. Terrível é melhor? – disse Berardo.

As cores voltaram ao rosto de Laura.

– O que você acha? Sinto muito pelo o que aconteceu com os Berguet! Giuliana, Pietro e eu somos amigos faz anos. O banco que eu represento sempre esteve ao lado dos Berguet.

– A não ser nos últimos tempos.

Anna revirou os olhos.

— Desculpem. Rocco, você acha que é hora de falar desses assuntos? Estamos em uma festa!

— Anna tem razão! — acrescentou Turrini. — Tenho outros convidados, me desculpem... — e, mostrando os dentes reluzentes como marfim, afastou-se do trio.

— Posso lhes oferecer um pouco de vinho?

— Obrigada — disse Anna e, conversando em voz baixa com Laura, se afastou de Rocco. O subchefe de polícia não foi atrás das duas mulheres. Ficou em pé, observando enquanto elas se aproximavam do bufê.

Que porra estou fazendo aqui?, se perguntou.

Em algum lugar deveria haver alto-falantes que espalhavam a música. Se o dono da casa mostrava certo conhecimento das artes visuais, o mesmo não se poderia dizer dos ouvidos. Rocco teve a impressão de reconhecer uma "Strangers in the night" de uma antologia do saxofonista italiano Fausto Papetti. Observava os rostos dos convidados. Os homens exalavam arrogância pelos poros da pele. As mulheres, botox. Todas pareciam ter o mesmo rosto. Aquele recriado nas salas de cirurgia. Uma padronização democrática de traços físicos que eliminava raças e personalidades, tornando aqueles rostos lisos, brilhantes e inexpressivos. Uma casa cheia de répteis.

— Então, vai ficar com o apartamento?

A voz amistosa do comissário Costa o fez se voltar na direção de uma das três grandes janelas que dominavam o salão.

— Doutor, boa noite.

— Soube que voltou à delegacia. Fico feliz. Mas, ao mesmo tempo, me entristece que não tenha ido falar comigo. No entanto, sabe que eu o procurava. Viu os jornais?

— Diria que sim.

Costa endireitou os óculos no nariz.

– Não se ofenda com as coisas que dizem ao seu respeito.

– O senhor se refere à Buccellato? Ela está pegando pesado!

Costa grunhiu. Seu ódio pelos *jornaleiros* não diminuía, ainda por causa da traição da esposa com um cronista de Turim. Depois balançou a cabeça para apagar as colunas, as letras, os artigos centrais no alto, no centro ou no pé de página, os editoriais que dançavam à sua frente, rindo de sua cara e de sua profissão. Fixou Rocco nos olhos.

– E o senhor, Schiavone, como está? Com ânimo para voltar a trabalhar?

– Não, doutor Costa. Diria que não mesmo.

– Entendo. E vai me trazer o bom filho da mãe que entrou na sua casa?

– Espero – e voltou a pensar na promessa feita em voz baixa ao amigo Sebastiano de que, se encontrasse o assassino de Adele, o entregaria para ele, para ele encerrar aquela história com as próprias mãos. E vingasse com sangue a morte de sua companheira.

– Confio no senhor. – Costa voltou a sorrir. – Então, fica com a casa na via Laurent Cerise? – perguntou o comissário. – São oitenta metros quadrados, o aluguel é ótimo. Se quiser, já está mobiliada. Fica no terceiro andar e tem sistema antifurto e grades nas janelas.

– Só tem um defeito, tão grande quanto o Cervino.

– E qual seria?

– Fica atrás da Procuradoria.

Costa olhou Schiavone.

– Para mim, parece uma virtude.

– Sei. Por isso continuamos amigos. Olhamos a vida sob dois pontos de vista muito diferentes.

Costa assentiu.

– Em relação a isso, dá para botar a mão no fogo. E, falando em pontos de vista, me diz o seu em relação à história do presídio?

– Ainda não sei. De qualquer modo, se trata de um homicídio; Cuntrera, o mafioso que extorquia a família Berguet, foi morto.

– Uma história horrível, então. E, a propósito dos Berguet, olhe lá...

Estendendo o braço, o comissário indicou um ponto do salão. Em pé, ao lado de uma tapeçaria, estava um homem. Um loirinho, olhos claros. Um terno cinza chumbo lhe caía como uma luva.

– Quem é?

– Luca Grange.

– O que venceu a licitação no lugar da Edil.ber?

– Isso. A festa é um pouco para ele.

– Ah. E que sorte a sra. Turrini ser *tão* amiga dos Berguet.

– É, muita mesmo – comentou Costa, triste. – Mas a vida segue em frente, não?

– Eu tenho um ponto de vista diferente. É sempre o carro dos vencedores que é mais confortável.

– Isso vale para tudo, menos para uma coisa: o futebol. Serei sempre Genoa, com boa ou má sorte.

– E alguma vez a sorte foi boa para vocês?

– Deixe pra lá, Schiavone, e pense na sorte do seu time.

– Tem razão. Me diga algo mais a respeito desse Luca Grange.

– É um jovem empreendedor. O pai tinha vencido as licitações da Comuna de Aosta para a limpeza pública. Luca, por sua vez, é arquiteto; fundou a empresa e parece que nem bem dois anos depois já está dando o grande salto.

Classificar Luca Grange no bestiário mental de Rocco Schiavone foi muito fácil. Os olhos azuis gelados, atentos e fixos, próprios para fender a neve da estepe, os dentes brancos e o nariz pequeno e pontudo faziam de Luca Grange um husky siberiano, o cão originário da Sibéria criado para puxar trenós e protagonista dos grandes romances de fronteira.

– Resumindo, Luca Grange é alguém bastante ocupado... – murmurou Schiavone.

– É o que parece.

Fausto Papetti agora propunha uma versão de "Killing me softly". Costa sorriu para Rocco.

– Precisa encontrar o aparelho de som e trocar a música.

– É uma coisa que me agradaria muito, doutor.

Com um sorriso, o comissário se afastou.

– Mas como não! Claro que mostro para vocês! – gritava Berardo Turrini no centro da sala com a taça de vinho nas mãos. – Por favor, venham! – e se dirigiu para a saída. Um grupo de seis pessoas o seguiu. Rocco fitou Anna que, dando de ombros, se juntava ao grupo. Rocco a imitou.

– Aonde estamos indo? – perguntou-lhe.

– Não entendi. Ver alguma coisa muito importante, acho.

O grupo, que tinha aumentado para umas quinze pessoas, saiu por uma porta traseira e, como os ratos do flautista de Hamelin, seguia em fila indiana o dono da casa. Entraram em uma trilha, e o rumor do cascalho sendo pisado rompeu o silêncio da noite. Um caminhozinho iluminado por belos lampiões antigos levava a uma série de construções avermelhadas.

– O céu está estrelado – disse Anna.

– Não olhe para o alto – sugeriu Rocco. – Com esses saltos, você vai parar na traumatologia.

– Deve ter pelo menos três ortopedistas nesta festa! Falando nisso, por que não pede para darem uma olhada nas suas costas?

O cheiro dos cavalos misturado com o do couro e da forragem ficava cada vez mais forte à medida que o grupo se aproximava dos estábulos. À distância, no lado esquerdo, o azul de uma piscina iluminada como se fosse dia prometia a chegada do verão.

Um homenzinho baixo e atarracado foi ao encontro do grupo.

– Esse é o Dodò... o melhor cavalariço de todo o vale. Dodò, estes são os meus amigos.

– Boa noite... – disse o homenzinho. Por causa das rugas, parecia que haviam dobrado seu rosto várias vezes, como um mapa velho.

– Querem ver o Winning Mood*.

Dodò sorriu e estendeu o braço direito indicando o caminho.

– Por aqui...

Os saltos dos convidados ressoaram nas pedras do piso. No interior de uma baia, um cavalo dava coices potentes na estrutura. Outro, mais longe, relinchava, talvez irritado com aquela perturbação noturna.

O cavalariço, seguido pelos convidados, escancarou uma porta de correr dupla e logo todos foram envoltos pela umidade e pelo cheiro forte de urina equina; depois acendeu a luz iluminando um longo corredor. A cada dez metros, havia um portão com grades. Parecia uma ala de penitenciária.

– Winning Mood está no último – disse Berardo Turrini, que agora não continha mais a excitação. – Venham, venham.

---

* "Humor vencedor" ou "espírito de campeão" em inglês. (N.E.)

À direita e à esquerda se viam os cavalos dormindo, ou então de cabeça baixa mastigando a ração espalhada pelo chão. Um cinzento enfiou o focinho na abertura. Tinha as orelhas viradas para trás e fitava o grupo de curiosos com os olhos sem vida. Finalmente, Berardo se deteve.

– Dodò!

O cavalariço, que pegara uma corda, abriu a porta e entrou na baia.

– Senhoras e senhores, eu lhes apresento Winning Mood!

Com o gesto de Berardo, o homenzinho saiu trazendo um cavalo baio pelo cabresto.

– Ei-lo, senhores!

Era um animal enorme. Pelo brilhante, possante, a crina longa e as pernas fortes e musculosas. Os cascos pareciam tirar faíscas das pedras do chão.

Houve um "Oh!" de apreciação por parte de todos os curiosos. Menos de Rocco, que entendia de cavalos menos que de mulheres.

– É maravilhoso! – disse uma senhora loira à frente do grupo, com um gritinho.

Um cara de óculos se aproximou e começou a acariciar o animal.

– E com este aqui, quem vai te vencer?

– É – disse Berardo, e sorriu satisfeito. – Vamos fazer a primeira corrida em Cattolica no fim do mês.

– Quem vai montá-lo?

– Ainda não sei... talvez Rodrigo...

– Lindo, né? – disse uma mulher para Rocco, procurando cumplicidade.

– Incrível – respondeu o subchefe de polícia.

– É neto do Chandelier! – disse a mulher.

— Incrível — disse Rocco.

— Vai vencer muitos concursos nacionais, ainda que só tenha seis anos!

— Incrível!

Anna se aproximou de Rocco.

— Não sabe dizer outra coisa?

— É igual à velha piada... — sussurrou Rocco. — Incrível é um modo cortês de dizer tô me lixando.

O subchefe de polícia se voltou e percebeu que eles não eram os últimos da fila. Atrás estava Luca Grange, que ria baixinho com uma taça na mão.

— Não pude deixar de ouvir o senhor! — disse.

De perto, ele parecia ainda mais um husky.

— Não queria ser ofensivo.

— Imagine. Eu também não sei nada sobre cavalos. Eles são como uma febre; ou você tem, ou não tem. — Estendeu a mão. — Luca Grange.

— Rocco Schiavone. Esta é Anna...

— Cherubini! — ela concluiu, apertando a mão de Luca. Rocco se envergonhou. Não lembrar o sobrenome era uma coisa imperdoável. E Anna o fez perceber lançando-lhe olhares furiosos.

— Vamos entrar? — Rocco lhe propôs.

— Vá você. Eu fico aqui olhando o neto do Chandelier.

— Incrível! — disse Rocco, mas Anna não riu.

Só lhe restava ficar zanzando sozinho pela casa. Na hora lhe veio à mente um filme em que Peter Sellers, tendo ido à festa de um rico produtor cinematográfico, desencadeia uma série infinita de situações embaraçosas. Pediu um vinho tinto e pegou um canapé de cor indefinível.

— O que é? — perguntou para o garçom.

– Stockfish amanteigado sobre polenta cremosa...

Engoliu-o de uma vez só. Era uma delícia. Mal conseguiu engolir o canapé e a garganta travou. No fundo do salão, em pé, conversando com duas senhoras sorridentes, estava Walter Cremonesi, velho conhecido seu. O terrorista de extrema--direita, batizado nas prisões do país em 1976, tinha no currículo furtos, assaltos e um par de homicídios. O subchefe de polícia não o via fazia muito tempo. Devia estar beirando os sessenta, mas tinha um aspecto são e robusto.

O que ele está fazendo em Aosta?, pensou Rocco. E a mente voou na mesma hora para Adele assassinada em sua cama.

Atraído como uma mariposa, nem percebeu que havia se aproximado e estava a poucos metros do homem. Um metro e oitenta, magro e ágil; dos anos perigosos só lhe sobrava uma pequena cicatriz sob o queixo quadrado. Não foi preciso fazer nenhum esforço para lhe dar na hora o semblante de um animal. Sempre soubera, Walter Cremonesi era uma *Dendroaspis polylepis*, conhecida como mamba-negra. Os olhos vivos e separados, a boca sem lábios e o corpo magro que parecia poder dar um salto de um momento para o outro. Mas a coisa que tinha em comum com o réptil era a forma da cabeça. Um caixão. Walter fixou os olhinhos escuros em Rocco e uma luz mal perceptível pareceu atravessar-lhe a íris. O topo do crânio careca refletia os refletores halógenos do bar. Rocco franziu as sobrancelhas.

– Rocco Schiavone! Fico feliz por te ver de novo.

Rocco se aproximou mais. As duas mulheres que tagarelavam com Cremonesi haviam deixado de sorrir. Pareciam constrangidas. Mal fizeram um movimento de cabeça para cumprimentar o recém-chegado.

– Eu muito menos, Walter Cremonesi. Muito menos. E não lembrava que nós nos tratássemos pelo nome.

Walter assentiu, mantendo o meio sorriso. O lábio superior por um instante mostrou uma série de dentes pequenos e retos como lâminas.

– Posso te apresentar as minhas amigas?

– Se são amigas suas, me recuso.

– Grosso! – disse a mais alta, e se afastou do grupinho. A mais baixinha, pelo contrário, alguns anos mais jovem, parecia se divertir.

– É assim o nosso policial. Um pouco arisco, mas sempre foi um cara legal, sabe, Amelia?

– Ah, o senhor é policial? – perguntou a moça. – Prazer, me chamo Amelia – e estendeu a mão com longas unhas vermelho Ferrari. Tinha a boca trabalhada por algum cirurgião; por sua vez, um tatuador havia colocado uma pequena abelha em seu pescoço. Mas Rocco não lhe estendeu a mão, se limitou a beber o vinho.

– Gosta da minha tatuagem? – perguntou a moça.

– Não. Gosto das abelhas.

– Eu também. E sabe por quê? Vão de flor em flor – e, com um sorriso leve, se afastou daquele indivíduo de barba há três dias por fazer e um terno de veludo fora de lugar em uma noite tão chique.

– A gente se vê, doutor Schiavone... – disse a moça, passando a poucos centímetros do nariz de Rocco.

Tuberosa. Em excesso, pensou o subchefe de polícia.

– Bonita, não é? Quer dar uma volta, Schiavò? Uma como a Amelia talvez seja demais para um subchefe de polícia. Ou talvez não. Você continua engordando, não é?

– Sabe de uma coisa? Ver você solto é pior que uma blasfêmia na igreja.

Walter ficou sério.

– Paguei todas as minhas dívidas.

– Duvido. Você tinha uns dois séculos para cumprir, se não me falha a memória.

– E onde você põe a boa conduta? Cumpri dez anos. Não te parece bastante?

– Vai dizer isso para o caixa do banco que você apagou na via Nomentana.

– Não fui eu.

– E eu estou esperando a convocação para ir jogar em Wimbledon.

– De qualquer modo, agora sou um homem livre, como você.

– Você pode estar livre, mas uma porra que se parece comigo. Por que está em Aosta?

– Moro no vale, senhor subchefe de polícia. Fabrico vinho. Por falar nisso, gosta? – e indicou a taça que Rocco ainda estava segurando. – Eu produzo. Tenho uma vinícola. O que você acabou de provar é o tinto Primot. Um vinho que está se comportando bem. Tem outras perguntas para me fazer? Porque o meu conceito de uma noite divertida não é ser submetido a um interrogatório.

– Gostaria tanto de saber onde você estava na noite de quinta-feira, 10 de maio.

Dessa vez Walter caiu na risada.

– Mas não dá para acreditar. Começou o interrogatório? Agora? Aqui? Em uma festa?

– Lembra ou não?

Walter voltou os olhinhos para o teto com ar zombeteiro.

– Dez de maio, 10 de maio... Não, não lembro. Talvez estivesse em casa. Talvez no clube, talvez no exterior, não sei. Talvez estivesse trepando com a tua esposa.

Rocco o olhou nos olhos. Depois, com um movimento rápido da língua, enxugou o vinho dos lábios.

– É bom este vinho. No fim das contas, estou feliz por terem te colocado em liberdade, Cremonesi. Ferrar você mais uma vez será um prazer.

– Se quiser, converse com o meu advogado. Ou melhor, olhe! – e indicou um sofá no salão. – É aquele lá, o baixinho com bigodes conversando com o juiz Messina. Se chama Ferretti. Stefano Ferretti. O juiz talvez o conheça, trabalha no tribunal de Aosta. Pergunte para ele! – e se afastou balançando a cabeça.

Rocco ficou em pé. Trocou um último olhar com Amelia, que lhe sorriu fechando um pouco os olhos. Poderia se aproximar dela, começar a conversar, talvez passar uma noite agradável. Em vez disso, preferiu esperar que o advogado Ferretti saísse do sofá para se aproximar do colega de Baldi.

– Não falta ninguém nesta noite. O senhor também está aqui...

O juiz lhe fez um gesto para sentar-se ao seu lado batendo com a mão no assento.

– Lembra-se de mim, Schiavone?

– E por que não lembraria, doutor Messina?

– Vi que conhece Cremonesi.

– Sim. Eu o botei atrás das grades uma vez. E vê-lo solto, acredite, não é uma boa coisa.

Messina acariciou a barba negra e basta.

– Não há detenção que aguente quando se tem um bom advogado e se está lidando com a justiça italiana.

– Dito pelo senhor, é reconfortante.

– É. O senhor quer saber por que Walter Cremonesi está livre?

– Por que não?

– Produz vinho. Tem uma vinícola. Primot. E adivinhe. Ele produz com um grupo de detentos que está em reabilitação. Uma bela cooperativa. Além disso, o senhor conhece a lei Gozzini?

– Me refresque a memória.

– Para nós, cidadãos livres, um ano é composto de doze meses. Por outro lado, para quem está cumprindo pena, só de nove. Se o condenado participa do programa de reeducação, lhe são tirados um mês e quinze dias a cada semestre. Eis como se chega a nove meses. Mas participar da reeducação não significa que você tenha de fazer certas coisas. Basta que não mate ou estupre alguém, e pronto. Resumindo, você fica tranquilo e cumpriu sua parte. Quando faltam os últimos quatro anos, eis que chega uma ordem judicial e você vai cumprir o restante da pena em casa ou trabalhando. Simples, não? E não se esqueça do indulto!

– Ele era um terrorista... matou, participou de assaltos à mão armada...

– Um dia, vá me encontrar no tribunal. Eu mostrarei ao senhor que só os pobres coitados vão para a prisão. Quatro processos, o tribunal da liberdade, a prescrição. Este é um Estado baseado na imunidade, doutor Schiavone.

– E o senhor continua a ser juiz?

– O que mais me resta?

Rocco se recostou no espaldar do sofá de três lugares.

– Poderia ser ele quem entrou na minha casa...

– Não acredito. Cremonesi se transformou em um empreendedor. Faz parte da alta sociedade. Isso são coisas que, em minha opinião, ele deixou para trás.

– Não. Ele é erva daninha. E continua sendo erva daninha até o fim da vida.

O juiz Messina sorriu. Acariciou de novo a barba e não respondeu.

As noites no presídio eram longas. Sempre. Porém, para Sergio Mozzicarelli aquelas que ele estava vivendo eram intermináveis. Ficava revirando na cama sem conseguir dormir. Como diabos o Aldo dormia desse jeito? Mas Aldo não tinha visto. E Karim? Ele também parecia estar acordado. Forçou a vista. Estava escrevendo alguma coisa na parede.

— O que você tá fazendo? — disse Sergio em voz baixa.

— Escrevendo o meu nome.

— Por quê?

— Porque se eu ficar olhando ele fixamente, talvez sinta sono.

Sergio sentou-se na cama.

— Por que não está dormindo, Sergio?

— Porque... Karim, eu vi uma coisa.

O tunisiano se voltou. Tinha os olhos úmidos. Estava chorando.

— O que você viu?

— No outro dia, no pátio. — Abaixou a voz e sussurrou. — Eu vi quem matou o Cuntrera.

O rapaz respirou profundamente. Passou a mão no rosto.

— Lá pras minhas bandas se diz que o fruto da paz nasce na árvore do silêncio.

— Mas eu não faço mais nada além de pensar nisso.

— Mas não tem de dizer pra mim. Eu não quero saber. Não quero saber nada. Eu conto os dias, Sergio, e espero sair daqui. E quando estiver longe de tudo isto... — abrangeu a pequena cela com o olhar — vai ser só uma recordação medonha.

Sergio assentiu.

— O que você faria no meu lugar?

— Dormiria.

— Não come nada, Rocco? – perguntou Anna, que, petiscando charutos de arroz preto, parecia ter perdoado a gafe dele nos estábulos.

— Por que você conhece esse povo?

— Meu ex-marido. Ele os visitava antes de ser transferido para Genebra. Altas finanças. Os Turrini são uma família riquíssima de Milão. Têm lojas, prédios. O avô de Berardo era dono de siderúrgicas.

— Sei, mas por que você continua a frequentar a casa deles?

— Não sei. Talvez por tédio? A verdade? Está vendo aquele cara que se parece com o Giuseppe Verdi? – fixou os olhos em um homenzinho baixo vestido com um terno cinza chumbo e uma flor amarela na botoeira. Falava animado com uma mulher seca como um galho de oliveira.

— E daí?

— É um galerista. Quero bater papo com ele, talvez ele organize uma mostra minha. Tem uma galeria em Turim e uma em Milão. E é sócio de um dos *salons* mais importantes de Berlim.

— Bom, então converse com o Giuseppe Verdi. Eu vou para casa.

Anna o olhou, desconcertada.

— Por quê?

— Porque está me dando vontade de vomitar. Porque este lugar é nojento e jorra merda das paredes, porque eu não quero ter nada que ver com essas pessoas e porque considero uma ofensa o fato de me ter trazido aqui. A gente se vê!

Virou-se e largou Anna com o pratinho na mão.

— Me dê o *loden*.

— Agora mesmo – respondeu o garçom com poucos cabelos desaparecendo atrás de uma cortina de brocado.

Sentia o piso tremer sob os pés. A música de Fausto Papetti lhe ressoava na cabeça. As luzes e os cheiros da comida o sufocavam.

– É este, senhor?

Rocco o pegou. Verificou se a carteira ainda estava no lugar. O garçom sorriu.

– Não confia?

– Não! E, se quiser um conselho, vá procurar um emprego em outra parte.

– Eu tenho três filhos.

– Então transe menos!

Tornando a atravessar o jardim, percebeu uma presença, alguém que o estava observando. Na janela do primeiro andar aparecia uma cabeça loira. Fumava. O rosto estava na sombra, mas depois a figura se mexeu e ficou iluminada. Era Max. Rocco levantou o braço para cumprimentá-lo. Ele respondeu, indolente.

– E aí? Não desce para a festa?

Max negou com um gesto da cabeça.

– Por quê? Tem um monte de gente legal!

Deu de ombros e entrou no quarto, fechando a janela.

A noite estava fria e não tinha ninguém por perto. Rocco mastigava com raiva um sanduíche seco e insosso que pegara no bar da estação. Pensava na noite que havia passado. Em Anna, que o obrigava a se meter em situações que não eram parte do mundo dele. E, acima de tudo, no fato de que naquele momento estava sozinho, à noite, nem um carro na esquina, nem uma luz nas janelas. Um alvo fácil, quase elementar. Olhou ao redor. Seu assassino poderia estar por trás da quina do prédio amarelo. Ou então escondido entre o carro e a farmácia fechada. Ou simplesmente estava às suas costas e havia se misturado às sombras dos abetos. Talvez nunca tivesse ido embora de Aosta, o homem que entrara na sua casa. Se escondera em qualquer hotelzinho fora de mão, esperando por um momento como aquele. Assim que Rocco Schiavone ficasse sozinho, sem uma testemunha, desarmado e distraído, finalmente terminaria o serviço. O subchefe de polícia abriu os braços. Girou sobre si mesmo, lentamente. Com exceção de algum ramo agitado pelo vento e de uma luz no terceiro andar, não aconteceu nada.

Então gritou:

– Olha pra mim! Estou aqui!

– Grande merda – respondeu uma voz à distância.

Uma voz familiar.

Rocco caiu na risada. Da rua do seu apart-hotel apareceu um homem. Fumava. Tinha passos ágeis e nervosos e nem um fio de cabelo na cabeça.

Furio!

– Mas que é que cê tá fazendo?

– Bancando o alvo!

Se abraçaram. O amigo jogou o cigarro no chão.

– E o celular? Não liga mais?

– Por que você está aqui?

– De passagem. Estou indo pra França.

– Fazer o quê?

– Quanto menos você souber, melhor. Escute, tem um lugar mais tranquilo?

– Mais tranquilo que isto? Não tem ninguém!

– No meio da rua?

– E daí?

Furio olhou ao redor. Assentiu. Então agarrou Rocco pelo braço.

– Vem!

Levou-o a um canto escuro sob um pórtico.

– Dá para saber o que está acontecendo? O que você tem pra me dizer?

Furio enfiou a mão no bolso do casaco.

– Não preciso te dizer nada. Mas, se você ficar aqui, à vista de todos, aquele sujeito pode voltar. E em você, no meio da rua, fazendo papel de bobo, não consigo nem pensar. Desse jeito eu não te deixo – e colocou uma 9mm nas mãos de Rocco. O subchefe de polícia a observou.

– Eu não uso mais armas.

– Eu sei, mas, se você ficar com esta, eu me sinto mais tranquilo. Não durmo já faz dias. É uma Ruger semiautomática. Sete tiros, 9mm, é pequena e pesa menos de meio quilo.

Rocco a segurou.

– A trava fica do lado esquerdo, o carregador tem uma base para a empunhadura.

– Você parece um vendedor – disse o subchefe de polícia.

– E, acima de tudo, esta menininha é virgem.

– Escuta, Furio, mesmo que você deixe ela comigo, não vou usar.

Furio o agarrou pelo colarinho.

– Me escuta direito, cabeça de merda. Isso não é uma brincadeira. Alguém quer a tua pele, e é muito bom você enfiar isso na cabeça. Fique com a arma por perto, sempre. Eu já estou de saco cheio de funerais!

Rocco olhou o amigo nos olhos. Então assentiu.

– Tudo bem, Furio. Tudo bem.

Furio ajeitou a gola do *loden* de Rocco.

– Desculpe.

– Falando em pistolas. Teve notícias de Brizio?

— Tive, ele me contou tudo. Que a arma disparada contra a Adele foi usada para um assalto à mão armada em Cinecittà.

— E isso significa que o desgraçado veio de Roma. Pelo menos é uma pista.

— Você vai ver que a gente chega até quem a usou, Rocco.

— É. Vamos beber alguma coisa? O Ettore ainda está aberto.

— Mas só uma dose, porque tenho que guiar...

Saíram do pórtico e se dirigiram à piazza Chanoux.

— Sabe quem eu encontrei esta noite?

— Não.

— Walter Cremonesi.

Furio parou no meio da rua.

— Não acredito.

— Juro.

— E o que ele está fazendo aqui?

— Vinho.

— E você acredita nisso?

— Assim como acredito no Catanzaro sendo campeão.

— Então é ele?

— Não sei. Preciso pensar no assunto.

— Fique de olho. Aquilo lá é uma cobra.

— Não, é uma mamba-negra, dá pra ver que você não entende porra nenhuma de animais!

O ressonar no outro quarto acompanhava o ritmo das ondas na praia. Um ritmo lento, senil. A luz do poste atravessava a veneziana, tênue, transformando a coberta branca da cama em uma pele de zebra. Corrado ergueu o lençol. Colocou o pé no chão. O piso estava gelado. Levantou-se. A cama mal rangeu. Ficou escutando. Do outro quarto, a respiração profunda de Enzo Baiocchi continuava regular. Andou devagar na sombra. Desde a meia-noite, tinha mantido os olhos abertos para acostumá-los à escuridão, e enxergava como um gato. O reflexo das luzes da rua tornava tudo mais simples. Colocou a mão na maçaneta da porta. Ele a havia deixado encostada para não fazer barulho. Abriu-a devagar, e as dobradiças que havia lubrificado enquanto o outro tomava banho obedeceram silenciosamente. Estava no corredor. Ele o conhecia de memória, e sabia perfeitamente que para chegar à sala bastavam sete passos curtos. Um pé na frente do outro, preciso, se aproximou da porta que dava para a saleta onde Enzo dormia no sofá-cama. Tocou na maçaneta. Segurou-a e abaixou-a devagar. Lubrificara muito bem inclusive ela, e conseguiu virá-la até o fim sem o menor ruído. O mar continuava a quebrar suas ondas na praia acompanhando a respiração de Baiocchi. Um cheiro de sovaco e de cigarro entrou no nariz dele. Pairava no quarto como se fosse uma névoa gordurosa e oleosa. O monstro estava ali, com a coberta puxada sobre o peito, vestido com uma camiseta. Mantinha os braços abertos como um cristo selvagem. A boca estava aberta e a respiração inflava o peito peludo. Era questão de um minuto. Um só minuto, um salto no escuro, e depois tudo voltaria a ser como antes, antes de Enzo Baiocchi ter aparecido em sua vida. Colocou a mão nas nádegas. Sentiu o cabo da faca no elástico da cueca. Estava frio, mais frio que a lâmina. Ou talvez fosse seu sangue que não circulasse mais. Um pé na frente do outro, preciso, sem perder de vista o homem no sofá-cama. Fizera-o uma vez com um porco, no interior. Tinha sido fácil. Tinha colocado a lâmina no pescoço e afundado com um movimento seco e preciso. O bicho havia berrado e esticado as pernas quatro ou cinco vezes, depois ficara ali, cambaleando, o sangue jorrando do corte como uma torneira aberta. Enzo nem berraria. Não teria tempo. Ele enfiaria a faca direto no coração, com as duas mãos, com todo o seu peso e a sua raiva. São suas últimas respirações, seu bosta, pensou.

As persianas da sala estavam fechadas. Um raio frio de luz iluminava uma parte do rosto. Enzo Baiocchi dormia. Corrado encostou a faca no pescoço do homem.

Basta uma pressão. Uma simples pressão, seca e decidida. Agora!

Um fogo imprevisto se fez sentir perto do umbigo. Corrado arregalou os olhos. Encarou Enzo. Ele também estava com os olhos abertos, a boca em um ricto metálico. O rosto tinha se enchido de rugas. A faca lhe caiu das mãos e ele deu um passo para trás. A mão de Baiocchi, suja de sangue, mantinha firme o canivete, a lâmina estava dentro dele. Corrado não conseguia respirar, e nem falar. Um vômito quente lhe subia pelo esôfago. Com as mãos, tentou agarrar as de Enzo, para tirar aquele fogo do estômago. Foi então que o assassino se levantou e se postou na frente de Corrado. Sentia o fedor de sovaco e o hálito de cebola no rosto. Com um único movimento, Enzo puxou o canivete na direção do esterno enquanto com a outra mão lhe tapava a boca. Corrado sentiu uma dor imensa, sentia o sangue quente e viscoso jorrar para fora e lhe escorrer pelas pernas e pelos flancos. Então a vista se turvou, até que desapareceram a lua, o quarto e o fedor de sovaco e de cigarro. Caiu no chão como a casca de uma maçã.

Enzo limpou a lâmina na camiseta de Corrado. Agora tinha o que fazer. Não poderia deixar tudo daquele jeito. Começou envolvendo o corpo nos lençóis do sofá-cama. Tinha perdido muito sangue, o desgraçado, depois limparia. Precisava se aproveitar da escuridão. Como uma aranha em sua teia, enrolou aquele casulo branco ensanguentado na coberta. Vestiu-se às pressas. Procurou as chaves do carro de Corrado, estacionado bem na frente da janela da sala. Tinha de se movimentar rápida e silenciosamente, e esperar que os olhos insones de algum aposentado ou de um moleque voltando de um barzinho não cruzassem com os seus.

– Cabeça de merda... – murmurou na direção daquele embrulho estendido aos seus pés. Então o agarrou. Felizmente, Corrado Pizzuti era leve. Pelo menos, não suaria. Com seu fardo medonho, se aproximou da janela. Abriu-a e olhou a rua. Vazia. Nenhum carro. Só o barulho das ondas por trás das cabines fechadas da praia. Jogou o cadáver para fora da janela. Caiu com um barulho surdo na calçada escura, ao lado do carro de Corrado, um Fiat Multipla verde. Só precisava levá-lo para bem longe. Pegou as chaves da casa e saiu. Ele o abandonaria no interior, no leito de um rio, no meio dos caniços e da lama, onde ninguém iria procurá-lo.

Sábado

A primeira leva dos clientes do café da manhã havia passado, deixando o balcão lotado de migalhas e, na pia, um amontoado de xícaras grandes e pequenas. Cafés descafeinados, *macchiatos*, cappuccinos, croissants sem creme, com geleia, *palmiers*, *strudels*, um sem-fim de pedidos que Tatiana conseguira atender correndo enlouquecida da máquina Faema até o caixa para dar o troco. Às nove da manhã, Corrado ainda não havia aparecido. O celular estava desligado. Nunca tinha acontecido isso desde que tinham aberto o bar. Quando estava atrasado ele sempre avisava, nem que fosse com uma mensagem. Morava só a dez minutos a pé do local.

O que aconteceu com ele?, se perguntava Tatiana, enquanto, encostada na pia, bebericava seu terceiro café olhando fixamente para um ponto no piso ao lado do congelador.

Não percebeu que Barbara havia entrado.

– Bom dia, Tatiana!

A russa voltou do mundo da lua e sorriu.

– Oi, Barbara. Bom dia.

A dona da livraria se aproximou do balcão.

– Corrado?

– Exatamente. Café? – a cliente assentiu e Tatiana se voltou para preparar o café da amiga. – Não deu sinal de vida.

– Como, não deu sinal de vida? Você chamou no celular?

– Ele desligou. – Esvaziou o filtro da máquina e o encheu de novo. – Nem uma mensagem, nada.

– Deve ter deitado tarde ontem à noite e ainda está dormindo.

— É. — Um fio de expresso espumante e quente começou a cair na xícara. — É como você diz. — Pegou a xícara e se voltou para Barbara. — Quer um croissant? Um pãozinho doce?

Barbara não respondeu. Colocou meio envelope de açúcar no café e começou a girar a colherinha.

— Escuta... preciso falar com você.

— Diga.

Bebeu um gole, colocou a xícara no balcão e olhou a russa nos olhos.

— Estou com uma suspeita.

O estômago de Tatiana revirou. Sabia que Barbara gostava de intrigas e de mistérios, e que muitas vezes se divertia encontrando complôs em todos os cantos, mas naquela manhã tão cheia de ansiedade a frase da dona da livraria surtiu o efeito de uma sirena de alarme.

— Qual suspeita?

— Acho que Corrado não está sozinho em casa.

— O que quer dizer?

— Vou te explicar. Ontem à tarde, através das persianas fechadas, dava para ver uma luz. E o Corrado ainda estava aqui no bar com você.

Tatiana deu de ombros.

— E daí? Vai ver que ele deixou a luz acesa.

— Não. Porque eu a vi quando passei de carro enquanto levava o Diego ao futebol. Depois eu tornei a passar, uns dez minutos mais tarde, e a luz estava apagada. Voltei para a livraria e só então vi o Corrado saindo do bar. Estou te dizendo, tem alguém lá — e terminou o café com os olhos de quem descobriu um tesouro e não vê a hora de se apossar dele.

Tatiana ajeitou a mecha de cabelos que havia caído sobre os olhos.

– Vai ver... talvez seja uma mulher – e se deu conta do quanto lhe pesava aquela afirmação banal. Uma mulher. Nunca tinha pensado que Corrado pudesse ter uma namorada, uma companheira, ou só uma moça com quem passasse algumas horas entre os lençóis. E essa imagem não lhe agradou. Pelo contrário. Um arrepio ligeiro e elétrico lhe desceu pela garganta, atingindo o coração.

– Você acha que ele tem uma mulher? – perguntou, cética, a dona da livraria.

– Não! – Gostaria de acrescentar, "Espero". Mas não o fez.

– Escuta, quando ele chegar, por que você não lhe faz umas perguntas?

– Que perguntas?

– Tipo: sua mãe veio te visitar?

Tatiana fez uma careta.

– Não creio que tenha mãe e, se tiver, nunca me falou dela.

Barbara assentiu. Era capaz de algo melhor.

– Ouça esta: Corrado, por que você não aluga um quarto, para ajudar nas despesas? Você não acha chato ficar sempre sozinho?

– A casa do Corrado só tem um quarto!

– Então diz para ele que a sua irmã vai vir por uns dias e pergunta se ele pode hospedá-la.

– Não tenho irmã!

– Mas que saco! – a dona da livraria bufou. Onde estavam todos os comissários de polícia que ela havia devorado em anos de canibalismo literário quando você precisa deles e dos seus argumentos? – Aí, achei! Diz pra ele: eu e meu marido vamos comemorar dois anos de casamento. Você e a sua namorada estão oficialmente convidados esta noite para o jantar!

Tatiana pensou no assunto.

– E se ele me perguntar qual namorada?

– Então você olha bem firme na cara dele e diz: aquela que você está hospedando desde que voltou da sua viagem misteriosa! Quero conhecê-la! E, por favor, observe atentamente a reação dele. Se ele levar a mão ao nariz, se olhar para o outro lado, se abaixar os olhos ou evitar a conversa, pode ter certeza, ele está mentindo!

Parecia uma boa tática. Direta, concisa, sem possibilidade de escapatória.

– Você acha mesmo?

– Vi em um seriado na televisão um cara que descobria as mentiras observando só a expressão facial das pessoas! Você vai ver como ele vai sorrir, agradecer e te dizer: claro, nós vamos, eu e fulana! E você terá descoberto a verdade!

– Então é isso.

– O quê? – perguntou a dona da livraria colocando um euro no balcão.

– Por isso ele anda assim tão pensativo e com a cabeça nas nuvens. Olha só o que ele está escondendo. Uma mulher!

– Tá vendo? – E, sorrindo, Barbara voltou para a sua livraria.

Uma mulher. Corrado tinha uma mulher. Tatiana cerrou os dentes, mas não conseguiu evitar que uma lágrima solitária lhe corresse pelo rosto.

Rocco Schiavone estava sentado à costumeira mesinha da piazza Chanoux tendo à sua frente o café da manhã que Ettore acabara de lhe trazer. O ar estava cheio de vida, os prados verde esmeralda, a neve, que só uns dias antes havia caído sobre a cidade, tinha abandonado o vale, refugiando-se nos picos. O sol brilhava alto no céu. Acariciava os prédios e as montanhas que circundavam Aosta. Uma manhã de maio, tão bonita que todas as mesas estavam lotadas. Os clientes habituais tinham um ar sorridente, feliz; alguém, esparramado na cadeira e de olhos fechados, aproveitava os raios luminosos do sol. Parecia uma indolente manhã de domingo. Ainda não havia chegado a hora de tirar os casacos, mas os ossos estavam voltando a respirar. Rocco olhou os pés. Sorriu para aqueles Clarks que poderiam ter esperança de resistir muito mais do que os outros doze pares destruídos em pouco mais de oito meses.

Viu-a passando a uma dezena de metros da mesinha. Mesmo com jeans e um casaquinho justo na cintura, fazia boa figura. A mulher o reconheceu e lhe sorriu, mudou de rumo e se aproximou.

– Estamos aproveitando o sol esta manhã?

– Antes de ir trabalhar...

– Ontem à noite o senhor não estava de bom humor, subchefe de polícia Schiavone.

– Não, Amelia. Não estava. Digamos que as pessoas em cuja companhia a senhorita estava não são exatamente o meu tipo.

Amelia pegou uma cadeira e sentou-se.

– Posso pedir para lhe trazerem algo? – propôs Rocco.

– Não, já tomei café da manhã. E este belo cachorro?

Lupa, deitada na calçada, se limitou a virar as pupilas na direção da recém-chegada.

– Como se chama?

– Lupa.

– Oh... que gracinha. Que raça é?

– Saint-Rhémy-en-Ardennes.

Amelia o encarou antes de começar a rir.

– Nunca ouvi falar!

– Não sou chique em questões de roupas, mas, quanto a cachorros, não aceito lições de ninguém.

– Uma Saint-Rhémy... – Amelia balançou a cabeça.

O perfume de tuberosa da moça chegou às narinas de Rocco. Ela usava um pouco demais para o gosto dele.

– Faz tempo que a senhorita conhece Walter Cremonesi?

– Não. Eu o encontrei umas vezes. Sou amiga do doutor Turrini. E da esposa, para evitar mal-entendidos.

– A senhorita é de Aosta?

– O senhor é policial até enquanto está relaxando!

– Ossos do ofício. E, a propósito, a senhorita trabalha em quê?

– Cuido das relações públicas para Luca Grange. O senhor o conheceu, não? Ontem à noite...

– Ah, sim, o astro nascente do empreendedorismo local.

A moça sorriu.

– Tenho 34 anos, sou de Gruskavà.

– Não é italiana?

Amelia sorriu.

– Em italiano é Groscavallo, em provençal é Gruskavà... província de Turim. Sou italianíssima. – Com um gesto da mão, colocou no lugar uma mecha de cabelos. – Meus pais morreram já faz muitos anos, e vim para Aosta. Quer saber mais alguma coisa? – e o fitou com olhos grandes cor de avelã.

– Não. Já basta, obrigado.

– Tem quem se aproveitaria da ocasião e me pediria o número do meu celular.

– Não sou um desses.

Amelia sorriu, tocando o pescoço.

– Eu lhe garanto, pelo contrário, que vocês são todos iguais. O senhor talvez seja mais hábil que os outros, mas o meu celular o senhor queria ter, e como!

Rocco sorriu, fechando um pouquinho os olhos.

– Em vez do celular, me diga se essa abelha em seu pescoço é a única tatuagem que a senhorita tem.

Amelia se aproximou de Rocco e sussurrou.

– Só tem um modo de descobrir... – Levantou-se. – Desejo-lhe um bom dia, doutor Schiavone.

– Para a senhorita também, Amelia... Amelia de quê?

– Amelia já basta. – Piscou para ele e se afastou.

Rocco se determinou a não olhar as nádegas dela enquanto se afastava. Cedeu depois de três segundos.

Tinha dois hemisférios perfeitos.

Felizmente o terceiro isqueiro funcionava. Os outros dois ele tinha dado para Lupa, que se divertia os desmontando enquanto os mantinha entre as patas. Já no primeiro trago compreendeu que o caso que tinha sob os olhos era difícil, e seria difícil se livrar dele. Poucos carros corriam no corso Battaglione Aosta. Abriu a janela da sala e jogou a bituca do baseado. Sentiu curiosidade de olhar para fora. Bem embaixo do teto da entrada da delegacia observou uma quantidade indecente daquelas bitucas. Todas jogadas por ele, um dia depois do outro, desde setembro do ano anterior. Formavam um montinho que chamava a atenção. Se o comissário saísse à janela em sua sala no segundo andar, com certeza iria perguntar o que eram aqueles pedacinhos de papel amontoados ali embaixo. Ele tinha de dar uma limpada. Subiu na janela e ficou a cavalo no peitoril. Abaixo, a pouco mais de um metro, estava o teto que protegia da eterna chuva valdostana a entrada da delegacia.

A inspetora Caterina Rispoli tinha preferido ir a pé para a delegacia. Comia uma barrinha dietética enquanto atravessava a rua. O prédio da delegacia estava ali, na frente dela. Estava de mau humor. Na noite anterior, tinha brigado com Italo. As questões de sempre. Os problemas de sempre que pressionam os jovens casais. Italo queria que fossem morar juntos. E isso, para Caterina, soava pior que uma ameaça. Não era medo o que ela sentia, simplesmente preferia que as coisas ficassem do jeito que estavam. Estava bem em seu pequeno apartamento, com seu espaço e seus livros. Só o pensamento de ter Italo em casa, com sua desordem, suas cuecas, a privada respingada de xixi, o PlayStation sempre ligado, a apavorava. Era como viver com um adolescente.

"Você tem medo de dar esse passo simples e natural que duas pessoas apaixonadas deveriam dar sem nem precisar dizer", Italo gritara para ela.

"Viver junto me deixa ansiosa", ela lhe dissera. "E aí a gente começa a se descuidar, a ir para a cama com pijamão e meias de lã, cheios de roupas como o Papai Noel. E tchauzinho pro sexo."

Italo havia procurado, em vão, mostrar-lhe que, quando a gente gosta de alguém, isso se faz normalmente, viver juntos, fazer as coisas juntos e, talvez, pagar um aluguel só.

"Então o problema é todo esse!", ela tinha começado a gritar. "O aluguel! Não dá pra acreditar."

"Você não está bem comigo?"

"E o que isso tem a ver? Sim, estou bem, mas quero viver sozinha. Preciso."

"Você tem outro?"

"Ficou maluco?"

"Você tem outro ou não?"

"Mas outro? E que outro, Italo? Só você já chega!"

Talvez tivesse agido melhor dizendo para ele que ela nunca tivera uma família de verdade, que seus pais estavam juntos só para se massacrar, que seu pai era uma besta e que, se fechava os olhos e pensava naquele homem que, aos seis anos de idade, ela não chamava mais de papai, sentia vontade de vomitar.

"Caterina, um relacionamento assim me dá nojo. Não gosto, é frio, distante."

"O que está tentando me dizer?"

"Qual é o nosso futuro?", Italo havia lhe perguntado, olhando-a com firmeza nos olhos.

"Não sei, não penso nisso. Por enquanto, estou bem assim. Por que você quer se precipitar e estragar tudo?"

"Porque a gente precisa viver com um projeto! Olha o nosso chefe."

"O que tem ele?"

"Ele tem um projeto. Quer ir viver na Provença, faz de tudo para mudar de vida. Trabalha por uma ideia!"

"Mas que merda você tá dizendo?" Caterina nunca dizia palavrões, mas Italo a havia levado a isso. "O subchefe de polícia tem uma cabeça doentia. É um coitado que vive sozinho, em uma cidade que não é a dele, perseguido por gente que quer arrancar seu couro, e tem uns amigos que... faça-me o favor."

"Eu gosto do Rocco."

"Então vai viver na casa dele!"

Com aquele eco da briga na cabeça, Caterina ergueu o olhar. No teto do corredor de entrada, estava o subchefe de polícia.

– Chefe? O que está fazendo aí?

Rocco se inclinou.

– Ah, oi, Caterina.

– O que o senhor está fazendo no teto?

– Nada. Não tenho varanda. Queria tomar um pouco de ar.

Esse aí é completamente pancada, disse Caterina com seus botões.
– Mas o senhor está louco? Se arrisca a cair!
O subchefe de polícia olhou ao redor.
– Não. O teto fica a um metro da minha janela.
– Sim, mas se o senhor cair, os metros se transformam em três.
– Mas eu não caio.
– O que o senhor está colocando no bolso?
– Deixei cair umas moedas.
Caterina balançou a cabeça.
– Ah, Caterina? Pode colocar uma encheção de saco no cartaz?
– Diga.
– As pessoas que não cuidam da própria vida. E coloque no oitavo grau.
– Entendido... – e a inspetora entrou na delegacia.
Schiavone se agarrou ao peitoril. Estava subindo com dificuldade na janela para adentrar na sala quando Italo escancarou a porta.
– Mas o que está fazendo, Rocco?
– É um vício de família, agora...
– O que quer dizer?
– Sua esposa me perguntou a mesma coisa, agora mesmo.
– Não é minha esposa. E, de qualquer modo, fazer perguntas nem é um vício.
– Não, Italo, é um vício não cuidar da própria vida. O que foi?
– Parece que tem uns dez telefonemas pra você. Mas por que não liga o celular?
– Para não receber uns dez telefonemas. E vejo que você continua a perseverar no erro e a não fazer aquilo que eu acabei de te dizer.

– Cuidar da minha vida?
– Perfeito!
– Mas telefone para o juiz. Senão ele acaba comigo.
Rocco se deixou cair na poltrona.
– Você tem medo de ser transferido? Não é assim tão ruim, olha para mim: uma nova delegacia com muitas pessoas interessantes com as quais dividir os dias de trabalho, gente alegre, simpática, superestimulante. Eu nunca teria encontrado um D'Intino, ou Deruta, e do Casella, falar o quê? Quem não iria querer eles como companheiros de trabalho? E esta cidade! Acolhedora, quente, viva e cheia de vida e de sol! Te digo com toda a sinceridade: não trocaria Aosta por nenhuma cidade no mundo!
Italo o olhou em silêncio por alguns segundos.
– Tá caçoando de mim?
O subchefe de polícia não respondeu.
– Você está errado, Rocco. Lembre sempre que poderia ser pior para você.
– Ah, é?
– Você poderia ir parar em Sacile del Friuli!
– Para onde eu poderia sugerir que o Baldi te mande! Tudo bem, depois eu telefono pra ele, eu te prometo.
Italo se apoiou na escrivaninha.
– Mas você não tem medo, Rocco?
– De quê?
– O cara que tentou uma vez poderia tentar de novo.
Rocco pegou um cigarro. Acendeu-o.
– Não, Italo. Não tão rápido. Agora tudo ainda é muito recente. Depois, talvez, quando a situação estiver um pouco mais calma, ele tente de novo. Mas eu ponho as mãos nele primeiro. – Deu uma tragada e jogou a fumaça na direção do teto. – Em vez disso, me diz uma coisa. Como nós catalogamos

esse novo caso de Varallo? É um décimo grau, porque ainda tenho de investigar Mimmo Cuntrera, mas tem algo a mais. Porque é dentro de um presídio.

– Dez *cum laude*?

– Já foi usado. Tentemos um dez *non-plus-ultra*. Acrescente ao cartaz.

– Vou acrescentar. A propósito... fora da sala tem uma pessoa que quer te ver.

Rocco virou os olhos para o alto.

– E quem é?

– Giuliana Berguet, lembra?

– Claro que me lembro dela. E o que ela quer, a filha voltou pra casa, não? Por favor, não aguento. Não estou aqui. Diz pra ela que eu explodi, que entrei em um túnel espaço-temporal que...

– Rocco, quer um conselho? Converse uns minutinhos com ela. Vale a pena.

– Por quê?

Italo sorriu, dissimulado.

– O juiz Baldi ficaria contente – e saiu da sala sem fechar a porta, pela qual, uns segundos depois, entrou Giuliana Berguet. Rocco se levantou para ir a seu encontro e estendeu-lhe a mão.

– Sra. Berguet, fico feliz por vê-la!

Ela estava com o rosto mais tranquilo que da última vez que a vira, as olheiras haviam desaparecido, mas uma luz escura surgia de seus olhos velados. Sorria só com a boca e piscava devagar.

– Doutor Schiavone, me desculpe... me desculpe mesmo se venho perturbar o senhor na delegacia.

– O que posso fazer pela senhora?

— O senhor já fez tanto. – Giuliana Berguet sentou-se à escrivaninha. Rocco cheirou o ar, rapidamente. O cigarro havia encoberto o cheiro penetrante de maconha que, com frequência, pairava entre aquelas paredes. – Eu vim lhe agradecer. O senhor me devolveu a minha filha.

— Como está a Francesca? – disse Rocco, sentando-se.

— Chiara – a mulher corrigiu.

— Me desculpe, sim, Chiara. Como ela está?

— Não sei... – inspirou tristonha e soltou um suspiro, daqueles que só uma mãe consegue soltar pensando na sorte dos próprios filhos. – Não voltou para a escola, fala pouco, come menos ainda. Não quer auxílio psicológico. Meu marido acha que o tempo é o melhor remédio.

— Não acredite nisso – disse o subchefe de polícia. – O tempo só serve para deixar a pessoa mais velha.

— Queria conhecer o senhor e agradecer pessoalmente. Mas não quer sair de casa.

— Me desculpe, a senhora se refere a Chiara ou ao seu marido?

— A Chiara. Meu marido... – inspirou e soltou outro suspiro. Diferente, mais agudo. Era o suspiro de uma esposa, esse. – Meu marido, eu não sei. Não é mais o mesmo, já faz uns dias. Ele perdeu a licitação, e sai tantas vezes, não sei para onde. Não vai para o escritório, parece que a situação da empresa não lhe interessa nem um pouco.

Rocco não era um bom conselheiro matrimonial. Limitou-se a assentir com a cara de quem entende e lamenta muito.

— Se assusta com qualquer coisa – prosseguiu Giuliana –, parece fora de si. Tentei falar até com o Marcello, o irmão dele...

— Como está o professor?

— Ele parece ter reagido melhor. Mas Pietro... Estou muito preocupada. Entretanto, não vou ocupar mais o seu tempo. Só queria cumprimentar o senhor. A propósito, aquela história horrível que eu li no jornal, sobre o homicídio na sua casa. É pavoroso.

– É. Estou investigando.

– O senhor pensou em uma vingança?

– Com certeza é vingança, senhora. Mas não são as pessoas que extorquiram seu marido. É outra coisa que, mais cedo ou mais tarde, eu vou descobrir.

Giuliana assentiu. O subchefe de polícia pensou que não tinham mais nada a dizer um para o outro e então estendeu de novo a mão para ela.

– Eu lhe agradeço de novo, e saudações ao seu marido e sua filha.

Porém, Giuliana não se levantou. Olhou-o com olhos cheios de lágrimas. Mal abriu a boca e, com um fio de voz, disse:

– Me ajude.

Rocco franziu as sobrancelhas. Não entendia.

– Como eu poderia ajudá-la, sra. Berguet?

– Estou perdendo tudo. Minha filha, a firma, meu marido. Eu lhe peço. Sei que Pietro tem outra mulher. Está frio e distante. E não é mais ele mesmo. Por favor.

– Senhora, esse é um serviço que os detetives particulares fazem, não a polícia do Estado.

– Não pode assumir o caso?

– Não. Diria que não.

Giuliana olhou para o chão.

– Chiara, pelo menos ela. Ela não fala mais comigo. Só me disse que queria tanto agradecer ao senhor, mas não tem coragem de vir à delegacia. Por favor, vá vê-la. Uma vez só.

– Eu vou tentar...

– Não. O senhor tem de me prometer!

A Sergio Mozzicarelli tocara aquele turno na enfermaria. Tinha de levar a comida para Omar Ben Taleb, o tunisiano espancado uns dias antes pelo professor e os amigos dele. Atravessou as grades que os guardas abriam aos poucos, sem cumprimentá-lo. Não era uma demonstração de arrogância deles, simplesmente não se lembravam do seu nome, embora Mozzicarelli estivesse naquela instituição havia uns bons sete anos. Sergio era um invisível. Um rosto comum, altura mediana, um olhar comum. Era uma sombra fugaz, um sopro de vento. No passado, isso lhe fora útil para se esconder ou para não despertar suspeitas. E até na prisão não estar nunca no centro das atenções era, no fim das contas, uma vantagem. Ser anônimo, um ninguém na vida dos outros, era-lhe natural. Estava à vontade naquele corpo transparente que ninguém olhava, a quem ninguém pedia um favor. Mas agora, pensava, exatamente essa transparência o estava colocando em apuros, porque lhe permitira ver tudo, saber tudo. As sombras não têm consciência, continuava a repetir para si mesmo, mas ele próprio não conseguia dominar aquela ânsia, guardar em seu íntimo aquela informação que responsabilizaria um assassino. Chegou à última grade, a da ala de recuperação. O agente Tolotta, alto e volumoso, abriu-a para ele, sorrindo. Aquele guarda também não se lembrou do seu nome.

– É para o Omar? Me deixe ver. – Olhou a bandeja. Ao lado do minestrone, havia um pedacinho de carne clara. – O que é?

– Ahn... vitela... porco...

– Porco? Mas são idiotas lá na cozinha? Esse aí não come carne de porco. Tudo bem... diz pra ele que é vitela...

Sergio sorriu enquanto Federico Tolotta abria a fechadura.

O único ocupante dos seis leitos da ala era Omar. Mozzicarelli se aproximou. O rapaz estava com os olhos fechados. O rosto intumescido. Os lábios cortados, o nariz com um curativo e os olhos inchados. Uma das mãos estava envolta em bandagens. No outro braço, um acesso.

– Hora da comida! – disse Sergio. E colocou a bandeja na cômoda. – Você consegue comer ou precisa de um enfermeiro? Mando chamar?

Omar abriu apenas um olho. Olhou o detento.

– Sergio... você é o Sergio, certo? – disse.

Sergio ficou espantado.

– Sim, sou eu. Por quê?

– Cuide da sua vida, Sergio. Não fale com ninguém. Guarde em segredo o que você viu... e... – não terminou a frase. Fechou os olhos. Sergio ficou paralisado. Como é que ele sabia? Como a notícia tinha chegado até ele?, pensou. Então entendeu rapidamente. Tinha dito ao companheiro de cela, Karim, e este evidentemente tinha contado para Omar. Todos sabem, a rádio presídio pode ser lenta como um bicho-preguiça ou rápida como um leopardo. Mas que duas pessoas soubessem deixou-o com um gosto ruim na boca. Voltou para a porta. Federico o esperava para tornar a fechá-la.

– Sergio! É esse o seu nome!

– A gente se conhece faz anos, e só agora você lembra? Ah, ouvindo escondido, hã?

Tolotta sorriu.

– Você disse pra ele que é vitela?

– Federico, aquele ali mal consegue beber. Mande um enfermeiro vir aqui, ouça o que estou dizendo.

Tolotta, por sua vez, fechou a grade, resoluto.

– Mas cê tá ficando louco? Conversa com os sindicatos? Vai, Sergio, volta para a ala. E se cuide.

Sergio colocou um cigarro na boca e se afastou da ala.

— E só acende quando estiver fora! – lhe gritou Tolotta. O detento ergueu o polegar e respondeu:

— Entendi. Meu sobrenome é Mozzicarelli.

— Depois diz que os amigos não servem para nada – disse o agente Italo Pierron colocando um jornalzinho cheio de fotografias na escrivaninha de Rocco.

— O que é isso?

— Olhe na página 12.

Rocco folheou o jornal. Era de uma agência imobiliária de Aosta.

— Página 12. E daí?

— Leia isto. – Italo se aproximou. – Quarto, sala, banheiro, cozinha e estúdio. Último andar, no centro da cidade, apenas 650 por mês. Via Croix de Ville! É seu!

O subchefe de polícia abaixou o jornal.

— Você está recebendo comissão?

Italo empalideceu.

— Ficou louco?

— Quer dizer, você está me dizendo que ficou procurando casa para mim?

— Isso mesmo.

Rocco olhou de novo o jornal.

— Tudo bem. Me faz um favor. Espere... – pegou a carteira. Tirou o talão de cheques e assinou um. Tirou-o do talão e o deu para Italo. – Pegue. É para o aluguel, o depósito, sei lá, o que for preciso. Ah, Italo, está em branco, cuidado pra não perder.

Italo assentiu.

— E se você não gostar da casa?

— Leve a Lupa até lá. Se latir, tudo bem. Se não quiser entrar, esqueça.

– Eu não me dou bem com a Lupa.
– Então passe a incumbência para a Caterina.
Italo fez uma careta.
– A Caterina, sabe...
– O que foi?
– Tem algum problema. Olha, se puder me dar um conselho...
– Santo Deus, que saco! Mas o que foi, vocês todos estão me achando com cara de conselheiro matrimonial?
– Por quê?
– A sra. Berguet também diz que o marido tem uma amante.
– E é verdade?
– E eu vou saber?
– Antes que eu me esqueça... o juiz Baldi quer saber se...
– É, é, eu sei. Eu sei. Tenho de ir a Varallo. Chame o Antonio e a Caterina. Temos de conversar um pouco.
Italo se endireitou e saiu da sala. Mas, assim que abriu a porta, se deteve.
– Rocco...
– O que é?
– Não vai ser perigoso?
– O quê? Ir ao presídio?
– É... e se quem entrou na sua casa conhecer alguém lá dentro?
– É um risco que tenho de correr. E, a propósito, tem telefonema de Roma para mim?
– Não, nenhum.
– Então te deixo uma tarefa importante. Responder a qualquer telefonema que possa ser feito para mim lá de Roma. E, sendo mais específico, da delegacia Cristoforo Colombo, EUR, do agente Alfredo De Silvestri.

– Entendido – e finalmente Italo saiu.

O subchefe de polícia abriu a gaveta. Viu a Ruger que Furio lhe dera na noite anterior. Nem a tocou. Em vez disso, pegou um baseado já enrolado e colocou no bolso. Então, fechou a gaveta com a chave.

Antonio Scipioni, Caterina Rispoli e Italo entraram na sala. Lupa latiu e correu ao encontro da inspetora. Parecia lembrar que havia sido a moça que a salvara na neve. Lambeu as mãos dela enquanto a policial a pegava nos braços.

– Agora vocês me escutem bem. Italo já disse para vocês que eu preciso me ausentar um pouco...

Os olhos vagos de Caterina e Antonio diziam claramente que não.

– De novo?

– Ok, tenho de ir ao presídio para entender direito a morte de Cuntrera. O que vocês têm de fazer enquanto eu estiver lá é o seguinte: ficar em contato com Baldi. Ele está dando uma olhada nos papéis de um tal Luca Grange, o que venceu a licitação no lugar de Berguet. A coisa não convence ninguém. Italo e Caterina, vocês têm de fazer o que ele lhes disser.

– Certo... – disse Rispoli, com o pulso preso entre as mandíbulas de Lupa. – Quer que eu cuide do cachorro?

– Sim. Não creio que eu possa levá-la à prisão.

Italo fez uma careta. Que não passou despercebida nem por Rocco, nem pela namorada.

– Algum problema, Italo?

– Não gosto de cachorros!

– E o que você tem com isso? Ela dorme na minha casa, não na sua.

– Um cachorro pode, eu não?

– Você é irritante!

– Chega! – o subchefe de polícia os interrompeu, batendo as mãos. – Já basta, me ouçam bem. Vamos passar para a parte difícil. Tem um homem, Walter Cremonesi... é um ex-terrorista que nossas prisões evitam manter afastado da sociedade. Agora ele tem uma vinícola aqui nos arredores de Aosta, Vini Primot é o nome.
– Devo vigiá-lo? – disse Antonio.
Rocco assentiu.
– Mas preste atenção. É um animal. Antes de ficar na cola dele, dê uma lida no currículo do sujeito. Só te digo que, quando você estava no peito da sua mãe, Cremonesi já atirava nas pessoas. – Rocco se levantou. – Uma última coisa. Me deem os DVDs das câmeras de circuito fechado. Vou levá-los.
– Eu cuido disso – disse Antonio. – Quanto tempo você vai ficar fora?
– Espero que pouco. O presídio de Varallo não aparece nas propagandas do Club Med.

Tatiana tocou o interfone do portão pela terceira vez. Esperou uns dez segundos.
Nada. Corrado não respondia. Sentada atrás do vidro da janela estava a vizinha do primeiro andar, uma velhinha com uns óculos enormes que Tatiana nunca tinha visto andando em Francavilla del Mare. Fez-lhe um gesto para abrir a janela. A mulher parecia não entender.
– Abra! – gritou. A mulher se levantou da cadeira, lentamente segurou o puxador da janela e abriu.
– O que foi?
– A senhora conhece Corrado Pizzuti? O do mezanino?
– e indicou com o polegar as janelas fechadas. A mulher deu um sorrisinho.
– Sim.

– Sabe onde ele está? A senhora o viu?

– Não.

– A senhora abre o portão para mim, por favor? Assim subo a escada e chamo outro vizinho?

– Não.

– Olha só, é a piranha! – uma voz estrídula ressoou no pátio, atrás de Tatiana. Ela se voltou. Outra velha havia aparecido na janela do primeiro andar do pequeno prédio em frente, a escada B. De modo imprevisto, seus cabelos tendiam ao verde.

– Que é que cê tá botando a cara pra fora, piranha!

Estava brigando com a mulher do primeiro andar da escada A.

– Entra em casa, piranha nojenta, você e os gatos!

As mulheres trocavam olhares furiosos. Tatiana olhava ora uma, ora a outra, sem saber o que fazer.

– E cê cala a boca! – reagiu a mulherzinha do primeiro andar, ajeitando o casaquinho. – E tenta arrumar um marido!

– Você ia gostar de pensar nisso, hã?

– Vá à merda! – berrou a mulher com óculos e fechou a janela. Desapareceu engolida pela escuridão do quarto. Tatiana voltou o olhar na direção da vizinha da escada B.

– Bom dia, senhora.

– Por que cê tava falando com aquela piranha?

– Queria saber se ela havia visto o Corrado. Corrado Pizzuti, o do mezanino da escada A.

– Você é a namorada dele?

– Não. Sócia do bar Derby, na Sirena.

– Piranha. Cê é uma piranha, que nem a minha irmã! – e, dizendo isso, ela também bateu as persianas da janela e entrou em casa. Tatiana abriu os braços. Depois ergueu o rosto na direção dos outros apartamentos do pequeno prédio. Com exceção daqueles do primeiro andar, pareciam abandonados.

Tocou o interfone de todos os apartamentos, mas ninguém respondeu. Exceto pela velhinha com os óculos imensos do primeiro andar, que reapareceu por trás da janela. Tatiana fez-lhe um gesto para ela tornar a abrir, mas a mulher se limitou a desaparecer de novo.

– Onde você está? – disse em voz baixa. Passou-lhe pela cabeça procurar o Fiat Multipla verde em volta do condomínio. O mar estava agitado. Durante a noite havia começado a soprar um mistral que agitava as palmeiras e fazia com que as ondas imensas rugissem. Tatiana colocou o boné com a viseira. Contornou três vezes o condomínio, mas não tinha nem sombra do automóvel de Corrado. A ânsia agora era um nó no meio do peito que lhe obstruía a traqueia. Apoiou-se a uma parede, procurando respirar. Ela sentia. Alguma coisa havia acontecido.

– *Chto mne delat?** – disse com um fio de voz. Só lhe restava voltar ao bar Derby. Reabrir. Depois esperar até de noite. E, se Corrado não tivesse dado sinal de vida, iria à polícia.

O subchefe de polícia Rocco Schiavone estava sentado no sofazinho amarelo diante da porta do juiz Baldi já fazia dez minutos. Lupa adormecera e ele já havia lido tudo o que tinha para ler. Um exemplar de *La Stampa* de três dias antes, duas revistas da polícia de finanças, um folheto esquecido de um hotel em Courmayeur, todos os avisos presos às paredes e até a etiqueta do extintor. A porta continuava fechada. Só lhe restava perder tempo olhando os desenhos da madeira para descobrir alguma figura misteriosa escondida. Estava concentrado nessa última tarefa para fazer o tempo passar quando finalmente a

---

* O que posso fazer? Russo transliterado em alfabeto latino no original. (N.T.)

porta se abriu. Apareceu o juiz Baldi com um casaco de tecido espinha de peixe anos 80 e a pele acinzentada de quem não sai ao ar livre por muitas horas. Atrás dele, sentado na sala, vislumbrou o barbudo juiz Messina e um homem com uniforme preto cheio de divisas prateadas.

– Schiavone! Ainda vou demorar muito tempo. Podemos deixar para depois?

Rocco se levantou.

– Só queria saber se está tudo em ordem. Amanhã vou a Varallo. O senhor falou com o diretor?

– Falei... – deu uma olhada para a sala e fechou devagar a porta. – Essa reunião é infinita. Mas estamos indo bem, sabe?

– Não duvido.

– Os papéis de Cuntrera... os que encontramos com ele na fronteira... estão se mostrando decisivos!

– Estou enganado ou dentro da sala está um carabiniere?

– Um coronel, sim. – E olhou o subchefe de polícia. – Não posso falar muito. Mas, desta vez, graças ao senhor e àquele mentecapto do Cuntrera, vamos botar a mão em muita gente. E, como dizíamos outro dia, gente graúda. O senhor resolva o problema no presídio.

– ROS?* – disse Schiavone.

– Como disse?

– Esse coronel... ROS?

Baldi assentiu.

– Agora são eles que estão dando uma mãozinha para nós.

– Se for preciso, sabe onde me encontrar. – Rocco apertou-lhe a mão; depois, com um assobio fraco chamou Lupa. – Vamos?

---

* Raggruppamento Operativo Speciale (ROS): divisão dos *carabinieri* que investiga atos terroristas e o crime organizado. (N.T.)

– Schiavone?

Voltou-se quando já havia percorrido metade do corredor.

– Mantenha o celular ligado.

– Pode deixar.

A noite havia caído e, com ela, a temperatura. O sol esquentava durante o dia, mas mal ele se punha atrás das montanhas, o frio que havia acompanhado Schiavone por meses reaparecia entre as ruas e as praças de Aosta. O abraço gélido de um velho amigo inconveniente e intrometido. Iria jantar na trattoria, mas depois de dar comida para Lupa. Entrou no apart-hotel iluminado e se aproximou da recepção para pegar a chave. O porteiro o cumprimentou com um sorriso, depois com um gesto do queixo indicou o sofá atrás dele. Rocco se voltou. Sentada na frente da lareira apagada estava Anna. Foi ao encontro dela.

– O que eu devo pensar? – disse a ele, sem nem se levantar.

– É meio genérico. Me diga o assunto.

– Eu e você, Rocco. O que devo pensar?

Lupa tentava fazer com que Anna a acariciasse, mas sob a pele da mulher passava uma eletricidade que poderia acender um abajur. A cachorra se afastou para se aninhar aos pés do dono.

– Ontem à noite, na casa dos Turrini, você foi embora sem nem se despedir. Não estou falando de amor, ou de relacionamento de casal, mas de simples educação!

– Não sou uma pessoa educada, você já deveria saber.

– É, você faz só o que te dá na cabeça, sem pensar nas consequências.

– É um problema meu.

Mas Anna não havia terminado.

– Você sabe como eu voltei pra casa? Ou é uma pergunta que você nem se fez?

– Alguém te deu carona?

– Desgraçado! – Anna baixou os olhos.

Pronto, cá estamos, pensou Rocco. As lágrimas subiam aos olhos de Anna, ainda que ela se esforçasse para não ceder.

– O que foi que eu te fiz, Rocco?

Rocco sentou-se ao seu lado.

– Nada. Não me fez nada. Infelizmente.

– Então custava demais você telefonar? Ou verificar que eu tivesse voltado para casa sã e salva?

– Nisso você tem razão. Aquele lá era um ambiente de merda. E eu não deveria te abandonar lá. Ainda que você me parecesse bastante à vontade.

– Entretanto, naquele ambiente de merda falavam de você. Os Turrini, por exemplo, que você teve o cuidado de não cumprimentar.

– Acredite em mim, vou encontrar um modo de pedir desculpas – respondeu Rocco, sem se preocupar em esconder a ironia.

– Ou aquele meu amigo, o galerista, que queria te conhecer.

– Mas eu não queria conhecê-lo. Isso vale alguma coisa?

Anna abriu a bolsa. Pegou um lenço. Levantou-se de um salto. Afastou-se uns passos para ficar de costas para ele. Estava enxugando os olhos. O porteiro do apart-hotel, constrangido, abaixou os olhos. Então Anna retornou.

– Quando Nora me dizia como você era um idiota, dizia só a metade da verdade!

O subchefe de polícia suspirou.

— Agora você tem de me dizer: o que eu fui pra você? Só uma transa?
— Na verdade, duas.
— É. Duas. — Anna riu, histérica. — E nem assim tão boas, acredite em mim.
— Nunca disse o contrário. Escute, Anna, sente-se.
— Não.
— Por favor.
Ela fechou os olhos, respirou fundo e tornou a sentar-se ao lado de Rocco.
— Escute, pense nisso como uma balança. De um lado está você, que encheu o prato; do outro, eu, que não coloquei quase nada. É isso que está acontecendo. — E balançou as mãos. — Tá vendo? Não tem equilíbrio. E para encontrá-lo só tem um jeito. Ou você tira o peso, ou eu o coloco...
Anna o olhou nos olhos:
— Você não consegue?
— Posso tentar. Mas você tem de me dar tempo.
Anna assentiu.
— Porque eu me apaixonei por você?
— Não pode perguntar ao dono da vinícola se o vinho é bom!
Anna finalmente sorriu e os olhos ficaram enormes.
— Minha mãe sempre me dizia: Anna, cuidado com os homens que fazem você chorar, e procure só os que fazem você rir.
— Tua mãe entendia do assunto.
— Você é um pouco dos dois. Durmo aqui?
— E daí? A gente ficaria na mesma situação desta noite, e em vez de duas transas a gente passaria para três. Mas nada mudaria.
— Estamos na fase "eu não mereço você", certo?

— Não, estou tentando explicar, sem te ofender, como vejo a situação entre nós.

— Simplesmente você não me ama. Diga essas três palavras e a gente encerra o assunto.

Rocco inspirou profundamente. Segurou as mãos de Anna:

— Não te amo.

Anna mostrou que havia sido atingida. Fechou as pálpebras e duas lágrimas saíram de seus olhos imensos.

— Dói um pouco ouvir, mas, pelo menos, você disse. — Reabriu os olhos. — Obrigada.

— Por quê?

— Pela honestidade. — Pegou a bolsa e se levantou. — Te desejo uma boa noite e um bom dia para você amanhã.

— Imagine só. Tenho de ir ao presídio.

Anna olhou-o por alguns segundos. Um meio sorriso apareceu no rosto dela.

— Você ir para o presídio não é uma coisa assim tão absurda.

— Você também não deixa a desejar quando o assunto é humor.

— Se cuide, Rocco. — Virou-se de repente e se dirigiu à porta de vidro do apart-hotel. Devia ter os olhos cheios de lágrimas, porque quase bateu nas portas que se abriram com atraso. Poderia terminar com uma risada catártica; em vez disso, seguiu reto e desapareceu na rua. O subchefe de polícia olhou para Lupa.

— E você, aí! Vamos dormir. Fiz merda?

Lupa se levantou e aproximou o focinho da barriga de Rocco, que na hora lhe acariciou a cabeça.

— Acho que sim, não é? Fiz merda. Olha só o estado em que estou, reduzido a pedir conselhos pra um cachorro.

Não era nem para pensar em ir jantar.

– Vamo nanar, vamo!

Quando viu Tatiana e Barbara entrando na sala da polícia municipal, Ciro se levantou e deu seu melhor sorriso.

– Tatiana! Caramba, se Luca sabe que você veio e ele saiu antes, ele se joga no rio, ah, se joga!

A russa não sorriu. Tinha os olhos fundos e o rosto pálido. Barbara estava ali como apoio, e andava a poucos centímetros da amiga, convencida de que ela pudesse cair de um momento para outro.

– O que aconteceu? – disse o policial. – Por que estão aqui? Devo me preocupar?

– Preciso fazer uma denúncia, Ciro!

Ciro arregalou os olhos.

– Uma denúncia? Por quê?

– É o Corrado – interveio Barbara.

– O que ele fez?

– Desapareceu – e Tatiana finalmente começou a chorar.

– Caramba... Sentem-se! Sentem-se! – O policial foi pegar uma cadeira. – Já te trago um pouco d'água... espere, espere aqui... Você, Barbara, fica perto dela, sim? Espere que vou chamar também a Lisa... – Então se voltou para uma porta e gritou. – Lisa! – Rápido, enfiou as mãos nos bolsos, pegou uma chavinha de plástico e correu para a máquina. – Lisa! – chamou de novo. – Vem cá, por favor!

A porta se abriu e Lisa saiu com o rosto sonolento.

– O que está acontecendo?

– A Tatiana tá aqui... disse que o Corrado desapareceu! – Berrou de costas, apertando os botões da máquina. – Pros quintos dos infernos!... Apertei errado. Serve Coca-Cola também?

– Não se preocupe, Ciro! – disse Tatiana. Mas o policial já havia enfiado as mãos na abertura. – E, de qualquer modo, a Coca-Cola tem cafeína e dá uma animada! – Abriu a latinha, pegou um copo na escrivaninha e o encheu.

– Desapareceu? Você tem certeza? – perguntou Lisa, ajeitando os cabelos recém-pintados. Quase dava para esperar que ficasse com as mãos pintadas, de tão ousado que era aquele vermelho ticianesco.

– Não tive notícias dele desde ontem. Estou telefonando o tempo todo, mas o celular está sempre desligado.

– Talvez ele tenha ido embora! – disse o policial, dando o copo de Coca-Cola para a russa.

– Ele teria me dito. Nunca fez isso sem me avisar. Na semana passada ele ficou dois dias fora e me telefonava sempre para ver se estava tudo bem. Corrado está... apreensivo, é isso.

– Calma aí. – Lisa foi se sentar à mesa. – Quando foi a última vez que você o viu?

– Ontem à noite, antes de fechar.

– É meio pouco. Para fazer denúncia de desaparecimento, né? Talvez esteja em casa neste momento!

– Ouçam! – interveio Barbara. – Semana passada, Corrado se ausentou por dois dias, desde que ele voltou estava estranho, estranho mesmo. – Barbara parecia possuída pelo espírito de Maigret. – E não falava. Nervoso, se assustava com um alfinete caindo.

– E se caísse um avião? – respondeu Ciro.

– Idiota – censurou a colega.

– Eu queria deixar um pouco...

– Cale a boca. Continue, Barbara.

– Bem, desde que eu o conheço, Corrado vive sozinho. E, um dia destes, eu descobri... – abaixou o tom de voz – que tinha alguém na casa dele. E quanto a isso Tatiana e eu temos certeza.

– Uma mulher? – e Ciro piscou para Barbara.
– E por que ficavam com a janela fechada? – continuou a dona da livraria. – Suponhamos que fosse uma mulher. Vivia no escuro? Por quê? De que sentia vergonha?
– Vai ver ela é casada e num queria que vissem ela lá. – Ciro não abandonava a hipótese.
– Ou então qualquer outra coisa.
– Sabiam que Corrado tem antecedentes, não? E talvez... – enquanto falava, Tatiana tremia – talvez... vai saber, um fugitivo!

Seguiu-se um silêncio denso.
– Um fugitivo? – ecoou Lisa.
– E por que não?
– Agora está tudo explicado! – disse a policial. – Se se tratava de um fugitivo, ele não poderia dizer: agora tenho de viajar e esconder esse homem... Claro, não? Essas coisas são feitas em segredo!
– Mas o que é isso! – objetou Barbara, que havia assumido as rédeas da investigação e, a julgar pelos olhos excitados, parecia adorar a situação. – Mas o que é isso? Se você tem de fazer algo escondido, é melhor fazer abertamente, então você telefona para o bar, diz que por causa de um assunto qualquer tem de ir para... sei lá, Ancona, e viaja. Senão, desperta suspeitas!
– Não, está certo. Barbara tem razão – disse Tatiana, que não havia tocado em uma gota de Coca-Cola. – Desaparecer assim de um momento para outro não é coisa boa!
– Alguém tinha as chaves da casa dele? – interveio Ciro.

A russa fez um gesto desolado.
– Por favor... estou sentindo. Aconteceu alguma coisa com ele!

Lisa assumiu o controle da situação:
– Tudo bem. Vamos ali e formalizamos a denúncia.

— E aí, acontece o quê? – perguntou Tatiana, se levantando.

— A gente informa as delegacias, depois o comissário conversa com o encarregado das pessoas desaparecidas, e a investigação começa.

— Vamo esperar que num é nada, né? – disse Ciro abrindo a porta da sala. Barbara e Tatiana entraram.

O policial olhou a colega:

— Li, sabe duma coisa? Tatiana tá apaixonada pelo Corrado.

— Cala a boca! O Luca se mata!

Domingo

Alessandro Martinelli o introduziu imediatamente na sala. Tinha falado com Baldi e se colocado à disposição.

– Onde vou dormir? – perguntou o subchefe de polícia.

– Na terceira sala aqui ao lado. Parece um pouco uma cela, mas acho que está no espírito da coisa, não é?

– Diria que sim. Só um favor.

– Se eu puder ajudar.

– Preciso de uma televisão no local, mesmo velha, e um aparelho de DVD.

– Mando colocarem a TV da sala de recreação do térreo. Mais alguma coisa? Não sei, despertar em determinada hora? Quer o café da manhã no quarto?

Rocco inspirou profundamente. Olhou para os pés, depois voltou os olhos para o diretor.

– Não estou lhe pedindo favores para tornar mais agradável a minha permanência nesta lata de lixo. Faço por causa do trabalho. Então, se o senhor quiser fazer a gentileza de enfiar a ironia no rabo, as horas passarão rápidas e indolores.

O diretor pigarreou.

– Tinham me dito que o senhor era difícil de lidar.

– Eu sou a pessoa mais fácil de lidar deste mundo. Mas não me agrada quando gente como o senhor acha que está lidando com um pobre coitado. Agora, se não for lhe causar problemas, eu gostaria de conversar com Agostino Lumi antes que ele seja transferido. O senhor acha que é possível?

Martinelli sorriu:

– Claro. E sem precisar preencher formulário e pagar taxas.

– Ótimo.
– Eu o coloquei em isolamento. Está na ala dos crimes sexuais. Enquanto eu tomo as providências, dê uma lida no currículo dele – e o diretor entregou a pasta para Rocco, batendo-a na escrivaninha. A sala não era muito iluminada, então o subchefe de polícia se aproximou da janela. Dali se tinha uma visão panorâmica da casa de detenção.
– Estou indo...
– Última coisa. Também vou precisar circular por aqui.
– Sim, eu já tinha pensado nisso, é claro. Vai ter sempre um dos meus homens o acompanhando. Ficará aqui fora, para qualquer necessidade. – Então abriu a porta para sair. – Até daqui a pouco. Sinta-se em casa. – Rocco ergueu os olhos para o céu ignorando a última alfinetada do diretor.

Era a hora em que todos os detentos se encontravam em suas respectivas seções. Socializavam, eram o que tinham dito a Rocco. Ele deu uma última olhada para aquelas construções cinzentas, que lhe faziam pensar em um bairro da periferia romana, e folheou a pasta de Agostino Lumi. Não queria informações sobre o currículo do desgraçado. Procurava um ponto fraco.

– Mas olhe só, olhe só... – disse, enquanto continuava a ler, sorrindo.

Colocou a pasta na mesa. Abriu a porta. À sua espera estava um agente penitenciário lendo o jornal.

Rocco só precisou de uma olhada para classificá-lo imediatamente em seu bestiário pessoal. Aquele guarda era um *Myocastor coypus*, também conhecido como ratão-do--banhado. O nariz grande e os bigodes handlebar lhe davam o ar sorridente e astuto de um coronel prussiano aposentado.

– Qual o seu nome? – perguntou Rocco.
O guarda se levantou de um salto.

– Mauro Marini...
– Foi o senhor quem encontrou o corpo de Cuntrera, ou estou enganado?
– Não está enganado, doutor. Junto com meu colega, Daniele Abela...
– Me leva ao pátio?
– Siga-me...
E começaram a andar pelos longos corredores enquanto as grades se abriam e fechavam com a passagem deles.
– Por aqui, venha...
– Escute, Marini, qual a sua opinião?
– Sobre a morte de Cuntrera?
– Não, sobre as ofertas de janeiro.
Marini olhou o subchefe de polícia nos olhos. Sorriu sob os bigodões.
– O que eu penso? Como disse até para o juiz, faz muitos anos que trabalho nas instituições penitenciárias. Às vezes, basta um olhar, uma frase a mais, talvez uma ofensa e... zás! Começam as brigas.
No ar havia um cheiro de minestrone e desinfetante. Provinha do piso, das paredes, do uniforme dos guardas e até do seu próprio casaco. Finalmente, passaram ao ar livre.
– Então, este é o pátio. Lá pra baixo fica um campo de futebol, está vendo?
– E aquela construção à direita?
– É um laboratório. A gente encontrou o Cuntrera ali, do lado da ala 3. – E o guarda indicou um canto onde o sol não batia. Rocco se juntou a ele. Olhou ao redor. Telas de arame galvanizado e muros. As torres.
– Quem começou a briga, onde estava?
– Pra lá, do lado da ala 2 – e Marini indicou uma parede do outro lado do pátio. Mais de cem metros. Rocco mediu a

distância com os passos. Depois se postou no lugar onde a briga havia começado. Olhou ao redor de novo. Sempre as mesmas telas, o mesmo muro, as torres de vigia, no alto. Dali não se via o canto onde Cuntrera havia sido morto.

– Quem estava nas torres?
– Não sei. Vou mandar verificar.
– Obrigado. Quero conversar com quem estava naquelas duas torres lá. Os outros não me interessam. Me fale um pouco sobre os horários...
– Pois não. Bem, das nove às onze, e das treze às quinze, os detentos podem vir aqui para tomar ar.
– O que eles fazem?
– Alguns conversam, alguns jogam futebol, outros vão lá, está vendo? Nos laboratórios. Temos dois laboratórios de informática e um de carpintaria. Das 17h às 21h podem ficar nas suas alas e socializar. Mas não podem sair de lá. Às 22h, fechamos as grades e boa noite.
– A comida?
– Distribuímos o almoço das onze e meia ao meio-dia; o jantar às seis e meia. Temos uma biblioteca e uma academia, e são os dois espaços mais usados.
– Que horas eram quando Cuntrera morreu?
– Duas e meia?
– Está perguntando para mim?
– Não, não. Às duas e meia – o guarda se apressou a precisar.
– Vamos voltar... Este pátio é nojento.
– Eu sei. Mas o senhor deveria ver as celas. São piores. O verdadeiro problema, aqui, é a higiene. Tivemos casos de tuberculose, e também doentes com AIDS. Mas com os cortes...
– Escute, os quatro africanos do norte ainda estão na enfermaria ou voltaram para as celas?

– Só Omar. Dois voltaram para as alas e aquele que ficou em pior estado, Aziz, está no hospital.

– Me explique melhor uma coisa. Como se chega a este pátio?

Marini assentiu.

– Cada ala tem um portão de entrada. Está vendo? São três. Por outro lado, os do isolamento não descem para este pátio, mas para aquele coberto, ali.

Rocco voltou ao canto onde Cuntrera havia terminado seus dias. Uma reentrância, a poucos metros da entrada da seção penal 3.

– E esta entrada?

– É a terceira ala.

– Cuntrera estava detido ali?

– Sim, estava naquela ala.

– Então, quando ele foi morto, estava muito perto da entrada da sua ala de detenção. Bom. Quem estava nesta porta no dia da briga?

– Não me lembro. Acho que o Tolotta. Federico Tolotta.

Rocco se aproximou do portão.

– Peça para abrirem.

Marini pegou o rádio. Em alguns instantes, o portão que levava à ala se abriu. Apareceu um guarda baixo e careca com o rosto triste e cinzento.

– Subchefe de polícia Rocco Schiavone. O senhor é o Tolotta?

– Não. Sou Biranson. Tolotta é meu colega, está de turno amanhã.

Rocco, seguido como uma sombra por Marini, entrou no corredor. À frente estavam as escadas. À direita, uma porta de ferro.

– E esta?

– Esta leva a um corredor interno – respondeu o pequeno Biranson.

– E aonde leva este corredor?

– Para o outro lado – respondeu Marini. – Abra, Bruno, vamos mostrar ao delegado aonde este corredor leva.

– Ao subchefe de polícia – retificou Rocco.

– Ah, é, me desculpe.

Bruno enfiou a chave na fechadura, deu três voltas e abriu a portinhola de ferro.

– Por favor, por aqui.

Era um túnel longo e curvo, com pouco mais de um metro de largura, dos lados apenas paredes muito altas que terminavam fechadas por uma rede metálica que servia como teto.

– Está vendo? É uma passagem que não usamos; serve para nós, guardas, só em caso de incidentes ou algo parecido. Mal dá para passar um homem.

Biranson, seguido em fila indiana por Rocco e Marini, andava pisando no mato que havia crescido no cimento.

– Mas a gente nunca usa.

Chegaram a outra porta. Também de ferro.

– Então, chegamos. O corredor termina aqui. – Biranson tornou a pegar as chaves e abriu o segundo portão enferrujado.

– Por favor...

Encontraram-se fora do pátio de recreação, onde ocorrera a briga na frente da ala 2.

– Quer dizer, se eu entendi bem, este corredor une a ala 3 com o pátio externo.

– Isso, ao lado da ala 2 – disse Marini. – E ali, está vendo?, é onde agrediram o Omar. Resumindo, serve para passar para o outro lado sem precisar atravessar por aqui.

– Mas a gente quase nunca usa! – repetiu Biranson.

– Biranson, já entendi – disse Rocco. – Agora me diga: quem tem as chaves destes portões e das portas da ala?

– São Pedro! – respondeu Biranson, erguendo dois molhos com umas dez chaves. – Quem está no portão do pátio fica encarregado das chaves das grades... – e ergueu o primeiro aro de metal – e destas duas portas de ferro – e mostrou o resto das chaves. – Dotor, o mesmo vale pros outros portões, os das outras alas, quero dizer. Até ali tem um corredor interno, igual a este. – E bateu os nós dos dedos na porta de ferro. Rocco assentiu. – Quer ver a ala? – perguntou Marini.

– Não, quero falar com Agostino...

– É uma honra conhecê-lo, doutor Schiavone. Li muito sobre o senhor.

Rocco já havia visto os olhos de Agostino Lumi, chamado de Professor, no rosto dos piores bandidos. Olhos fixos, sem um pingo de vida, seixos negros e secos.

– O senhor é um policial competente. Acabaram de matar uma amiga na sua casa, não é?

– Vejo que se mantém informado.

– Leio os jornais todos os dias. Um filósofo alemão dizia que a leitura dos jornais...

– ...é a prece laica da manhã – concluiu Rocco.

– Estou vendo que nós dois fizemos estudos clássicos.

– Isso. Os melhores. Por isso o chamam de professor?

Agostino Lumi começou a enrolar um cigarro.

– Incomoda o senhor se eu fumar? Sabe, aqui dentro, falar com gente como o senhor não é coisa corriqueira. Lidamos com gente bruta, ignorante, analfabeta. Estrangeiros, principalmente. E burros. Burros que andam em círculos e gastam a terra do pátio. Por outro lado, acho que teremos uma excelente conversa. E essa amiga que mataram era namorada sua?

– Não.

– Ah, é mesmo, o senhor, depois da morte de sua esposa, se dedicou a uma vida casta e sem compromissos, não é?

– Mas quantos jornais lê?

– Leio e imagino. Quando se tem tanto tempo à disposição, sabe como é. No entanto, o senhor ainda é jovem, as mulheres aparecem em sua vida. O que o senhor faz? Nem transa com elas?

– Está tomando notas para a punheta noturna?

Agostino sorriu, só com a boca.

– E o senhor tem uma ideia de quem matou a sua amiga?

– Tenho – mentiu.

Agostino Lumi bateu palmas como um menino na frente do teatro de marionetes.

– E quando vai prendê-lo?

– Não quero prendê-lo. – Rocco se aproximou do rosto de Agostino, a ponto de sentir o hálito de alho e de fumo. – Prender um cara desses é fazer um favor para ele. Eu não faço favores. Para ninguém. – Depois voltou à distância segura.

Agostino Lumi franziu as sobrancelhas.

– Isso um policial idôneo não faz.

– Que eu seja um policial idôneo é ideia sua.

– Diga a verdade. O alvo não era a sua amiga. Era o senhor, certo?

– Sabe algo a respeito?

– Estou tentando adivinhar...

– Como foi a briga do outro dia? – perguntou, brusco, Rocco.

Agostino lambeu o cigarro.

– Ah, o senhor se refere a aquele arranca-rabo que aconteceu no pátio. Eu não diria que foi briga. Nada demais, os galos de sempre se bicando no pátio.

– Três queriam massacrar um rapaz...

– Um traficante, subchefe de polícia. – Agostino acendeu o cigarro. – Um traficante que faz entrar mercadoria aqui dentro.

Rocco assentiu. Com um olhar, abrangeu a cela que abrigava Agostino. Uma cama, uma janelinha, o banheiro individual. As paredes não estavam descascando, haviam acabado de ser pintadas com o costumeiro verdinho burocrático. Uma mesa estava cheia de livros com lombadas estragadas.

– Então, aqui o senhor é um tipo de quê? De policial de presídio?

– Gostaria mais de ser considerado como alguém que mantém a ordem. Só procuro manter limpo este lugar.

– O senhor faz jus a ele.

Agostino sorriu e deu uma tragada no cigarro.

– Como esse Omar faz entrar a mercadoria?

– Através dos seus amiguinhos estrangeiros lá fora. Eles passam a droga no locutório. Evidentemente, algum guarda fecha um olho em troca de presentinhos. E Omar, Tarek e Karim traficam. Tem duzentos detentos aqui dentro, desesperados e entediados. Uma ótima clientela, não acha?

– Não sei. Nunca estive na prisão – respondeu Rocco.

– Acho que todo policial deveria passar um pouco de tempo na prisão, talvez à paisana. Dá pra se entender umas coisas com uns diazinhos atrás das grades, e elas poderiam ser úteis no seu serviço.

– Por exemplo?

– Se entende melhor a psicologia dos delinquentes.

– Eu estou pouco me importando com a psicologia dos delinquentes.

– O senhor não está me entendendo. Estou dizendo que, se os policiais passassem um tempo presos, trabalhariam melhor e compreenderiam os primeiros movimentos e as intenções das pessoas como eu. Mas estou falando contra os meus interesses!

– Não é preciso ficar na prisão para isso. Sua psicologia é muito básica, acredite em mim.

Agostino apagou o cigarro. Sorria. Só com a boca. Os olhos continuavam pretos e imóveis, como duas bolitas de vidro.

– Mas a julgar pelo modo como o senhor desempenha o seu papel de policial, em minha opinião, mais cedo ou mais tarde vai passar uma temporada aqui dentro.

– É mesmo? Assim talvez a gente tenha bastante tempo para conversar. Vou lhe contar uma coisa. Nasci em Trastevere, e deve saber que o presídio de Regina Coeli fica bem ali, aos pés da Gianicolo. Digamos que eu não andava com gente boa, e então uma vez o meu pai me levou à colina na frente do presídio, que fica a duzentos metros abaixo dos terraços com vista panorâmica. Sabe o que estava acontecendo? Muitas vezes, sentadas no parapeito que as separava do barranco, estavam as mulheres dos detentos, que conversavam com os maridos urrando na direção das janelas gradeadas. Assim eles podiam trocar informações, dizer quanto se amavam, até discutir pequenos problemas domésticos. Naquele dia, tinha uma mulher, de uns trinta anos, que segurava pela mão um menino, digamos que de uns oito anos. A mulher estava falando com o marido. "Aldo!", ela berra para ele. "Olha que o teu filho só tem nota baixa no boletim!" Depois de uns segundos se ouve a voz do Aldo, lá da ala mais externa do Regina Coeli. "Puta que pariu... cadê ele?" E a mulher: "Tá aqui comigo! Tá te escutando!", e o marido responde, "Diz pra ele que assim que eu voltar pra casa eu faço ele ter vontade de estudar a cintadas!". E a mulher, "Antes que cê volta, teu filho se formou na faculdade!". Meu pai me olhou e me levou para casa. Então, está vendo? Não precisou mais nada. Claro, uma vez ou outra eu sempre lhe causava preocupação, mas ele sabia que, naquele dia, eu tinha entendido. – Rocco o fitou demoradamente. Pegou um cigarro, o acendeu. Devagar, prolongando aquele silêncio o máximo possível.

– E então? – disse Agostino.

– Então o bate-papo acabou e estamos nós dois em uma cela de isolamento conversando como dois homens que remexem na merda todos os dias de suas vidas. Bom, eu posso falar ou o senhor vai insistir com as perguntas pessoais para me deixar com raiva? Não? Posso prosseguir? Bom. Me diz quem diabos foi que te mandou armar aquela briga?

– Passamos ao "você"?

– Passamos ao você.

– Você ainda está se referindo àquele arranca-rabo, Rocco?

– Isso mesmo. Mas o "você" não te autoriza a me chamar pelo nome. Para você, sou Schiavone.

– Que porra você quer de mim, Schiavone? Que eu te diga coisas que não sei e que você tem de procurar sozinho? Me diverte ver você andando em círculos na roda, como um hamster, seu filho da puta.

– Falando nisso, como vai a sua irmã?

Pela primeira vez, os olhos de Agostino tiveram um brilho, rápido e quase invisível.

– Por que quer saber?

– Como é que chamam ela? Cri-cri? Por quê? Carmela não é chique? Não dá tesão? Ou ela sente vergonha porque tem o nome da mamãe?

– Escuta, tira, minha irmã é um assunto pouco interessante.

— Acho que não. Quer dizer, por aí dizem que a Cri-cri faz boquetes até que dos bons.

Agostino sorriu. Virou a cabeça de um lado para o outro, fazendo os ossos do pescoço estalarem.

— Minha irmã vive em Varese e é professora. Informe-se melhor, Schiavone.

— Sua irmã era prostitua em Milão, no corso Como 12 bis, no apartamento do subsolo onde você se escondeu algumas vezes para escapar da prisão. Agora parece que ela só faz chupa-chupa nos grandes hotéis.

O professor parecia uma panela de pressão.

— Muitos quilômetros rodados, a Cri-cri. Com quem aprendeu? Com a santa mãezinha?

Agostino se levantou de um salto, mas Rocco já estava preparado. Com a palma da mão, atingiu-o no nariz. O detento caiu no chão. Rocco se levantou e lhe deu um pontapé nas costelas.

— Onde estão os teus dois amigos quando você precisa deles, hein, Agostino? — Deu um segundo pontapé. — Onde estão? — Então sentou-se. Marini botou a cara nas grades. Viu o detento no chão. Queria pegar as chaves, mas Rocco impediu o gesto. — Está tudo bem, não se preocupe.

Perplexo, o guarda desapareceu no corredor. O subchefe de polícia acendeu um segundo cigarro. Agostino, devagar, se mexeu. Mantinha a mão no nariz sujo de sangue. Ergueu a cabeça; depois, andando de quatro, chegou à cama, onde pegou uma toalha para conter o sangramento.

— Bosta de policial... — resmungou, olhando o subchefe de polícia que, tranquilo, fumava. Pegou os óculos e os colocou.

— Professor, agora te digo como vejo a situação.

Agostino não respondeu. Olhava um ponto fixo no chão. Levantou-se e voltou a sentar-se no banco.

— Alguém te disse para começar a briga. Alguém te sugeriu. Você fez, talvez nem soubesse o motivo. Mas quem eles mataram no pátio era da 'ndrangheta. Gente que devora pessoas como você no café da manhã. Então, se você pensar no assunto e se lembrar de alguma coisa para me contar, fale. Talvez salve a tua pele. – Rocco se levantou e se aproximou da porta com grades.

— Se você encostar um dedo na minha irmã, eu...

— Naquela lá eu não encosto nem com três preservativos. Mas os outros, aqueles que fazem certas coisas como profissão, podem fazer você encontrá-la aberta como um sofá-cama. Pense bem. O endereço de uma prostituta está na boca de todos. – Jogou no chão o maço de cigarros pela metade. – Pega aí, fuma uma coisa decente, não essas merdas que você mal sabe enrolar. – Então berrou. – Marini, abra esta grade!

A enfermaria do presídio ficava abaixo das salas da administração. Deveria ter sido repintada fazia pouco tempo, porque ainda se sentia o cheiro da pintura. Paredes verdes e neon coloriam a pele de um cinzento doentio e deixavam nos rostos olheiras típicas dos filmes de Murnau. Os quartos eram três, cada um com seis leitos. No primeiro, Rocco vislumbrou um moço magro que olhava o teto e mal respirava. O médico Crocitti, junto com Marini, cumprimentou o detento, que não respondeu.

— O que ele tem? – perguntou Rocco.

— AIDS. Vamos levá-lo ao hospital de doenças infectocontagiosas lá em Turim. Precisa ficar isolado, aqui nós não temos estrutura. Sabe quantos doentes de AIDS nós temos no presídio?

— Não...

– Sete. E às vezes, nem a aspirina para um resfriado... tudo bem, vamos esquecer isso. Sabe de uma coisa, doutor Schiavone? Anseio pela aposentadoria. Depois dela, não tenho nada que ver com isso. Só que isto tudo – e abrangeu com um olhar o corredor – eu vou levar para sempre comigo. Enquanto viver.

Crociti era assustadoramente magro, com o rosto encovado e os olhos de lêmure saltando das órbitas. A barriga denunciava a absoluta falta de atividade física. Os cabelos encaracolados e bastos pincelados de branco pareciam um pequeno capacete preparado para mimetização.

Marini brincava com as chaves. Tinha vários molhos delas. Toparam com um enfermeiro. Tinha nas mãos uma garrafinha.

– Doutor, acabei de trocar o acesso de Omar...

O médico assentiu e continuou a andar junto com Rocco e o guarda. No segundo quarto também só havia um doente.

– Cá está. Omar Ben Taleb. Três o espancaram. Mas está se recuperando. Umas fraturas, mas nada grave, por sorte.

Marini pegou a chave. Abriu as grades.

– Quer ficar sozinho com o moço? – perguntou.

Rocco assentiu e entrou no quarto. Marini tornou a fechar a grade atrás de Rocco.

Omar estava acordado. Na cômoda havia uma garrafa de água e uma velha história em quadrinhos de Tex Willer. Rosto, lábios e olhos arroxeados e inchados.

– Consegue falar? – perguntou para ele.

Omar assentiu.

– Me conte o que aconteceu.

Omar ergueu a mão enfaixada e a levou aos lábios para manter imóvel um ponto que lhe doía.

– Não sei. Começaram a me ameaçar...

– Por quê?

– Disseram que eu trazia haxixe aqui pra dentro... e eles queriam...

– E você traz?

Omar negou com a cabeça.

– Omar, você está preso por tráfico de entorpecentes, não me diga merda... só me diga a verdade. No meio disso tudo tem um morto.

Omar inspirou.

– De vez em quando. Porque não tenho parentes aqui. E sem dinheiro aqui não dá para ficar bem. Não consigo comer só a gororoba que eles preparam. E então tenho de comprar umas coisas...

– Você nunca tem a maria?

Omar olhou o subchefe de polícia sem entender:

– Maria, marijuana?

– Isso mesmo.

O moço negou com a cabeça.

– Que pena. E, diga-me, você esperava alguma coisa naquele dia?

– Não. Nada. Eu juro, delegado...

– Subchefe de polícia.

– O quê?

– Sou um subchefe de polícia, não delegado. O que você acha dessa história?

– Nada. Só que não tenho sorte, doutor. Antes, eu era mecânico. Depois, fecharam a oficina. O que eu ia fazer? Voltar para a Tunísia para passar fome?

– Você conhecia o Mimmo Cuntrera?

– Quem é, o cara que morreu?

– Isso.

– Não. Não sei quem ele é. Nunca ouvi nem o nome dele.

– Você já tinha se desentendido com esses caras?
– Que é isso, o senhor é louco? Eu nunca falei com eles. Erik, o negro, e o professor, quando você dá de cara com eles, é melhor se afastar. Eu não sei por que logo naquele dia eles me atacaram. Não sei mesmo...
– Quanto você ainda tem de cumprir?
– Dois anos. E sabe de uma coisa? Vou voltar pra casa. Não quero mais ficar aqui. Melhor a fome, sabe? Em maio, no meu país, já vamos para a praia. Começa a fazer calor e os melões ficam maduros.
– Eu te entendo, Omar. Mas você não está me escondendo nada, não é?
– E o que eu esconderia?
Uma lágrima correu do olho arroxeado do moço. Rocco se levantou, colocou a cadeira no lugar e deixou Omar com suas lembranças.

Rocco, Mauro Marini e o doutor Crocitti estavam em uma sacada fumando cigarros.
– Está achando difícil? – perguntou o médico.
– O senhor é casado?
– Mais ou menos – respondeu o médico.
– E é assim que eu vejo a situação. Mais ou menos difícil. O senhor é o único médico aqui?
– Além de mim, tem o do SIAS.
– O que é isso?
– O Serviço Integrativo de Assistência Sanitária. Ele veio no dia seguinte ao da briga no pátio... Depois vieram um psiquiatra, um dentista, um imunologista e quatro enfermeiros que se revezam.
Rocco jogou o cigarro no chão.
– O senhor me mostra onde eles guardam os remédios?

– Claro. Venha... – Marini também jogou o cigarro. Então, ele e Crocitti acompanharam Rocco.

Para chegar à farmácia da casa de detenção, o médico abriu uma porta blindada com três voltas de chave. Rocco observou a fechadura. Não havia sido forçada.
– Por favor, entre...
Era uma sala com uma caminha, uma mesinha com um aparelho de ECG, um grande armário contendo caixas de remédio.
– Mas, como eu lhe disse antes, só temos os remédios para primeiros socorros. O senhor procura algo específico?
– Não. Infelizmente, não tenho nem ideia. Seringas?
– Estão aqui... – e, com uma chave, abriu uma gaveta. Também essa fechadura não parecia forçada. – São todas as seringas esterilizadas descartáveis... Estou vendo também uns acessos... resumindo, está tudo aqui.
Rocco assentiu.
– Quantas pessoas têm acesso a esta sala e a estes remédios?
– Os médicos. Os enfermeiros falam conosco em qualquer necessidade.
Rocco tocou a barba por fazer.
– Escute, doutor Crocitti, posso ter a lista dos internados na enfermaria, digamos... nas duas semanas antes do dia da briga?
Crocitti ergueu os olhos.
– Não é preciso, eu sei de cor. Além daquele coitado que o senhor viu, estava aqui o Ilie Blaga, um romeno, por uma crise de diarreia. Também o mandamos para o hospital, deve voltar em alguns dias. Esteve o Aziz Ben Taleb por causa de um abcesso e o Sergio Mozzicarelli, um velho detento, por suspeita de cálculo renal.

Rocco inspirou.
– Obrigado. O senhor foi muito útil. Vamos, Marini?
– Às ordens!

Em uma cadeira de plástico meio capenga, o diretor havia mandado colocar uma velha televisão de tubo e um leitor de DVD acoplado com ajuda de fita scotch. Em perfeita harmonia com a sala. Uma cama, pouco mais de um catre com um travesseiro pequeno e achatado, e um velho arquivo transformado em cômoda eram toda a mobília. Em uma das paredes, um calendário dos carabinieri e um quadro pavoroso com um palhaço sorridente fazendo malabarismo com bolas. O subchefe de polícia tinha colocado o DVD da gravação da briga. Apertou a tecla play.

Lá estava Omar, sendo espancado pelo trio mortal à esquerda da tela, lá estavam Tarek e Karim correndo para ajudá-lo. Depois, a chegada de Aziz. Mas não se via Mimmo Cuntrera. E nenhum dos detentos se aproximava daquele ponto cego à direita da tela, onde o calabrês talvez já estivesse batendo as botas. Daquele ângulo, viu aparecer um detento que corria para acalmar a briga, um guarda, outros dois detentos. Parou a imagem. Sabia que era inútil ir perguntar se alguém vira alguma coisa. Quem sabia, ficava de boca fechada. Ou se apresentaria espontaneamente na devida hora.

– Vamos jantar? – era Marini, que colocara a cara na porta. Rocco assentiu.

– Marini, venha cá um pouco, por favor...

O outro se aproximou.

– Olhe bem – e indicou a imagem parada na tela da televisão. – Quem é este? – e indicou o ponto para além do qual Cuntrera já deveria estar caído no chão. – Este detento, quem é?

Marini olhou a imagem parada.

– Esse aí é o Radeanu.

– E este homenzarrão aqui, este guarda que corre da direita da tela, onde o Cuntrera deveria estar, quem é?

– Esse é o Federico Tolotta, meu colega, que estava de serviço na ala 3 e, de fato, vem pela direita da tela.

– E aqui, à esquerda da tela, este é o senhor...

– Isso.

– Parabéns, o senhor é fotogênico; e este outro, quem é?

– O meu colega Abela. Nós dois vínhamos do lado externo do pátio perto da ala 2.

Rocco deixou a gravação correr. As figuras voltaram a se movimentar. Enquanto Abela e Marini acalmam a briga junto com outros detentos, Tolotta pega do chão um molho de chaves e, com ele, bate na nuca do nigeriano. Agostino Lumi e Erik são imobilizados por Abela, e outros três guardas correm para ajudar os colegas. O último soco é o de Marini, que acerta Erik em cheio mandando-o para o chão.

– Boa direita, Marini!

– Obrigado!

– Amanhã, quero falar com o romeno e Abela. E também com Tolotta, se ele se dignar a dar o ar da graça.

– Hoje ele tinha o dia de folga.

Rocco desligou a televisão.

– O que tem para comer?

– Aconselho o senhor a evitar o macarrão. E também o segundo prato.

– O que sobra?

– Acompanhamento e frutas. Não tem erro.

– Só rindo.

– O senhor está em um presídio, doutor, estava esperando o quê? Truta-arco-íris?

– Corrado desapareceu. Fui à casa dele e não me respondeu. O carro também não estava. – Tatiana estava servindo para o marido um prato pronto meio queimado. O contador Arturo de Lullo, com um gorro de lã na cabeça, apesar da temperatura primaveril, tossiu três vezes e, lentamente, sentou-se à mesa.

– Estão queimados, Tatiana...

Ela nem respondeu.

– Então fui à polícia e denunciei o desaparecimento!

De Lullo foi atacado por uma enésima crise de tosse. Ficou com o rosto vermelho, parecia que ia botar a alma pela boca a qualquer momento. Quando as convulsões se acalmaram, respirou devagar e disse:

– À polícia? Mas você não exagerou? Tentou o celular?

– Está desligado.

Para o contador, aquele Corrado Pizzuti, que há três anos viera de Roma, nunca tinha caído bem. Nunca o convencera. E esperava que, a qualquer instante, aprontaria alguma coisa. Tatiana quisera entrar na sociedade do bar Derby, mesmo ele se opondo. Mas não poderia lhe dizer que não. Tatiana era a última mulher. A última mulher com quem ele tinha feito amor, a última mulher que o beijara, a última que lhe prepararia comida, que lhe daria um sorriso. Que lhe fecharia os olhos, com doçura, sem tragédias, como um fato inevitável da vida. Se pensava nos dois sobrinhos, de quem não tinha notícias fazia meses e que só eram capazes de difamar Tatiana e de se informar sobre o valor de mercado daqueles exíguos cem metros quadrados que compunham seu apartamento, lhe dava um acesso de tosse catarrosa. Tatiana era a última companheira antes que a doença pulmonar obstrutiva crônica o afastasse deste mundo. E para esse último anjo, que se encarregara de acompanhá-lo até o fim, ele devia alguma coisa.

A comida queimada estava dura como um pedaço de pau.

– Mas depois tem sobremesa? – perguntou para ela.

– Se ele tivesse me dado as chaves de casa, eu poderia entrar. Talvez tenha se sentido mal – respondeu a mulher, se dirigindo ao armário. Do bar, havia trazido duas bombas de creme. Colocou-as na frente de Arturo. Que na hora pegou uma.

– E se a vizinha tivesse as chaves?

– Aquela lá só sabe brigar com a irmã que mora no apartamento da frente. Você deveria ouvir as coisas que ela diz para a outra!

Arturo limpou o creme que tinha ido parar no seu queixo. Mastigando, disse:

– As irmãs Iezzi se odeiam desde que eram crianças... Fique tranquila, meu tesouro. Esta noite vamos ver o programa em que eles dançam na televisão! Você gosta tanto...

Tatiana sentou-se. Encheu um copo de água.

– Mas você não vai comer?

– Não estou com fome, Arturo...

O refeitório era um salão enorme com cerca de dez mesas. À direita ficavam os balcões para a distribuição de comida. No centro, duas colunas de cimento sustentavam o teto a uns dez metros de altura. Rocco não seguira os conselhos de Mauro Marini e arriscara o peito de frango. Na outra ponta da mesa, sentaram-se dois guardas com menos de trinta anos.

– Oi, Mauro...

– Ah, vocês mesmos! Doutor! Eles são Mattia e Ugo. Estavam nas torres no dia da briga. – Então se voltou para os colegas. – Venham aqui...

Os dois pegaram as bandejas e deslizaram pelo banco ao lado de Rocco e de Mauro.

— Apresento para vocês o subchefe Rocco Schiavone... delegacia de Aosta.

Trocaram um aperto de mãos. Rocco observou que os dois recém-chegados também haviam optado pelo peito de frango.

— Está bom? – perguntou Rocco, indicando os pratos.

— Hmmm... pelo menos é grelhado, com um pouco de limão...

Rocco provou. Tinha gosto de hospital.

— Está fibroso – disse.

— Eu tinha dito para o senhor se limitar aos acompanhamentos! – e Mauro Marini deu de ombros. No fundo da sala, um velho com um uniforme de tecido sintético e uma camiseta branca observava o subchefe de polícia. Rocco ergueu o olhar, que se cruzou com o do homem. E este lhe sorriu. Depois abaixou o olhar e se enfiou como um rato na cozinha.

— O que podemos fazer pelo senhor? – perguntou Ugo, loiro e muito sardento.

— Quando aconteceu a briga, vocês estavam lá no alto e podiam ver todo o pátio.

— Sim – respondeu o outro, Mattia, de cabelos escuros e com um narigão. Ele também começou a mastigar a carne.

— Não perceberam nada? Cuntrera caindo no chão? Alguém que pudesse ter se aproximado dele?

Balançaram a cabeça em uníssono, como dois cachorrinhos que enfeitam os carros.

— Não. Nada. Para dizer a verdade, eu vigiava o lado de fora. Havia um carro com problemas – disse Ugo.

— Eu vigiava o pátio. Mas, para dizer a verdade, vi aqueles detentos que brigavam, dei o alarme e não olhei para o outro lado, onde estava o morto. Só quando se aproximaram Mauro e um colega jovem... – olhou Marini. – Quem era? Abela?

– Isso mesmo – respondeu Marini.

– Então, doutor, só então eu olhei para lá, quando Marini e Abela se aproximaram para ver o que havia acontecido e por que o homem estava no chão.

– No começo, pensei que ele estivesse envolvido na briga – continuou Marini, mordendo uma maçã e sujando os bigodes –, mesmo que me parecesse estranho. Quer dizer, Cuntrera estava a cem metros dos briguentos, não?

– É, isso – disse Schiavone. – Perto da ala 3. A briga era do outro lado, na frente da porta da ala 2. Entretanto, uma coisa é clara. Quando vocês entraram, Cuntrera já estava morto. Então o assassino fez o serviço antes.

– Isso, antes...

Mastigaram em silêncio.

– Tenho de falar com o Tolotta...

– Tolotta entra em serviço às seis... – disse Marini. – Eu sei porque ele me rende.

Esperava ouvir roncos, a respiração dos duzentos e tantos homens presos, mantidos amontoados como sardinhas. Prensados, prontos para explodir. No entanto, nada. Do corredor, só o tiquetaquear longínquo de algum aparelho eletrônico. Nem um carro, nem um barulho de passos. E apesar daquele silêncio irreal, não conseguia pregar os olhos. Se revirava no leito fazia horas. Desconfortável, muito pequeno, com um único cobertor e um travesseirinho achatado que era a mesma coisa que nada. Levantou-se e foi até a janela. As alas estavam mergulhadas na escuridão. As estrelas olhavam lá de cima das montanhas, ofuscadas pelas luzes dos muros que tingiam de amarelo os prados ao redor do presídio. Um carro rumava na direção da cidade. Um caminhãozinho se aproximava da casa de detenção. Vai saber quantos, como ele, não dormiam.

Os guardas, com certeza. E, nas alas, os detentos deitados nos leitos com os olhos abertos, recordando rostos familiares, distantes e inalcançáveis.

Ligou o celular. Uma saraivada enlouquecida de sons anunciou a presença de dezenas de mensagens. Quase todas chamadas perdidas. Uma mensagem da inspetora Rispoli: "Lupa está bem. Come e dorme!". Uma de Italo: "Tudo bem?". E, por fim, uma de Alberto Fumagalli: "Vá pros quintos dos infernos! Me ligue assim que ler a mensagem!". E então, meia hora antes, um telefonema. Anna.

Olhou de novo para fora. Era quase meia-noite. Viu seu rosto refletido no vidro da janela. Desligou o celular e voltou para a cama.

Só dormiria lá pelas três horas.

Um arrepio passou pelas costas do agente Antonio Scipioni. O relógio no painel do carro marcava 00h22. Já fazia três horas que ele estava ali na frente do restaurante Santalmasso, nas cercanias de Aosta, na estrada para La Salle. Walter Cremonesi entrara às dez e ainda não saíra. A construção onde se localizava o restaurante tinha todas as luzes acesas e a placa se refletia nas carrocerias dos quatro automóveis de luxo estacionados ali na frente. Ele começava a sentir um formigamento ao longo da perna esquerda. O pé tinha perdido a sensibilidade. Tinha de descer e dar uma olhada na sala pela janela lateral. Pegou a pequena máquina fotográfica e abriu a porta do carro. Bateu o pé no chão três vezes e uma punhalada lhe subiu até o cérebro. Então alongou o pescoço, colocou a mão nos quadris e virou-se para trás. Algumas vértebras fizeram um barulhinho. Respirou fundo e, silencioso, aproximou-se do restaurante. Mal se aproximou da janela. Walter Cremonesi estava sentado junto com outros dois homens e uma mulher que, na hora, chamou sua atenção. Cabelos negros e lisos, lábios vermelhos, nariz pequeno e pontudo, vestido vermelho exageradamente decotado. Bebericava o vinho, deixando no copo a marca do batom. O resto da sala estava vazio. Um garçom com um colete estampado de flores se aproximou trazendo três pratinhos com a sobremesa. O agente Scipioni suspirou, porque aquele jantar infindável parecia se aproximar do fim, e ele finalmente poderia voltar para casa para dormir. Tirou uma foto do quarteto, depois de verificar que o flash não estava ligado. Colocou a pequena Nikon no bolso, afastou-se do vidro e refez seus passos. Na frente da entrada havia uma mesinha de madeira iluminada. Dentro, o menu do restaurante. Antonio se aproximou, curioso. Fez uma careta ao ler o preço das entradas. Os pratos principais passavam de vinte euros. Não era um restaurante para seu bolso. Voltou para o carro e acendeu um cigarro. A noite estava tranquila, mas um vento leve e gelado lhe entrava pelo colarinho do casaco de couro, fazendo sua pele se arrepiar. As estrelas frias e luminosas salpicavam o céu escuro. Tornou a entrar no carro e abriu um pouquinho a janela para deixar a fumaça sair.

– Bota as mãos no volante – a voz às suas costas fez com que os pelos em sua nuca ficassem em pé. – Cara, cê não entendeu? Joga fora o cigarro e mãos no volante! – Tentou olhar pelo retrovisor, mas o homem estava escondido pelo apoio de cabeça do seu banco.

– Mas que porra...?
– Vamos!

Devagar, Antonio jogou a bituca pela janela, depois segurou o volante. O homem usava um perfume de água-de--colônia barata.

– Mas quem diabos é você? – perguntou para ele.

— Quem diabos *você* é? – perguntou o outro. Antonio fez menção de se voltar, mas um metal frio apoiado em seu rosto o levou a desistir. Com o rabo dos olhos, Antonio reconheceu o cano da pistola.

— Agora eu te pergunto de novo. Quem diabos você é?

Antonio engoliu em seco.

— Agente Antonio Scipioni, delegacia de Aosta...

— E o que cê está fazendo aqui a esta hora?

— Trabalho.

— Mas vai à merda... – o homem abriu a porta e desceu do carro. Antonio viu metade do corpo dele refletido no espelho retrovisor. O homem se aproximou. Bateu no vidro. O agente terminou de abrir a janela. E, finalmente, o viu. Uns cinquenta anos, bem penteado, bigodes e cavanhaque. Sorriu para o agente.

— Capitão Pietro Andreotti... – e lhe estendeu a mão. Antonio, sem entender, apertou-a.

— Capitão?

— Carabinieri, cara... Tá bom, e por que você está vigiando esse restaurante?

— Ordens do subchefe de polícia. Quer dizer, não estou vigiando o restaurante. Estou seguindo Walter Cremonesi.

O oficial assentiu.

— Faz o seguinte. Volta pra casa. E esquece o Cremonesi. – O carabinieri piscou para ele e desapareceu em meio aos arbustos que delimitavam o estacionamento. Scipioni respirou fundo e bateu no bolso do casaco onde estava sua máquina fotográfica. Não lhe pareceu importante revelar para o militar as fotos recém-tiradas. Ligou o carro e se afastou do restaurante Santalmasso com a cabeça cheia de perguntas sem respostas, piores que a papelada que se encontrava em sua escrivaninha.

Segunda-feira

O sono de Rocco foi breve. Às cinco horas, levantou-se de um salto, como se houvesse soado um alarme de incêndio. Porém, tudo estava em silêncio, com exceção de alguém passando pelo corredor. Vestiu-se às pressas, pegou a toalha de mão e saiu da sala. O corredor estava iluminado pelas luzes neon. Decidiu descer para o refeitório. Talvez preparassem café melhor que peito de frango.

Na cozinha, já estavam trabalhando para fazer o café da manhã. Havia dois homens que cozinhavam, um terceiro punha a comida nos carrinhos.

Schiavone pegou um bule de metal, verteu o líquido negro em um copo de plástico, e o aroma de café lhe encheu as narinas. Estava forte, quente e, algo a não ser desprezado, muito bom. Saiu da cozinha, seguindo as indicações para o banheiro.

– Por favor... o vestiário? – perguntou para um guarda.

– Ah, claro... por ali.

Desceu as escadas e abriu uma porta dupla que levava a uma sala enorme com dezenas de armarinhos de ferro. Dois guardas trocavam de roupa; outro estava tomando banho e estraçalhava uma canção de Lucio Dalla. Rocco achou que reconhecia a voz de Mauro Marini. Olhou os outros dois que estavam vestindo os uniformes.

– Não, vamos combinar que Sanremo não é o futuro dele – disse o mais jovem.

– Mas é o Marini? – perguntou Rocco.

– É – comentou o outro, desconsolado.

– Marini, você parece um leão-marinho no cio!

O outro botou a cara para fora do chuveiro.

– Ah, doutor, é o senhor! Vou parar, estou indo para casa.

– Isso não te dá autorização para massacrar os nossos ouvidos! – berrou um dos guardas jovens.

– Posso tomar banho também? – perguntou Rocco.

– Por favor, fique à vontade. Se quiser, no meu armarinho vai encontrar sabonete líquido e desodorante. É o primeiro à esquerda.

– Obrigado!

O armarinho de Marini tinha o costumeiro calendário infame com uma peituda sentada em uma moto, mas agora essas fotos estavam ali mais por obrigação que por um verdadeiro desejo. Muda de roupa pendurada, um par de sapatos, o sabonete líquido com perfume de talco.

Rocco pegou-o e começou a tirar a roupa. Marini havia passado a massacrar o Queen.

– Depois do Queen, o repertório prevê o *Rigoletto*.

– Subimos de nível, hã?

– Só que o senhor vai ouvir o Verdi se revirando no túmulo!

Como se tivesse acatado a sugestão, Marini passou ao cisne de Busseto. "*Cortigiani vil razza dannaata, per qual prezzo vendeste il mio beneeee...*"*

Os dois jovens guardas fecharam seus armarinhos tapando os ouvidos e saíram do vestiário. Rocco se enfiou debaixo do chuveiro.

Depois de uma noite de inferno, era uma massagem agradável. Deixou a água correr sobre os cabelos, pelas costas, no rosto, nas orelhas.

---

* Verdi é conhecido como o "Cisne de Busseto" devido à elegância de seu estilo. A personagem canta um trecho da ópera *Rigoletto*.

Marini berrou uns sons guturais.

– Não entendi! – respondeu Rocco, tentando superar o barulho da água.

– Toltt!

Rocco fechou a torneira e botou a cara pra fora da cortina de plástico.

– Marini, não entendo!

O homem estava enxugando as partes íntimas com uma violência que levava a temer o pior.

– Logo chega o Tolotta. Aquele que o senhor queria encontrar... o meu colega da ala 3, onde encontramos o cadáver. Vou deixar o senhor com ele.

– Ah... isso... assim converso com ele.

– E olha só, ele está aqui! – anunciou com um sorriso o bigodudo. – Oi, Federì!

Federico Tolotta era enorme. Mais de um metro e noventa, sem um fio de cabelo, orelhas de abano. O nariz grande, mas proporcional ao rosto, redondo e rosado. Pesava mais de cem quilos, com certeza. Os olhos circundados por olheiras o colocavam na mesma hora na família dos *Ailuropodi melanoleuca*, os pandas-gigantes de Sichuan. Tinha dois armarinhos. Só o casaco ocupava um inteiro.

– Olha, Federì, o doutor precisa falar com você.

Tolotta sorriu.

– Claro. Se eu puder ajudar...

– É o subchefe de polícia Schiavone. Vem da delegacia.

– Imagino que por causa daquela história horrível do Cuntrera.

– E imaginou bem! – Rocco tornou a se enfiar debaixo d'água.

– Se o senhor precisar, eu devo acompanhá-lo... – disse Tolotta, abrindo a porta blindada.

– Certo – respondeu Rocco. Mais um corredor. Começava a se orientar naquele labirinto de portas e salas separadas por portas pesadas. – Pode me falar do dia da briga?

– Com certeza. Eu estava de turno na ala 3. A mais perto do cadáver...

– Sim, eu o vi no vídeo. Prossiga.

– Ouvi gritos, depois um colega atrás de mim berrou que eles estavam se matando. Então abri a grade e saí no pátio. Corri na direção...

– Espere – o subchefe de polícia o interrompeu. – O senhor fechou a porta?

– Com certeza. Depois de sair. Então fui correndo na direção da briga.

– Não viu o Cuntrera no chão?

– Não, não vi.

– Tinha mais gente, além do senhor, correndo na direção da briga?

– Com certeza, um monte de detentos e colegas. Quando nós chegamos lá nós os separamos e...

– Sim, o resto eu vi nas gravações das câmeras de circuito interno. Me diga uma coisa, não aconteceu nada de estranho?

Tolotta se deteve no meio do corredor. Pensou na pergunta.

– Não. Nada de estranho. Por fim, Abela e Marini começaram a gritar e descobrimos o cadáver do Cuntrera. No canto. A uns dez metros da porta que eu controlava.

– O senhor se importa de vir comigo ao meu quarto? Quero mostrar-lhe uma coisa...

Rocco ligou a televisão. Iniciou a gravação de uma das câmeras de circuito fechado.

– Este é o momento da briga, está vendo?

Apareciam Agostino Lumi, Erik e o nigeriano, espancando os tunisianos. Outros detentos que vinham correndo. Depois a chegada dos guardas.

– Olha, este é o senhor! – e indicou Tolotta, que se precipitava na direção da briga. Parou a imagem. – Aqui atrás, à direita da tela, de onde o senhor apareceu, neste ponto que as câmeras não gravam, Cuntrera está morrendo.

Tolotta assentiu.

– E o senhor, passando, não percebeu?

– Não, eu lhe disse. Não percebi. Veja, junto comigo estão vindo outros dois detentos e também este outro guarda, que se chama Guidi, eu acho. Passaram na minha frente e talvez eu nem tenha visto que um homem estava no chão.

– O senhor saberia me dizer por que este ângulo não é coberto pelas câmeras?

Tolotta sorriu.

– Não é assim. Tem uma câmera, esta aqui, está vendo? – e colocou o dedo no monitor, bem em cima de um enorme poste de luz. – Bem aqui em cima... grava aquele canto e a porta da ala 3. Aquela de onde eu saí.

– E por que não há gravação?

– Porque essa câmera está quebrada faz uma semana e ainda estamos esperando que venham consertar, é por isso.

Rocco assentiu.

– Essas coisas, como o senhor sabe...

– ...todo mundo sabe, doutor Schiavone. Aquele canto não é coberto pelas câmeras faz uma semana. Se soubesse o que os detentos escrevem ali!

Rocco fez a gravação continuar.

— O senhor se aproxima da briga... aqui pega as chaves... as segura e atinge Oluwafeme na nuca.

— Isso. Pensei que, com as chaves, o golpe seria mais eficaz. Veja bem, aquele lá é um animal.

— E, de fato, o nigeriano sente o golpe. Um pouco desleal da sua parte, não?

— Em situações extremas...

A gravação continuava.

— Então, vocês levam a melhor, o senhor segura o Erik...

— É... a gente estava levando ele embora quando...

— Quando Marini e Abela chamam a atenção porque encontram o Cuntrera morto. Só se veem as costas de um dos dois, e o senhor se dirige exatamente para esse lado. Aqui, à direita da tela.

— Mas como é que o Cuntrera morreu?

— De nostalgia.

O panda-gigante não tinha entendido.

— Era uma piada. Deram uma injeção de alguma coisa nele...

— E ninguém viu?

— Também acha estranho, Tolò?

Na ferramenta de busca havia colocado: acompanhantes-de-luxo-Aosta. Havia aparecido um site cheio de fotografias e celulares de mulheres lindíssimas. Todas com o rosto velado. Mas os seios, as pernas, as lingeries teriam excitado um cadáver.

E serão fotos de verdade?, se perguntava Alessandro Martinelli, diretor da casa de detenção de Varallo. Talvez fossem tiradas de periódicos ou de revistas de moda, aí o cara ia pro encontro e topava com uma toxicômana ressequida, ou pior, um trans. Deteve-se em uma que era muito promissora. Tinha o celular e outras três fotos da mulher, sempre com o rosto velado, em diversas poses. Mas nunca estava nua. Sempre vestida, só um pouquinho dos seios, uma coxa. Estava na seção Acompanhantes Top.

Coisa séria. De várias centenas de euros. E talvez valesse todos eles. Leu o perfil.

Oi, não sou para qualquer um, só para uma clientela refinada. Tempo e presentes generosos devem ser as suas virtudes. Não respondo para anônimos. Aqui, ou na casa de alguém. Mas, por favor, só se você se interessa mesmo. O meu tempo é precioso. Mas você vai ver, não vai se decepcionar por ter me chamado. O único risco é que você pode se apaixonar por mim, pelos meus lábios, pelos meus seios, pelas minhas cochas.

Martinelli levava a ortografia a sério, e esse erro no fim diminuiu sua excitação. Bateram à porta.

– Entre! – gritou o diretor e com um clique do mouse fechou o site das acompanhantes de luxo, substituindo-o por um esquálido e burocrático e-mail do Ministério do Interior.

A porta da sala se abriu e apareceu o rosto barbudo de um guarda.

– Doutor! Está aqui o Mozzicarelli, o detento que pediu uma audiência.

– Mande entrar.

O guarda fez um gesto e Sergio entrou com as costas encurvadas, as mãos na frente do corpo e a cabeça baixa.

– Então, o que é? – disse, contrariado, o diretor, sem dizer-lhe que se sentasse. – Desde ontem está pedindo este encontro. Espero que seja importante.

– Doutor, eu... eu preciso ver uma pessoa.

– Mozzicarelli, não estamos em um hotel. Quem você precisa ver com toda essa urgência?

– O subchefe de polícia.

Martinelli semicerrou os olhos.

– E posso saber o motivo?

– Na verdade, não, doutor. É uma coisa que... Quer dizer, devo dizer só para ele.

O diretor assentiu, sério, parecia ofendido.

– Tudo bem. Vamos pensar nisso depois. Agora você volta para a cela e fica tranquilo.

– Na verdade, hoje eu trabalho no refeitório.

– Melhor; agora vá para o refeitório e se o doutor Schiavone tiver tempo para você, eu aviso.

– Mas diga para ele que é uma coisa que lhe interessa muito.

– Mozzicarelli, se é para fazer perder o meu tempo e o do subchefe com alguma fantasia, me diga agora mesmo e a gente não fala mais nisso.

– Doutor, nós nos conhecemos faz tantos anos. E nunca pedi nada. Se digo que é urgente, acredite em mim. É urgente, e muito, muito importante.

– Sollima! – berrou o diretor. A porta tornou a se abrir e reapareceu o rosto barbudo do guarda. – Leve o detento para a cela.

– O refeitório – corrigiu Sergio.

– Qualquer lugar!

Os dois saíram da sala. Martinelli acessou a internet para rever a foto daquela Amelia. De qualquer modo, também queria anotar o celular da moça.

A inspetora Caterina Rispoli entrou com dois copinhos na sala de reuniões da delegacia, onde Antonio e Italo a esperavam.

– O que digo para o Schiavone? – perguntou, entregando o café para os colegas.

Antonio pegou o dele.

— E eu sei? Diz pra ele o que aconteceu comigo. Ou seja, os carabinieri estavam lá, e estão atrás do Cremonesi. Depois ele tira suas conclusões.

— É uma coisa estranha – disse Italo, depois de ter bebido o chafé da máquina. — Me parece que aqui tem uma movimentação que a gente não entende. O que faço? Conto para o juiz?

Caterina pensou no assunto.

— Não. Por enquanto, falamos só com o Schiavone. Que, no entanto, continua com o celular desligado.

— Tá, mas e eu, faço o quê? – perguntou Antonio. – Continuo a seguir o Cremonesi?

— Esquece. Vamos esperar o Rocco – disse Italo, jogando o copinho no cesto de lixo.

— De qualquer forma, imprimi as fotos que tirei daqueles quatro.

— Coloque-as na gaveta dele. Nós mostramos assim que voltar – ordenou Caterina. Antonio assentiu.

— E eu, bem... devo dizer... Vejam, é meio embaraçoso, sabem?

— Fala aí, Italo – Antonio o incitou.

— Ontem eu tinha de levar os remédios para a minha tia, em Nus. Estava voltando para cá e vi Pietro Berguet, o pai de Chiara.

— E o que tem de estranho? – perguntou Caterina.

— O estranho é que ele estava saindo do Hotel Pavone... – e deu um sorrisinho para Antonio.

— Por que você está rindo como um bobo? – Caterina o censurou. – E daí?

— Que é isso, Caterina, você não sabe? O Hotel Pavone é famoso.

Caterina balançava a cabeça.

— Famoso por quê?

Antonio ajudou o colega.

– É tipo um motel. As pessoas vão lá com amantes.

Caterina fuzilou Italo com o olhar:

– E por que você sabe disso?

– Todo mundo sabe.

– Todos os que fazem essas porcarias!

– Então fique pê da vida com o Antonio também. Ele também conhece.

– Que é que eu tenho a ver com isso? – Antonio perguntou, se defendendo.

– É, por que você sabe? – agora os dardos envenenados que pareciam sair dos olhos de Caterina estavam atingindo o agente meio siciliano, meio da região de Marche.

– Caterì, todo mundo sabe.

A inspetora fez uma careta.

– Porque vocês são uns animais!

– Olhe, os homens vão lá com mulheres. Sejam amantes ou outra coisa.

– As amantes são só umas coitadinhas, iludidas por quem zomba delas, prometendo céus e terra. De todo jeito, os animais sempre são vocês!

– Se eu fosse um animal – disse Italo, calmo –, talvez a esta hora dormisse sob o mesmo teto que você!

Caterina não respondeu à provocação. Saiu da sala batendo a porta.

Tinha ouvido o detento romeno que havia passado na frente do cadáver de Cuntrera durante a briga, mas não tinha tirado nada de interessante dele. Mimmo Cuntrera parecia ter morrido em outra dimensão paralela e invisível para os demais. Em pé na frente de uma máquina de café no primeiro andar da instituição, o subchefe de polícia girava o bastãozinho de plástico no copinho, encarando o jovem Abela.

– É isso, doutor. Eu estava no pátio, do lado da ala dois, quando ouvi os gritos e vi a briga. Então eu e o Marini fomos ajudar. Contive o Agostino Lumi e o entreguei aos meus colegas.

– Sim. Isso eu vi nas imagens da câmera.

– E depois Marini me chamou, porque tinha aquele homem no chão... aquele Cuntrera.

Rocco bebeu um gole de café. Tinha gosto de água de chicória.

– Que bosta... – jogou o copinho ainda cheio pela metade no cesto de lixo. – Então é inútil lhe perguntar qualquer coisa. O senhor estava na parte oposta em relação ao lugar onde Cuntrera foi morto.

– Sim.

– Então não viu ninguém se aproximar e falar com ele...

– Não, doutor. Para dizer a verdade, eu estava tomando um pouquinho de ar fora do prédio, pensando nas férias. Eu tiro férias em junho! – disse, com uma ponta de orgulho.

– Doutor Schiavone! – do fundo do corredor, Tolotta, o panda-gigante, chamou a atenção do subchefe de polícia. – Tem um telefonema para o senhor. De Aosta.

Rocco ergueu os olhos para o céu:

– Onde?

– Passo para o senhor na sala do diretor. Ele saiu para a inspeção e a sala está vazia.

Rocco assentiu. Deu uma palmada nas costas do Abela e se dirigiu às escadas para subir à sala de Martinelli.

– Doutor, com sua licença? Vou sair para a hora de almoço. O senhor me encontra lá embaixo, no refeitório.

– Tudo bem, Tolò... até mais.

— Me diz uma coisa: tá te doendo o polegar, e por isso você não liga o celular? Faz horas que estou te procurando! Liguei na delegacia e falei com um agente seu que levou uma hora para me dar o número dessa merda desse presídio! – Fumagalli berrava no aparelho que Rocco mantinha a dez centímetros de distância do ouvido, sentado na sala do diretor. Olhava uma foto emoldurada. Três crianças. Eram loiras e usavam todas as três um macacão com listras brancas e azuis. – Não viu minhas mensagens?

— Mas é claro que vi.

— E por que não me respondeu?

— Porque não estava com vontade.

— O que você está fazendo aí no presídio?

— Já parou de perguntar ou quer continuar desse jeito metade do dia?

— Tenho de te dizer uma coisa extremamente importante, bundão. Quer saber ou não?

— Diga!

— Fique com os ouvidos atentos...

— Tá, mas pare de berrar, Albè.

— Trata-se do Cuntrera... lembra? O cadáver que ficou inchado, depois ficou normal etc.?

— Lembro, sim. Com a graça de Deus, o Alzheimer ainda não me afetou.

— Eu mandei as glândulas para dois colegas meus em Brescia. Dois experts. Só eles poderiam descobrir.

— O quê?

— Descobrir a substância que matou o Cuntrera. Fique firme: carbamato de etila!

Rocco franziu as sobrancelhas sem responder.

— Ah, você entendeu ou não?

— Que porra é isso?

– Deus fulmine os ignorantes!
– Estou com um computador na minha frente. Quer que eu acesse a internet ou você me diz? – e tocou o mouse com a mão. A tela apareceu.
– Em sua estrutura, é um éster de ácido carbâmico... pode ser encontrado até no vinho, se desenvolve sozinho... também conhecido como uretano. Você deve saber que alguns carbamatos como a neostigmina eram usados também na farmacologia?
Rocco sorriu. Na tela do computador do diretor havia aparecido a última busca feita pelo funcionário: Acompanhantes de luxo-Aosta.
O belo pai de família, pensou.
– Oi! Você está me escutando?
– Estou, me desculpe...
– Você sabe, Rocco, o que ele faz se for injetado em doses maciças?
– Você me diz.
– Te estraçalha! Só que tem outra característica: é volátil. E, se não tivéssemos feito a autópsia, a gente não descobriria nem a pau.
Rocco estava distraído com a página da acompanhante de luxo. Ia ler a mensagem de boas-vindas, mas lhe pareceu mais importante se concentrar de novo em Fumagalli.
– Me explique melhor... injetaram nele esse uretano, ele morreu; o assassino esperava uma autópsia menos minuciosa e parcial, quer dizer, sem nenhuma atenção, talvez uns dois dias depois...
– Isso mesmo, e o resultado seria que Cuntrera tinha morrido de causas naturais. Um belo infarto, bem entendido...
– A substância volátil teria desaparecido...

– E nós teríamos feito o funeral. E, principalmente, nunca teríamos notado aquele inchaço absurdo e repentino do cadáver, efeito daquele treco injetado.

– Onde a gente encontra esse uretano?

– Difícil. Não é mais usado, antigamente se usava para tratar mieloma, hoje já se sabe que é muito tóxico.

– Resumindo, não é fácil de encontrar...

– Não. Olha, talvez ainda se possa encontrar para uso veterinário... Mas, eu te disse, é difícil. Quer dizer, não é que alguém vá à farmácia e peça no balcão...

– Albè, eu entendi!

– Ajudou, hein?

– Claro que ajudou. Quem quer que tenha apagado o Cuntrera tinha um cúmplice fora destes muros. Obrigado.

– Quando você volta para Aosta?

– Por quê?

– Te devo um jantar. Eu pago as dívidas e as apostas!

– Assim que eu voltar, te telefono.

Desligou o telefone. Um detalhe da fotografia em que a acompanhante de luxo, vestida com um body de renda e com o rosto velado, dava o melhor de si fez o subchefe de polícia sorrir. Uma pequena abelha tatuada no pescoço. Rocco reconheceu a tatuagem. "E muito bem, Amelia", disse em voz baixa. "Cuido das relações públicas para Luca Grange..." E aí pensou que, a seu modo, essas também eram relações públicas. Era só uma questão de nuanças.

Desligou o computador. Levantou-se da poltroninha de couro se aproximando da porta. Por pouco não bateu de frente com Alessandro Martinelli, que tornava a entrar em sua sala.

– Ah, Martinelli. Me passaram um telefonema na sua sala.

– Sim, sim, me disseram. Ouça, doutor Schiavone, hoje veio falar comigo um detento. Sergio Mizzica... Mozzica, agora não me lembro do nome exato. Queria falar com o senhor.
– Comigo?
– Sim; a mim ele não quis dizer nada. Mas, veja bem, muitas vezes são tolices, os detentos precisam fazer o tempo passar, inventam mentiras para ter prestígio dentro do presídio.
– Esse Mozzica, Mizzica, seja qual for o nome dele, quem é?
– É um velho detento. Sem parentes, me parece. Está aqui faz muitos anos. O senhor quer mesmo falar com ele?
– Sabem como dizem, não? Os diretores vão e veem, os detentos ficam!
– Isso o senhor pode dizer em alto e bom som.
– Onde o encontro?
– Acho que lá embaixo, no refeitório. É o turno dele.

Mal entrou no refeitório dos funcionários o cheiro de minestrone misturado com o de cebola frita lhe atingiu as narinas. Das dez mesas, apenas três estavam ocupadas. Tolotta mastigava e lhe fez um aceno do fundo da sala. Reconheceu Biranson, o pequenininho da ala 3, e o jovem Abela. Rocco se aproximou de seu Virgílio.
– Tolò, estou procurando um detento. Mizzica... Mozzica...
Federico engoliu a comida.
– Sergio Mozzicarelli, um velhinho. Está pra lá, na cozinha. – E, com o queixo, indicou as portas duplas atrás do balcão de comida. – Por quê?
– Problema meu.

Um cozinheiro gordo e suado mexia uma panela imensa com fundo queimado. Tinha um cigarro na boca e, com olhos bovinos, observava a mistura horrorosa.

– Quem é o senhor? – disse uma vozinha atrás de Rocco. Era um homenzinho baixo e sujo que estava enxugando as mãos em um pano de cozinha.

– Subchefe de polícia Schiavone, polícia do Estado. Estou procurando Sergio Mozzicarelli.

– O senhor também é de Roma? – perguntou o homenzinho.

– Sim.

– Eu sou de Frascati! – disse, com certo orgulho.

– Frascati não é Roma. É Frascati. E aí, o Mozzicarelli, onde está?

O ajudante de cozinha ficou magoado. Fechou-se em um silêncio ofendido e, com o queixo, indicou umas mesas junto da parede. Um homem que estava de costas, usando um velho uniforme de tecido sintético, limpava as prateleiras. Rocco se aproximou dele.

– Mozzicarelli?

Sergio se sobressaltou, assustado, despertado de seus pensamentos.

– Sim...?

Rocco já o havia visto no primeiro dia, no refeitório. Esse homem tinha sorrido para ele e depois se enfiara na cozinha.

– Subchefe de polícia Schiavone. Queria falar comigo?

– Eu?

– Sim, você. Você foi procurar o diretor porque queria me ver...

Sergio olhou ao redor.

– Não, nada. Eu me enganei – e voltou a passar o pano úmido no aço da bancada de trabalho. Rocco o segurou por um braço.

– Mozzicarelli... o que você queria me dizer?

– Mas não, nada. Nada de importante. Quer dizer, uma bobagem.

O subchefe de polícia soltou o braço do detento.

– Então vamos ouvir.

Sergio inspirou profundamente.

– Se o senhor me ajudar com o diretor, eu posso ser útil na investigação.

– E o que me poderia dizer?

– Cuntrera era o meu companheiro de cela... Não disse uma única palavra em três dias. Não recebia pacotes...

– Mozzicarelli, chega de idiotice.

– O senhor não pode me ajudar? Aqui é duro. Se eu tivesse um pouco mais de permissões, de liberdade... sou velho e preciso ficar fora da cela.

Rocco se voltou. O cozinheiro continuava a mexer. O homenzinho de Frascati descascava batatas. Nenhum parecia dar importância ao diálogo.

– Me diga a verdade, o que você quer de mim?

– Eu já lhe disse! Nada. Só uma ajuda. Me dê uma ajuda.

Rocco suspirou.

– Quem está te ameaçando?

– A mim? E por que alguém deveria me ameaçar?

– Porque está dizendo só bobagens, e as coisas sérias não quer me dizer.

– Não tem nada! – Sergio ergueu a voz. O queixo lhe tremia e os olhos haviam ficado duros. – Se o senhor não quer me ajudar, não ajude. Agora, me deixe terminar de trabalhar, ou então perco a permissão da cozinha e volto para a cela.

Schiavone se aproximou do velho.

– Quer conversar comigo longe da cozinha, ou então em particular? Posso fazer de um jeito que ninguém te ouça. Prometo.

Sergio o afastou e, decidido, se dirigiu à porta de folha dupla.

– Me deixe em paz! – e entrou no refeitório. Mas Rocco o alcançou rapidamente. Segurou-o por um braço. Em voz baixa, tornou a sussurrar:

– Poderia fazer com que te mandassem para o isolamento, lá você ficaria seguro.

Sergio o olhou por um instante com olhos desesperados, assustados.

– Me solta! – gritou, mas nada em seu rosto denunciava uma rebelião repentina. – Eu não fiz nada e não sei nada! – A voz estrídula de Mozzicarelli ecoou no refeitório. O velho se soltou e foi correndo para o balcão das comidas. Os guardas sentados à mesa observavam a cena, curiosos. Abela sorria; Biranson, sob o olhar do subchefe, abaixou os olhos na hora. Tolotta, por sua vez, lidava com o celular.

– Vamos, Tolò... temos de voltar para o pátio.

Naquela hora, o pátio do presídio estava vazio. Os detentos estavam na cela, esperando o momento para poder sair e tomar ar. O dia estava ensolarado, nem uma nuvem no céu; e o vento trazia o cheiro dos campos e das flores.

– É primavera – disse Tolotta, seguindo Rocco, que voltou ao ponto em que Cuntrera havia sido encontrado morto. Olhou na direção da ala 2 do outro lado do pátio onde a briga havia começado; depois a porta da ala 3, bem atrás dele. Ergueu os olhos para o céu. Deu uma olhada nas torres de vigia.

– Em sua opinião, quantos metros daqui até as torres?

– Pelo menos uns cento e cinquenta...

Então, Rocco olhou a sombra no chão. Viu as horas.

– Acompanhe-me até a entrada e dê meus cumprimentos ao diretor. Ele foi gentilíssimo.

– Como... está indo embora?

— Sim. Este lugar dá muita tristeza... Passo no meu quarto, olho uma coisa e a gente se vê na saída em quinze minutos.

Tolotta levou a mão direita ao quepe, fingindo uma saudação militar.

— Descansar, Tolotta, descansar...

— Deixe eu entender, Mao Tsé-Tung... e tenta falar italiano, senão te dou uns croque nesses teus olho estreito e eles ficam fechado pra sempre. — Sobranceiro, Sebastiano olhava Guan Zhen sentado atrás do balcão de sua lojinha na via Conte Verde.

— Eu te disse, Sebastiano... O que eu sabia, já falei à polícia. Faz três anos ou mais.

Seba cerrou o punho. Brizio interferiu, antes que o urso caísse em cima do pequeno Guan e da mercadoria sem valor exposta na loja.

— E te desagrada dizer pra nós também? Bem devagarinho.

Guan ergueu os olhos para o céu. Seba apoiou uma das mãos no balcão. Era maior que o rosto do chinês.

— Então... faz três anos, o assalto à mão armada em Cinecittà, não é? Eram dois. Um napolitano que se chamava... espera.

— Num finge que não se lembra, Mao Tsé-Tung! — e o punho de Seba tombou sobre o vidro ao lado do caixa.

— Isso, isso, agora eu sei. Pasquale Scifù...

— E aquele lá tá olhando o céu do avesso. Tinha outro. Um grandão. Aquele que atirou e matou o aposentado. Quem era?

Guan Zhen pensou.

— Não sei direito. Dizem...

— E você me diz o que dizem — disse Brizio, mantendo a calma.

– Primeiro, diziam um. Depois, outro. Vai saber onde está a verdade?

Há meia hora eles faziam a mesma pergunta para aquele homem que sorria com os dentes saltados e podres. E ele, há meia hora, dizia sempre as mesmas coisas. Seba já havia perdido a paciência no primeiro minuto, Brizio sentia que a sua já estava chegando ao limite. Mas, se perdesse as estribeiras, tchau pra informação. O amigo transformaria Guan em uma maçaroca ensanguentada de carne e dentes.

– Agora você me diz os dois nomes, Mao Tsé-Tung.

– Olha, na verdade me chamo Guan. Guan Zhen.

– Tô cagando e andando pra isso – disse Brizio. – Diz a porra dos nomes.

O chinês pensou no assunto.

– Em troca?

– Você fica vivo – grunhiu Seba.

– Então, Guan, ou seja lá qual for seu nome. Tá vendo o meu amigo? Mataram a mulher dele. E se você dá uma ajudinha, fica com a lojinha aberta e ninguém mais aparece aqui. Mas, se o meu amigo não souber quem foi, você e a lojinha desaparecem para sempre.

– Você, Brizio, ameaçando eu?

– Sim. Eu diria mesmo que sim.

O chinês sorriu, balançando a cabeça.

– Você sabe quem é amigo meu?

– Sei. E tô cagando e andando pra isso. Porque, veja, Sebastiano não tem mais nada a perder. Você, sim. Tem a loja, uma esposa e dois filhos. Bastante coisa, não?

Guan pareceu se convencer.

– Então, os dois nomes. Primeiro, diziam que tinha sido... ele... – e ergueu o indicador com a unha de dois centímetros de comprimento negra e amarela, indicando Sebastiano.

– Eu? – disse Seba. – Eu, o assalto à mão armada em Cinecittà? Mas que porra cê tá dizendo, Mao Tsé-Tung?
– Diziam mesmo. E se diziam o seu nome, o outro também é falso, eu acho.
– Você diz o nome e nós damos um passo adiante.
– Se não acredita em um, por que acreditar no outro?
Seba olhou Brizio.
– Eu vou massacrar este aqui!
Brizio impediu o braço do amigo.
– Na verdade, a gente não acredita. Mas só diga o nome.
O chinês deu uma olhada na porta. Depois inclinou a cabeça. Deu um sorriso cariado e zombeteiro.
– Vocês vão tomar no rabo!
Brizio foi até a porta da loja e abaixou a porta de metal. Sebastiano, por sua vez, agarrou Guan pelo colarinho do casaco e o ergueu da cadeira. Atingiu-o em seco com uma cabeçada e o nariz do chinês fez um barulho horrível. Na hora, um fiozinho de sangue lhe correu das narinas. Mas Sebastiano, não contente, deu-lhe outra cabeçada. Guan desmaiou. Deixou-o no chão. Então, junto com Brizio, arrumaram a cadeira e a fita adesiva.

Rocco escancarou a porta do seu quartinho no presídio. Ligou na mesma hora a televisão, colocando o DVD no leitor. Só precisava de uma confirmação. Tinha de haver um detalhe que lhe tivesse escapado, simplesmente porque não entendera. Agora que as coisas finalmente estavam claras, olharia com outros olhos. Porque agora ele sabia: o assassino estava naquela gravação. Apertou a tecla *play*. Bem no início, quando a briga havia começado e os dois primeiros guardas, Marini e Abela, entravam em cena à esquerda da tela, diretamente da ala 2. Parou a imagem. Aproximou-se da televisão. Forçou a vista.

Estendeu o indicador, quase como se quisesse tocar o objeto que atraíra sua atenção.

– Olha aí! – disse. No chão, aos pés de Abela e Marini, havia um molho de chaves.

Quando o semáforo ficou verde, Italo engatou a primeira marcha.

– Me explique melhor – disse para o subchefe de polícia –, você sabe quem foi, e nós não o prendemos?

– Isso... – Rocco pegou um maço de cigarros no painel da viatura de serviço. – Voltou pra esta porcaria? Não tinha passado pro Camel?

Italo não lhe respondeu.

– Como a gente vai agir?

– Antes de agir, a gente tem de saber quem quis esse homicídio. Se chama "mandante", Italo. E isso eu ainda não sei. Ainda que eu tenha uns suspeitos.

Na rua, as pessoas usavam casacos mais leves. Casacos e capotes compridos até abaixo dos joelhos haviam cedido lugar a casacos corta-vento curtos e calças compridas verdes, vermelhas, amarelas, azuis. Todos estavam cheios de cores, como flores no meio do prado. E talvez nem percebessem, mas, naquele momento, prados e calçadas se assemelhavam.

Rocco gostou disso. Porque a cada vez que os seres humanos redescobriam que eram parte da natureza, ele sabia que ainda havia uma esperança.

– Você está sorrindo – Italo lhe disse. – Normalmente, quando resolve um caso, você fica triste e pê da vida.

– Verdade. Mas ainda estamos na metade do caminho.

– Quem quer que seja, eu o prenderia agora mesmo, sem nem pensar!

– Não acreditava que por aqui ficaria assim tão bonito. Tirando as montanhas, que continuam a me dar nojo, os campos... Os campos são de um verde que, em Roma, nunca se viu.

Rocco havia mencionado Roma. Luz vermelha! Alarme! Italo sentiu o estômago embrulhado. De um momento para outro poderia começar a cantilena nostálgica de Schiavone, e ele não conseguiria engolir. Desde setembro aguentava pelo menos duas por dia. E o céu de Roma, e os prédios de Roma, e os cheiros de Roma, e as mulheres de Roma. Uma lista infinita das maravilhas que a capital, segundo o subchefe de polícia, mostrava só para quem sabia olhá-las.

– Alguma vez você comeu filé de bacalhau? – perguntou-lhe, de repente.

– Não. O que é isso?

– O bacalhau você conhece? O salgado? Antigamente, em Roma, só comiam no Natal. A minha avó, por exemplo, fazia com alcachofras fritas. Que, você deveria saber, são o artigo 4 da Constituição romana.

Italo já podia recitar os três primeiros artigos, como Rocco lhe ensinara. Agora acrescentou mentalmente o quarto.

– Ainda a constituição que você escreveu, Rocco?

– Isso mesmo. O artigo 5, por sua vez, estabelece: nunca bater as migalhas da toalha na varanda, a não ser que você queira ter uma criação de pombas. E o artigo 6? Nunca comer sushi perto da piazza Vittorio, porque são chineses e não sabem fazer sushi. Voltando ao filé de bacalhau, agora você encontra não só no Natal, mas o ano inteiro. Sabe qual é o truque para preparar conforme Deus manda? Depende de como você tira o sal do bacalhau. A minha avó o tirava com leite, nunca com água. Deixava ele quase três dias de molho!

– Tá, mas o que tem o filé de bacalhau com o caso?

– Se você deixa o peixe na água por menos de 48 horas, o bacalhau fica salgado e não serve pra nada. Pelo contrário, tem que ter paciência, até que ele fique tenro. E então você frita. Entendeu, Italo?

Não. Italo não entendia.

– E desde quando você também é cozinheiro?

– Desde nunca. Na verdade, cozinhar me enche o saco. Pensando bem, na escala das encheções de saco, aquela que você colocou do lado de fora da porta, tem de acrescentar as receitas e os chefs. – E acendeu um Chesterfield de Italo.

– Tudo bem. Em que grau?

– Um oitavo, dos bons. Chef... Que, antigamente, se chamavam cozinheiros. Só que quem se chama de cozinheiro depois não pode apresentar uma conta de duzentos euros.

– Falando em restaurantes... – Italo buzinou para um automóvel que havia parado no meio da rua – o que você pensa daquilo que aconteceu com o Antonio?

– Do encontro com os carabinas? Eu já esperava. Ele não tirou fotos?

– Sim. Deixou na gaveta da escrivaninha.

– Não naquela fechada a chave! – disse Rocco, assustado, pensando na sua maria.

– Exatamente, essa é fechada à chave, Rocco. Como você quer que o Antonio possa botar as mãos nela?

– E eu vou saber? Sabe quantos policiais sabem agir como ladrões, e melhor do que eles?

Italo o encarou.

– Um eu conheço bem.

Rocco jogou as cinzas sem responder.

– No entanto, Scipioni só disse que, além do Cremonesi, estavam dois homens e uma mulher, parece que muito bonita.

Mas, pelo modo como estava vestida e maquiada, Antonio diz que era mais uma acompanhante de luxo do que outra coisa.

Rocco abriu um pouco a janelinha para deixar sair a fumaça.

– Falando em acompanhantes. Sabe? Em Nus, flagrei Pietro Berguet saindo do Pavone.

– O que é isso?

– Tá, você é romano, não pode saber. É um hotel, ou melhor, um tipo de motel. Saía com uma... foi até Nus, mas, minha opinião, na cidade todo mundo já sabe.

– E onde foi parar a proverbial discrição aostana?

– Nunca existiu. Você tem certeza de que por estes lados são todos silenciosos, reservados e tranquilos. Nada mais errado, Rocco. Em Aosta, como em todos os lugares, as pessoas cuidam muito pouco da própria vida. Preciso te lembrar como Nora descobriu que você punha chifres nela com a Anna? Não foi o padeiro?

– Verdade... e agora te digo o seguinte. No outro dia, quando a esposa do Pietro Berguet foi à delegacia, eu acho que ela já sabia. E preciso também ir falar com a filha... por que ela pediu para mim?

– Porque você salvou a vida dela, Rocco.

– Pode ser... como acabou a história do apartamento na Croix de Ville?

– Fui visitar. Com a Lupa, como você disse. Bom. Entrei. Lupa latiu.

– Mas a Lupa entrou no apartamento?

– Claro. Entrou, saiu farejando e depois, de repente... plaf! Fez cocô no meio do salão!

– Não!

– Te juro!

– Você ficou com o apartamento, espero.

– Claro que sim. O que você acha?

Rocco sorriu. Deu uma palmada no joelho do agente.

– Essa é uma bela notícia! O cocô no salão! Um ótimo início!

Italo passou pela rotatória; finalmente apareceu o prédio da delegacia em toda sua esqualidez. Uma caixa de cimento, quadrada e sem graça, pra tirar o sorriso até em um dia de primavera como aquele.

– Ah! entendi! – berrou de repente Pierron, e Rocco deixou o cigarro cair da mão.

– Mas que porra cê tá gritando, idiota?

– A história do bacalhau! Você pegou o assassino, e agora conserva ele de molho, assim ele amolece e fica no ponto... certo?

– Antes tarde do que nunca.

– Então, doutor Schiavone... – Costa tirou os óculos com armação de titânio e os colocou na escrivaninha. – Não vou esconder do senhor que esse seu silêncio me deixou pisando em ovos. Não vou ficar contando quanto eu tenho lutado para evitar os jornaleiros desta cidade, dos slaloms dignos de campeonato mundial que tenho de fazer todos os dias, principalmente quando o senhor não me traz notícias e resultados. Mas, por enquanto, os mantenho à distância. Espero que tenha alguma coisa para mim.

– Claro, doutor. Uma única coisa: preciso pedir que espere antes de convocar uma coletiva de imprensa. Por ora, vamos manter de molho o responsável pelo homicídio no presídio. Pelo menos até eu descobrir o mandante.

Costa sorriu.

– Bom. Sou todo ouvidos! – disse, excitado, e esfregou as mãos.

– Não precisa me escutar. Precisa ver este vídeo – Rocco se levantou da cadeira e colocou o DVD no leitor do PC do comissário. Uns cliques com o mouse, e o disco estava pronto para ser assistido. – O que estou mostrando, doutor, é a gravação da câmera de circuito interno do pátio do presídio. Observe bem.

À esquerda da tela começa a briga com Oluwafeme, Agostino e Erik contra Omar. E então Tarek e Aziz vêm correndo. Os agentes penitenciários Abela e Marini tentam acalmar a confusão. O molho de chaves no chão. Outros detentos. Tolotta, o guarda enorme, se lança no meio da briga, pega as chaves, as segura e atinge o nigeriano na nuca.

Rocco parou o vídeo.

– Não viu nada?

– Não – disse Costa. – O que eu deveria ter visto? Tem uma desordem, pessoas que se socam, guardas que as separam, e outros agentes que as levam em custódia.

– Na verdade, eu tive de rever o vídeo várias vezes. Mas finalmente entendi. Está vendo Tolotta, este aqui, grande como um urso, que chega correndo?

– Estou...

– Bom. Este é o guarda da ala 3. Veja, ele chega, leva uns socos, depois se ajoelha e pega o molho de chaves.

– Ele o havia perdido!

– Na verdade, é o que ele disse para mim também. Está vendo? Ele usa as chaves para atingir o nigeriano, depois as coloca no bolso. Esse é o molho de chaves dele. Por que elas estão ali no chão antes de Tolotta chegar?

Interessado, Costa olhou Schiavone que voltava a sentar-se à escrivaninha.

– O senhor precisa saber que essas chaves abrem as portas da ala 3. E, principalmente, uma porta específica, de ferro, pequena e quase nunca usada. Leva a um corredor, um túnel que mal tem um metro de largura, que leva a gente da ala 3 para a frente da ala 2. É uma passagem que serve para os guardas irem de uma parte a outra do pátio sem atravessá-lo.

– Volto à pergunta anterior. Por que as chaves de Tolotta estão ali no chão, antes que ele chegue?

– Porque elas não estavam com ele, mas com algum outro. Alguém que mata o Cuntrera na frente do portão da ala 3, corre pela passagem que margeia o pátio, sai na frente da ala 2 e se encontra do lado da briga.

– Cacete... – disse Costa, observando o monitor. – A briga então era uma armação...

– Isso. Organizada por esse mesmo guarda. Assim que Agostino Lumi, Oluwafeme e Erik começam a pancadaria, ele age em perfeita sincronia. Mata Cuntrera e reaparece do outro lado sem que ninguém perceba.

– Quem é o guarda? O velho? O moço?

– A princípio, eu pensava no velho Marini. Porque quem matou o Cuntrera sabia que aquele ponto não era enquadrado pelas câmeras, e Marini conhece o presídio como a palma da mão. Depois, fiquei pensando. Está vendo? Um velho detento, Mozzicarelli, sabe alguma coisa. Queria falar comigo, eu fui me encontrar com ele no refeitório. E, mal me viu, ele mudou de ideia. Estava assustado, estava se borrando nas calças. Fez de tudo para berrar na minha cara que não sabia nada sobre o caso, e o fez no refeitório. Na frente de todos. Para que o escutassem. Naquele momento, no refeitório estavam Biranson, Abela e Tolotta... Biranson, no dia do homicídio de Cuntrera, não estava trabalhando. Quem sobra? São dois os assassinos de Cuntrera. Abela fez tudo, Tolotta é cúmplice por causa da história das chaves.

– E, em sua opinião, por que fizeram isso?

– Deve haver um mandante. Primeiro, porque Abela começou a trabalhar faz pouco tempo. Segundo, porque Cuntrera não conhecia ninguém lá dentro e só estava lá fazia três dias. Tenho de descobrir quem pagou os dois, onde eles descobriram o uretano, que, certamente, não se encontra em uma enfermaria do presídio. Quem lucra com esse homicídio?

Costa sorriu.

– Prezado Schiavone, obrigado. É um prazer revê-lo entre nós.

– Sempre estive aqui. Agora, peço ao senhor sigilo máximo.

– Caralho, Schiavone! – berrou Costa. – Sou um comissário de polícia, não uma zeladora!

– Desculpe, o senhor tem razão.

Assim como se inflamara, o comissário se acalmou.

– O senhor tem uma ideia?

– Vaga, muito vaga. Mas é provável que ainda se relacione à licitação e a história dos Berguet. É aí que a gente tem de botar as mãos.

Costa fez uma careta.

– Talvez seja melhor deixar essa história de lado.

– Por que, doutor?

– Veja, durante sua ausência aconteceram umas coisas que... resumindo, é melhor esquecer tudo.

– Está se referindo à presença dos ROS na Procuradoria e aos carabinieri que estão atrás de Cremonesi e companhia?

Costa o encarou.

– Como o senhor faz para saber essas coisas?

– Vejo, me informo, observo, sinto odores, olho detalhes...

– ...enche o saco – acrescentou o comissário, em tom de cantilena. – Esqueça a história da licitação do hospital. Tem gente trabalhando no caso, acredite em mim.

— Vou tentar. Mas estou com a sensação de que vou acabar enfiando os dois pés na lama.

— E o senhor cuide bem dos sapatos. A casa na via Cerise, não vai ficar com ela?

— Encontrei uma incrível, na via Croix de Ville.

— Ótimo! Bem no centro!

— E longe do tribunal.

Não tinha sido preciso um tratamento longo. Guan cedeu só de ver as tesouras que Brizio colocara debaixo do olho esquerdo dele. O nome do segundo assaltante de Cinecittà havia surgido de um fôlego só.

— Paoletto Buglioni – dissera. Eles o soltaram da cadeira e saíram para a rua.

— Como a gente vai agir? – perguntou Brizio, enquanto olhava a cidade sob um temporal imprevisto. Sebastiano não respondeu. Só se ouviam os limpadores de para-brisa que riscavam o vidro e um cheiro de fumo rançoso no carro.

— Vamos encontrá-lo esta noite?

— A que horas ele sai da discoteca?

— Às cinco.

— Vamos comer alguma coisa.

— Mando um SMS pro Rocco – e Brizio pegou o celular.

— Não! – berrou Sebastiano. – Isso é coisa minha. Nada de Rocco. Deixa ele quieto.

— Mas Seba... ele...

— É o seguinte – berrou o homenzarrão. – Eu tenho de encontrar quem atirou na Adele. Pro Rocco a gente só diz tudo quando tudo estiver feito. Quer um *cacio e pepe*?*

---

* Prato típico da cozinha romana; macarrão com molho de queijo pecorino e pimenta preta. (N.T.)

— Sim. Na trattoria Roma Sparita?
— Por que, tem alguém mais que saiba fazer?

— O que é este monte de papel na minha escrivaninha? — berrou Schiavone assim que entrou na sala. A inspetora Caterina Rispoli veio pelo corredor.
— Bem-vindo...
— Que bagunça... E cadê a Lupa?
— Lupa está na casa da minha prima, que tem jardim, e está feliz. Deruta e D'Intino deixaram os papéis aqui. Não quiseram me dizer de que se trata, porque parece que só podem informar ao senhor.
— Ah, é, imagina só se eles iam falar com você... Mas o que é isso? — Pegou a primeira folha de uma pilha. Era uma lista de hóspedes nos hotéis dos dias 9 e 10 de maio. Uma luz se reacendeu em sua memória. Os dois policiais, minuciosos e atentos, estavam procurando todos os clientes de Aosta e redondezas nas duas noites do homicídio da rue Piave, o de Adele.
— Mas é um serviço imenso! — disse Caterina.
— Claro que é. Mas por quantos dias ficamos livres deles? Caterina sorriu.
— Mas depois isso vai servir para alguma coisa?
— Claro que não — disse Rocco jogando a folha na escrivaninha. — Bom. Agora me ponha a par das novidades enquanto vamos à casa dos Berguet.
— Dos Berguet? Fazer o quê?
— Preciso cumprir uma promessa. E, se vir uma mulher também, é possível que Chiara se descontraia e confie em nós. Força! Quanto mais cedo a gente for, mais cedo a gente volta.

Agora haviam se passado dois dias. Ficar atrás do balcão servindo café e croissants lhe dava a sensação de perder tempo.

Não havia desistido e, desde domingo, continuava a ligar para o celular de Corrado. Mas o resultado era sempre o mesmo: No momento, a pessoa desejada está fora de alcance. Tatiana, de manhã, havia até voltado à via Treviso, para tentar falar com outro vizinho; porém, com exceção das duas irmãs Iezzi, que continuavam a se insultar, não encontrou ninguém. As persianas de Corrado continuavam fechadas. Depois, pegou a velha bicicleta do contador De Lullo e andou por toda Francavilla procurando o Fiat Multipla de Corrado.

Nada.

– Mas você pelo menos se lembra da placa? – lhe perguntou Barbara, a dona da livraria, bebericando o último chá do dia, e quem, desde o dia do desaparecimento de Pizzuti, tinha uma luz diferente nos olhos. Feliz, quase, por poder mergulhar naquele mistério digno dos seus romances preferidos.

– Não... espere! – correu para a registradora e mexeu em uma agenda colocada ali embaixo. Encontrou um boleto pago e dois velhos recibos do seguro. – Tá aqui! – disse, radiante, a russa. Leu.

– Vamos dar para os policiais. Ciro e Luca. Se o carro foi abandonado em algum lugar, vai aparecer, não?

– Ótima ideia! – disse Tatiana. Depois, ela como um soco dado no plexo solar, lhe veio uma dor imprevista. E se encontrassem o carro? Abandonado vai saber onde? O que isso significaria? Que Corrado... Balançou a cabeça para afastar esses maus pensamentos. Correu ao telefone para ligar para a delegacia. Mas, antes disso, chegou justamente o Fiat Punto dos policiais, que o estacionaram na frente do bar. Ciro e Luca desceram sorridentes. Entraram e cumprimentaram Tatiana.

– Boa noite, belas senhoras!

– Boa noite! – responderam as duas.

– E aí? – perguntou Ciro. – Notícias do Corrado?

Tatiana negou com a cabeça.
- Faz dois sambuchinos* bem bons para nós?
Tatiana foi para trás do balcão.
- Eu ia mesmo ligar para vocês...
- Mudou de ideia? Resolveu ir jantar comigo? - Luca deu seu melhor sorriso.
- Nós pensamos - interveio autoritária Barbara, que merecia todo o respeito dos dois guardas - em dar para vocês a placa do carro de Corrado, já que ele também desapareceu.
- Ótima ideia, não é, Ciro?
- Ótima - e se aproximaram para pegar os copos de bebida. Ciro engoliu o seu de um gole só. Luca o bebericava.
- Vamos apresentar esta denúncia também. Você vai à delegacia, Tatiana, para preencher os papéis?
- Vou eu! - disse Barbara, que começava a não suportar mais a insolência do policial. Ele sorriu e bebeu outro gole do licor.
- No pior dos casos, vocês poderiam ir àquele programa da televisão, não? Como se chama...
- Mas vocês acham que é coisa pra rir? - berrou Tatiana. - Hein? Isso é uma coisa séria! - e o guarda municipal enrubesceu. - Corrado desapareceu! E o carro dele também. E não atende o celular. E não estava sozinho em casa. Corrado passou por poucas e boas, esteve até na prisão. É por isso que você não pode rir, tem de levar a coisa a sério, já que veste um uniforme!
- Calma, Tatiana - interveio a dona da livraria. - Luca só queria brincar. Não é, Luca?
- Na verdade...
- Por favor, vá pra delegacia e faça a denúncia.

---

* Bebida preparada com anis e folhas de sabugueiro.

– É preciso! – reforçou Ciro. – A gente te quer bem, Tatià, e até o tonto do Corrado. Depois que o Luca beber o sambuco, a gente vai e ajeita tudo...

Luca esvaziou o copo e colocou a mão no bolso para pagar a conta.

– Não, Luca, eu ofereço – disse Tatiana, mais tranquila, arrependida do acesso de raiva. – E me desculpe. Só estou um pouco nervosa.

Luca pegou os papéis do seguro e, junto com o colega, saiu do bar.

Tatiana cruzou os braços e se apoiou na máquina de café. Em silêncio, Barbara terminou o chá. Só nesse momento percebeu que a russa estava chorando.

– Tatiana! – correu para trás do balcão. – Não, Tatiana, não.

O abraço da dona da livraria, em vez de acalmá-la, surtiu o efeito contrário. Tatiana se descontrolou e desandou a chorar forte. Os joelhos fraquejaram e ela se deixou cair. Ficou assim, apoiada pelos braços da amiga, como um trapo pendurado ao sabor do vento.

– Minha amiga... você vai ver que a gente encontra ele. Você vai ver só.

– Não, Barbara, não – respondeu, soluçando. – Eu sei. Eu sinto. Corrado morreu! Morreu!

Chiara e Rocco estavam sentados na cama. Caterina, por sua vez, em uma cadeira giratória da mesa de estudos da menina, repleta de fotografias e de CDs. Na porta, Giuliana olhava a filha com tamanha intensidade que parecia querer lhe transmitir apenas pensamentos positivos e vontade de viver. Por outro lado, Chiara estava distraída com a paisagem fora da janela. Pálida, séria, mantinha o queixo apoiado nos joelhos encostados ao peito. A noite havia caído e a única luz que iluminava o quarto era o abajur em forma de balão na mesinha de cabeceira.

— Posso trazer alguma coisa para vocês?

Chiara começou a apertar os joelhos num ritmo compulsivo.

— Não, senhora, obrigado — respondeu Rocco. Mas Giuliana não ia embora.

— Um chá? — perguntou a mulher ao subchefe de polícia.

— Obrigado, senhora, nada.

— Mãe, eles não querem nada, por favor! — disse Chiara com um fio de voz. Giuliana abaixou a cabeça e saiu do quarto batendo a porta às suas costas.

— Que saco! — resmungou Chiara.

Rocco olhou Caterina. Depois, de novo a menina.

— Você está exausta...

Não respondeu. Continuava a olhar para fora.

— É normal que a sua mãe se preocupe, sabe?

— Mas enche o saco! Ela só sabe fazer isso.

— É o papel dela — disse Rocco. Chiara sorriu.

— É.

Na cama estava um livro em francês. Um livro de fábulas. Rocco o pegou.

— Está lendo?

— Lição de francês. É uma fábula do Anatole France...

Rocco o pegou.

— *Abeille*... o que quer dizer?

— Abelha... abelhinha... é uma fábula, eu disse. Mas não sei, não consigo me concentrar. Leio uma linha e depois...

— E depois?

— E depois a cabeça começa a virar. Estou de novo dentro daquela garagem no meio da neve.

Rocco colocou o livro na cama:

– Uma menina sozinha no bosque nas mãos de um ogro malvado, aí chega o príncipe encantado e a salva.

Finalmente Chiara olhou o subchefe de polícia.

– O senhor seria o príncipe encantado?

– Na fábula, sim. Na realidade, não. Sou só um policial.

– É, na verdade, imagino o príncipe encantado um pouco diferente.

– Sei. Se parece mais com o Max Turrini, não é?

Chiara mordeu os lábios.

– É. Max continua a vir aqui. Mas não sei. Me diga a verdade, doutor Schiavone. Me violentaram, certo?

Caterina procurava os olhos do chefe, que respondeu sem lhe dar atenção.

– Sim, Chiara. Violentaram.

Chiara fungou, depois secou uma lágrima.

– Obrigada. O senhor é o único que me diz a verdade.

– Em muitos casos, sempre se sai ganhando. Outras vezes, é melhor não dizer. Mas acho que você deve saber como as coisas realmente estão. De qualquer modo, os dois filhos da puta estão mortos.

– Eles, sim. Mas quem deu ordens para eles está morto?

– Também morreu. No presídio.

– Bom, não me envergonho por dizer que estou feliz.

– Sabe o que eu faria se estivesse no seu lugar?

– Não.

– Este ano, não iria para a escola. Tiraria um ano sabático. E iria embora. Iria ver um pouco o mundo. Londres, Paris, Amsterdã... Cá entre nós, em Amsterdã tem uma erva dos sonhos. Já provou o gran mix?

Chiara sorriu:

– Dito por um policial, ainda por cima...

– Olha. – Rocco enfiou a mão no bolso. Pegou um baseado já pronto. Caterina arregalou os olhos. Chiara também. Rocco o acendeu. Deu uma tragada.

– Ahhh... já me sinto melhor – e passou o baseado para Chiara, que, no entanto, ficou com os braços cruzados nos joelhos. A menina olhou o subchefe de polícia como se pedisse permissão. Caterina, imobilizada na poltroninha giratória de couro, não mexeu um músculo. Devagar, a menina estendeu uma das mãos, pegou o baseado, levou-o à boca, tragou. Fechou os olhos. Então, soltou a fumaça.

– Bom – disse.

– Não é? Essa erva vem de Amsterdã, por falar nisso.

Finalmente Chiara começou a rir.

– Não dá pra acreditar. Um subchefe de polícia que me passa um baseado!

– Não é? Esta também é a realidade. Quer dizer, um príncipe encantado viciado eu não consigo mesmo imaginar.

Chiara deu outra tragada e, tímida, passou o baseado para Caterina, que fez que não com a cabeça.

– Caterì, uma tragada nunca matou ninguém.

– Eu não... desde o tempo da escola que não...

– Por isso mesmo.

Caterina o pegou. Observou-o.

– O cheiro é bom – disse. Rocco piscou para ela. A inspetora levou o baseado à boca, segurando-o com o polegar e o indicador, como se tivesse medo de sujar os dedos. Fez um *o* com os lábios e deu uma boa tragada. Engoliu a fumaça. Não tossiu.

– Obrigada – disse, enrubescendo. E devolveu-o para Rocco.

– Um ano sabático, o senhor está dizendo? – perguntou Chiara.

– Por que não? Você vai bem na escola, sei que tem notas muito boas. Você pode se dar ao luxo. Atrase em um ano a universidade. E daí? Pense no Max, que tem 21 anos e nem este ano se forma.

– Aquele lá, se os pais não dão uma boa engraxada nos professores, vai se formar no ensino médio com o filho.

Os três deram risada. Rocco passou de novo o baseado para Chiara, que, dessa vez, fumou sem grandes melindres.

– Acho que para o senhor eu posso dizer. – Levantou-se. Pegou a muleta apoiada à mesinha de cabeceira, foi ao armário e o abriu.

Quando voltou para a cama, tinha nas mãos um monte de folhas brancas.

– Você escreveu um livro? – perguntou Rocco, assustado.

– Não, fique tranquilo. Estas são cópias que Max fez. – Sentou-se de pernas cruzadas, colocando as folhas entre os joelhos. – São coisas que ele descobriu no escritório do pai. Porque já faz um tempinho que as coisas não fazem muito sentido pra ele.

– Não entendo.

– Os pais... ele odeia. Odeia aquela idiota da mãe, o galinha do pai. Os Turrini são gente ruim. E convivem com gente ruim.

– Isso eu sei por experiência pessoal – disse Rocco.

– Eles fazem umas coisas estranhas. Max fez cópias dos documentos que o pai mantinha em um cofre e trouxe para mim porque ele não entende porra nenhuma disto aqui.

– E o que você entendeu?

– Pouco. Mas... – e começou a virar as folhas – mas uma coisa fica muito clara. O pai tem uma dezena de sociedades, a metade na Suíça. E não dá pra entender direito pra que elas servem. Além do mais... – e entregou uma folha para Rocco

– Está vendo este documento? É um contrato com uma construtora... aquela que tirou a licitação do escritório de meu pai.

– Chiara, essas coisas são muito delicadas.

– Leve para o juiz Baldi. O senhor ele vai escutar.

– E como justificamos para o juiz a posse destes documentos? – perguntou Caterina.

– Caterì, esse é o menor dos problemas. Baldi está acostumado com isso, pelo menos, desde que trabalhamos juntos. – Devolveu a folha para a menina. – Vamos fazer o seguinte, Chiara. Eu levo esses documentos ao tribunal. Não cito o seu nome, nem o de Max. Você, em troca, faz uma coisa por mim.

– O quê?

– Se veste, volta a ser a pessoa bonita que você é, esquece este quarto e as fábulas do Anatole France, vai até a escola, diz tchau para os colegas e vai embora, ou então se senta na carteira e volta a fazer aquilo que, na sua idade, se faz melhor.

– E o que seria?

– Viver.

Caterina olhava o subchefe de polícia Schiavone, que acariciava a cabeça da menina. Não sabia o motivo, talvez fosse aquele gesto, as palavras que tinha ouvido, o baseado que tinha fumado, mas aconteceu alguma coisa no fundo do seu coração. Não entendeu se aquilo se devia a uma emoção ou a uma extrassístole. Sorriu e descobriu que uma lágrima surgia no olho esquerdo. Enxugou-a, rapidamente. Também poderia ser o resultado de uma emoção ou de um elemento alergênico da marijuana.

– Aonde o senhor vai? – perguntou Caterina assim que Rocco parou o carro na frente do prédio onde ela morava.

– Ainda preciso fazer uma visita. É melhor você voltar para casa, o dia já terminou.

Caterina olhou para o portão.

– Como sabe que eu moro aqui?

– Faz meses que eu te sigo – respondeu Rocco, sério. Caterina, a princípio, ficou pálida, depois entendeu a brincadeira e sorriu.

– E então deve saber também que vou dormir tarde...

Por que disse isso pra ele?, se perguntou Caterina. O que está passando por sua cabeça? Ficou louca? Abre a guarda para um convite?

Pensamentos velozes como a luz, mas agora a frase fora de hora já havia passado por sua boca.

– Não sabia que você tinha dificuldades para dormir. Você precisa encontrar alguém que te faça companhia.

Caterina olhou Rocco nos olhos.

Deus do céu, ele está tentando?, pensou, horrorizada.

– Vai, Caterì... senão a gente acaba dormindo aqui.

A moça assentiu. Sorriu. Abriu a porta e saiu do carro. Rocco partiu em alta velocidade. Não esperou para verificar se ela pelo menos tinha as chaves de casa. E aquela falta de atenção a perturbou. Mas depois, enquanto punha a chave na fechadura, se sentiu confusa.

Sou uma policial, sou uma colega, não sou uma amiga que ele trouxe para casa depois de um jantar, disse com seus botões.

Mas também sou uma mulher, não?

Não se pode pensar que é uma policial ou uma mulher conforme convém.

Você é as duas coisas.

Então, vamos botar tudo em pratos limpos: com ele, sou uma policial.

Errado!

Encontrar-se em meio a pensamentos assim opostos, atingida por suas reflexões, a deixava mais cansada que o dia de trabalho.

– Ai, caramba – disse, enquanto abria o portão e subia as escadas –, vê se você se ajeita! Primeiro, morre de vergonha; depois se lamenta porque ele nem se despediu... Essa foi a primeira e a última vez que fumei, nem que o mundo caia!

– E faz muito bem, Caterina! – lhe disse a sra. Cormet, enquanto descia para colocar o lixo fora.

Caterina levou a mão à boca. Tinha falado em voz alta.

Segundo Giuliana Berguet, embora as esperanças fossem poucas, Pietro ainda deveria estar no escritório da Edil.ber, a construtora. As luzes do primeiro andar estavam acesas. Rocco desceu do carro e se dirigiu para a entrada. Entrou. Não tinha ninguém. Nem um guarda noturno, nada. Tudo apagado. Pegou o elevador e subiu.

No saguão circular, apenas uma luz vinha do escritório de Pietro. Uma música abafada vinha da parte interna. Rocco bateu à porta. Nenhuma resposta. Bateu mais forte. Alguém desligou Grover Washington Jr.

– Quem é?

– Schiavone, polícia do Estado... – e abriu a porta.

Pietro Berguet estava sentado à escrivaninha. De camisa, o colarinho aberto. A gravata pendurada nas costas de uma cadeira. O paletó no chão. Estava sozinho e fumava um cigarro que empesteara o ar. Lá fora, à distância, engastado nas montanhas, um presépio de casas iluminadas. Pietro semicerrou os olhos.

– Ah, é o senhor. Estava pensando no guarda noturno.

– Não. E, por falar nisso, não o vi.

– Deve estar fazendo a ronda – respondeu Pietro.

– Mas assim como eu entrei, poderia entrar qualquer outro, não?

– Para fazer o quê? O que ainda me sobra para perder? – e fez um gesto para Rocco, que foi sentar-se no sofá onde, só uns dias antes, sentara-se Cristiano Cerutti, o braço direito de Berguet, que o vendera ao pior comprador.

– Me diga uma coisa... que história horrível na sua casa – comentou Pietro.

– É. História horrível.

– Aqui a gente também não está às gargalhadas!

Pietro ergueu o cigarro. Observou-o. Girou-o entre os dedos.

– Não. Diria que não. – Então o apagou no vidro da mesa. – Me deixaram na pior.

– E o senhor, está fazendo o quê?

– Fumando.

– Poderia fazer outra coisa.

– Me dê um exemplo.

– Por exemplo, poderia dar uma olhada em sua filha.

– É. – Pietro se levantou. Foi até a janela. A camisa amarrotada para fora das calças. – Chiara... talvez seja ela quem está se recuperando melhor. Que belo fracasso, não?

– Está se referindo a quê?

– A mim. Como pai, empreendedor, marido...

Na mesa havia uma caixinha ainda por embrulhar, ao lado dela o papel de presente dobrado.

– O senhor nunca se lamenta, doutor Schiavone?

– Como todo mundo. Mas depois me acontece alguma coisa lá dentro e decido que já chega. – Levantou-se. Foi até a janela. – Quer saber o que está acontecendo enquanto o senhor está aqui bancando o deprimido?

Pietro o olhou nos olhos. Estavam secos. Mas a pele abaixo das pálpebras tremia.

– O senhor está fazendo pacotes, vai saber pra quem... O que é, um perfume, aí na mesa?

O diretor da Edil.ber se voltou de repente e olhou a caixa.

– Sim, é um perfume – concedeu.

– *Carnal flower*... e, na minha opinião, não é para sua esposa.

– Acho que o senhor deveria cuidar da própria vida.

– Não posso, já que as mulheres da sua casa me botaram dentro desse caso de novo. Giuliana chegou ao limite, isso o senhor sabe. Sua filha, por falar nisso, que tem personalidade para dar e vender, me deu uma coisa... uma coisa que, amanhã, vou levar para o juiz.

– O que é?

– Uma pista. Talvez apenas um indício, talvez fraco, mas que, no entanto, poderá ajudá-lo. Alguma coisa que talvez ferre Luca Grange e seu grupinho de filhos da puta.

Uma luz fraca se acendeu nos olhos do homem.

– O que a minha filha lhe deu?

– Documentos muito interessantes.

– E por que não os deu para mim? – berrou Berguet.

– Para quem? Para um pai transtornado, que não sabe para onde se virar e que frequenta prostitutas nas horas livres?

Pietro respirava e não falava.

– O que o senhor teria feito? Eu lhe digo: uma confusão. Por outro lado, a menina, que é esperta, muito esperta, acredite em mim, os deu para mim. E, graças a isso, talvez ainda haja uma esperança para o senhor, para a sua família e esta construtora.

Pietro voltou a sorrir.

– E não pode me dizer...

– Não. – O subchefe de polícia o interrompeu. – Acho que não. Quanto menos o senhor souber, melhor. Só um conselho, e desta vez como amigo, e não como policial. Volte para casa, fique com a família. O senhor nem imagina a sorte que tem. E fique ao lado da Chiara. Não como um bêbado ou colérico. Como homem. – Rocco se dirigiu para a porta. No meio da sala, ele se voltou e mostrou o pacote. – Esse perfume... jogue fora, ou melhor, leve para a sua esposa. Ainda que não seja o que ela use, talvez ela goste. É lógico que eu nunca botei os pés aqui.

– Lógico – assentiu Pietro. – Mas eu, doutor Schiavone, o que devo fazer? Chamo os advogados?

– O senhor ainda não me entendeu. Fique quieto. Confiou em mim uma vez? Confie de novo.

Saiu da sala. Voltou para o elevador. No térreo, as luzes se acenderam de repente. Um homem com uniforme de vigia noturno e uma lanterna na mão o olhou.

– Quem é o senhor? Está fazendo o que aqui?

Schiavone não se dignou a olhá-lo.

– Ah, tudo bem... boa noite! – e saiu da Edil.ber.

Estava enojado. Toda essa bondade, de onde vinha? Essa onda de amor pela família Berguet? O que significavam para ele? Pouco mais que um caso resolvido. Gente que não gostaria de voltar a ver. E agora? Tinha se sentido um imbecil ficando ali fazendo discursos de velho sábio para aquele infeliz embriagado. O que estava acontecendo com ele?

– Tá ficando sentimental, Schiavò? – disse, se olhando no retrovisor enquanto ligava o carro. – Maldita primavera... – resmungou, engatando a ré.

Lupa dormia aos pés da cama. Rocco tinha decidido que era hora de voltar às boas leituras. Tinha o livro apoiado no estômago e sorria a cada página.

"O que você está lendo?"

"Carl Hiaasen. Conhece?"

"Tourist Season... não, nunca li. Como é?"

"Até que é bom... e você?" Marina está deitada ao meu lado. Está com o rosto apoiado na palma da mão. "Estou te olhando."

"E não vê nada de interessante?"

"Principalmente estas rugas que apareceram ao redor dos olhos." Ela aproxima um dedo. Parece que quer tocá-las. Em vez disso, o retrai, como fazem os olhos dos caramujos. "Você vai para aquela casa onde a Lupa marcou o território?"

"Claro que vou. Resolvo umas coisas, tiro um peso das costas e me mudo. Já paguei a fiança."

"Seiscentos e cinquenta por mês! Em pleno centro. Em Roma, nem uma garagem. Nada mau, não?"

"Estamos em Aosta, que não é Roma."

Ela suspira.

"Quando você vai aprender a viver aquilo que acontece com você?"

"Por quê, o que estou fazendo?"

"Está fingindo. Tem de resolver se entra no lugar ou fica fora. Não dá para ficar sempre com um pé de cada lado."

Que saco.

"E não diga que saco!"

"Não disse, Marì..."

"É, mas pensou. Sabe que leio os seus pensamentos."

Eu a olho. Acho que devo começar a usar óculos para perto, porque os traços de Marina, assim como as páginas do livro, estão meio fora de foco. E não estou chorando.

"É porque o grau vai aumentando... é normal. Com a idade..."

"Você sempre usou óculos."

"Alto lá! Eu tenho miopia. E, além disso, usava lentes. Com óculos eu parecia um sapo."

"Gosto de você mesmo com óculos."

"Gostava. A língua italiana tem regras, respeite pelo menos as da sintaxe."

"Gosto mesmo com os óculos." Insisto. "Não usa mais?"

Marina se apoia na almofada e olha o teto.

"Não são úteis. Não preciso deles. Rocco..."

Quando ela me chama assim, e usa essa entonação precisa, esse tom, essa nuança, meu estômago sempre se revira.

"O que é?"

"Não vou para a casa nova."

Tem alguma coisa que não consigo engolir. No entanto, eu nem jantei.

"O que quer dizer com isso?"

"Não vou. Não vou mais. Talvez quando você voltar para Roma, se voltar, eu te espero lá. Mas aqui eu não tenho mais nada a fazer."

"Não tem mais nada a fazer? Você tem de ficar comigo."

Ela passa uma das mãos no rosto. É branca como a neve, e leve como grãos de pólen.

"Estou cansada, Rocco. Você acredita em mim se eu te disser que não aguento mais?" Vira o rosto. Os músculos do pescoço se retesam. Fecha um pouco os olhos. "E nem você aguenta mais, meu amor."

Cerro a mandíbula. Duas, três vezes.

"O que quer dizer que eu não aguento mais? Eu aguento muitíssimo bem..."

"Não, não aguenta mais". Estende a mão. Quer me acariciar. Fecho os olhos. Desta vez eu a sinto! Sinto a sua mão no meu rosto. Sinto a sua pele, o seu calor, as suas veias e o seu sangue que corre veloz. Está aqui. Está aqui de novo, comigo. Para sempre.

"*Tchau, Rocco... boa noite.*"
Fecho os olhos. Não quero que ela me veja chorando. Não agora. Ela não merece. Quero segurá-la pela mão. Mas toco o meu rosto. Sinto a barba. Abro os olhos. Ela não está. Não está mais.
Marina? Fale de novo, meu anjo...

Terça-feira

Paoletto Buglioni havia parado de trabalhar às quatro e meia. Tinha entrado em seu Smart, e quem o visse embarcando no carro apostaria que aquele homenzarrão seria incapaz de fechar a porta. Costeando o Tibre, seguiu para o Testaccio, em seguida, Ostiense. Na Ponte Marconi virou à esquerda na direção da Cristoforo Colombo. Era a hora em que as pessoas que tinham de ir trabalhar ainda estavam tomando café da manhã, e eram poucos os que voltavam para casa depois de uma longa noite. Paoletto bocejava e procurava manter alto o volume do rádio. Ajudava a não dormir na mesma hora. Passou o grande anel viário e entrou na bifurcação dos três pinheiros. Ali seguiu pela direita, prosseguiu por uma rua que, quinze anos antes, tinha sido pouco mais que uma estradinha de terra, depois à esquerda pegou uma subida pavorosa que o levava diretamente para seu bairro, Vitina. Um aglomerado de casas, mais da metade *villas* e predinhos ilegais da década de 70, atravessado por um punhado de ruas de mão única. Estacionou. Era um lugar reservado para portadores de necessidades especiais, mas no bairro ninguém, nem um policial, teria ousado negar-lhe o privilégio. Desceu do carro e pegou as chaves de casa. Passou pelo portão. Subiu um lance de degraus e finalmente se encontrou na frente do apartamento 3, o seu. Abriu e acendeu a luz. Pendurou o casacão e entrou na sala. Comodamente sentados no sofá estavam dois homens.

– Que porra...?

– Oi, Paolè – disse Brizio. – Lembra? Este é o Sebastiano.

Paoletto recobrou o sangue-frio.

– Claro que lembro. E por que estão na minha casa?

— Porque você tem um alarme antirroubo de merda – respondeu, sério, Sebastiano.

— Estou cansado, quero ir dormir, então me digam logo o que querem e parem de encher o saco.

— A gente diz agora mesmo, não é, Seba?

Sebastiano se levantou. Mesma altura de Paoletto. Olhou-o calmo, nos olhos.

— No banco, em Cinecittà, há três anos, com o Pasquale... o outro era você.

— Eu? Mas o que tá passando na sua cabeça?

— Presta atenção, não era uma pergunta – prosseguiu Sebastiano. – É uma afirmação. Mao Tsé-tung disse pra gente.

— Guan Zhen – corrigiu Brizio, lá do sofá. – Ele tem uma lojinha na via Conte Verde, propriedade da família do falecido Pasquale, amigo dele de toda a vida.

— Guan? Nunca ouvi falar.

— Ele, no entanto, sabe que foi você. Você atirou e matou aquele coitado do aposentado.

Paoletto tocou o nariz.

— Brizio, agora te digo uma coisa. Não sei de que porra cês tão falando, são mais de cinco horas, eu trabalhei o dia inteiro e agora vou dormir. Na geladeira tem cerveja e até leite, então vocês podem escolher: café da manhã ou aperitivo. Quando saírem, fechem a porta. Posso até ter um alarme de merda, como disse o Seba, mas me sinto mais tranquilo se vocês fecharem – e, para dar prosseguimento em suas intenções, tirou o casaco e ficou com a camisa branca. Sob o algodão saltavam os músculos enormes do leão de chácara do Hysteria.

— Pra nós, pouco importa se você matou alguém. A gente só quer saber daquela pistola que você usou...

— Cacete! – disse Paoletto, erguendo os olhos para o céu. – Não tenho nada a ver com isso!

– Pra quem você deu ela? – insistiu Sebastiano. – Pro teu irmão?

– Meu irmão?

– Aquele pateta do Flavio? Você deu pra ele?

Paoletto se postou a poucos centímetros de Sebastiano. Não tinha medo dele.

– Que porra o meu irmão tem a ver com isso? Flavio mora com a minha mãe, que tem 85 anos.

Pareciam dois carneiros selvagens prontos para lutar com chifradas. De um lado, músculos e academia; do outro, raiva contida. Brizio tentou evitar que eles chegassem ao ponto sem volta.

– Paolè, eu te disse: o que a gente quer não é você, nem o teu irmão, mas a pistola que você usou.

O leão de chácara continuava a olhar Sebastiano nos olhos. Rangeu os dentes.

– Se eu te disse que não sei porra nenhuma, não sei porra nenhuma.

– Sabe qual é o teu problema? – perguntou-lhe, calmo, Sebastiano.

– Não, qual é?

– Quando você se confrontar com alguém cara a cara, tem de lembrar duas coisas. A primeira, escovar os dentes. A segunda, nunca, nunca mesmo, confrontar a pessoa de frente. Sempre de lado. Sempre... – e, com um gesto muito rápido, agarrou os testículos de Paoletto, que berrou de dor. Ele os apertava tanto que o enorme leão de chácara lentamente caiu de joelhos. A mão imensa de Seba era uma prensa com as veias cheias de sangue e a pele vermelha por causa do esforço. Brizio não tinha se levantado do sofá. Limitava-se a observar a cena. Paoletto continuava a berrar, "Solta! Soltaaaa!", mas Seba não afrouxava. Só quando o vermelho-escuro do rosto de Paoletto se aproximou do roxo, o urso-marsicano soltou. Buglioni continuou no chão, encolhido, com as mãos nos testículos e uma máscara de dor no rosto. Rolava pelo tapete da salinha xingando tudo quanto era santo. Lentamente, Seba subiu em cima dele, imobilizando-lhe as mãos com os joelhos. Pairando, imenso, sobre ele, falou com voz tranquila:

– A pistola. Pra quem você deu? – e acompanhou a pergunta fechando o punho, uma maça pronta para se abater no rosto de Paoletto.

– Pro meu... meu irmão... Flavio. Ele tinha me dado.

Seba assentiu. Levantou-se. Limpou as calças na altura dos joelhos.

– Se eu descobrir que você telefonou pra ele, nós voltamos. E não te esperamos no sofá.

– Ele tá dizendo – disse Brizio, se levantando – que se você vir a gente voltando, cê vai morrer. Tchau, Paoletto. – e pulou por cima dele a caminho da saída.

Sebastiano lançou uma um derradeiro olhar ao leão de chácara ainda caído no chão e depois seguiu o amigo.

– Se o seu cachorro quer esse tapete, eu dou de presente. – O juiz Baldi havia se levantado da escrivaninha para observar o trabalho minucioso com que Lupa desmanchava o falso bukara.

– Lupa!

A cachorra parou de mastigar e apoiou o focinho no chão com olhos culpados.

– Desculpe.

– E agora, esses papéis?

Rocco estendeu as folhas que Chiara Berguet lhe dera.

– Aqui. Tem muita coisa interessante.

– Como o senhor conseguiu isso? – Baldi pegou as folhas e começou a lê-las.

– Max, o filho dos Turrini. Ele fez as cópias e deu para a Chiara. Ele não é um gênio, mas intuiu que naquela casa tem coisa podre, e a situação evidentemente o deixa enojado.

Um sorriso imenso e radiante iluminou o rosto de Baldi.

– Tem tantas coisinhas lindas aqui... Ah! – berrou de repente, apontando com o dedo uma folha um pouco amassada.

– O que é? – disse Rocco, quase assustado. Até Lupa ficara com as orelhas em pé.

– Nada. Eu sabia. Eu sabia! – levantou-se de um salto da cadeira. E depois se sentou. A excitação era evidente em cada fibra de seu corpo. – Isto nos ajuda, nos ajuda e como! – olhou para Rocco. – Que os Turrini estivessem mancomunados com Luca Grange a gente sabia já fazia tempo. Quem, além de Chiara, do senhor e de mim, viu estes papéis?

– Chiara, o senhor e eu. E Max, mas é como dizer que um cego os viu.

Baldi continuou a ler os documentos.

– Seis sociedades na Suíça... esta eu conheço, esta também... – parecia um menino absorto em uma troca de figurinhas. – Esta eu tenho... esta eu tenho... ah! Esta faltava! A Viber! Demais! Demais! Demais! Schiavone, esta é maná. Bendita, e muito, muito importante. – Colocou os documentos na mesa. – O que devo lhe dizer? Obrigado!

– Por nada. Agora preciso lhe perguntar... um agente meu se encontrou com um carabinieri enquanto estava seguindo Cremonesi.

– Eu sei. Todos sabemos. Nós estamos trabalhando nisso.

– Nós quem?

– O senhor sabe. O senhor o viu no outro dia aqui em minha sala. Não me faça perguntas, em vez disso, me diga... o problema no presídio?

– Resolvido.

Baldi bateu as mãos e as esfregou.

– Mas o que é hoje? Natal? Sabe quem matou Cuntrera?

– Sim. Não sei quem é o mandante. Ou melhor, tenho uma suspeita... Me faltam duas pecinhas para encerrar a história.

– Com o dia de hoje o senhor compensou meses de impaciência e de blasfêmia judiciária! Como posso ajudá-lo?

– Não pode. Agora é problema meu. Me falta um detalhe. – Rocco levantou um dedo na frente do rosto, e o fez girar, como se quisesse fazer girar um moinho de vento. – Sinto que esse detalhe gira, gira, gira no meu cérebro, mas é tão rápido que não consigo agarrá-lo!

D'Intino e Deruta tinham colocado mais umas dezenas de páginas com a lista dos hóspedes nos hotéis e motéis nas noites dos dias 9 e 10 de maio, seguindo as ordens de Rocco. O empenho com que eles estavam trabalhando era comovente. Até tiveram uma ideia que, em sua imaginação efervescente, facilitaria o trabalho do subchefe de polícia: destacar com rosa as mulheres e os homens com azul. Ainda não tinha ficado claro o que eles queriam comunicar com os marcadores de texto verde e amarelo. Rocco prometeu a si mesmo que perguntaria assim que os encontrasse. Antonio Scipioni e Italo estavam em sua sala. Rocco abriu a gaveta com a chave. A Ruger estava ali, junto com quatro baseados já preparados. Mas não era hora. Estava procurando as fotos de Scipioni no restaurante.

– Cadê?

– Eu coloquei na gaveta do meio. Na que tem chave eu não ponho a mão, você sabe! – respondeu Scipioni.

— Faz muito bem!

Pegou-as. Quatro pessoas sentadas à mesa. Reconheceu na hora Walter Cremonesi e Amelia. Os outros, de costas, eram irreconhecíveis.

— Quem são estes dois? – e deu a foto para Antonio.

— Não sei. Nunca vi. Um tem olhos azuis...

— Parece um husky?

— Um cachorro que puxa trenó? Sim, eu diria que sim.

— Então ele é Luca Grange. O outro?

— É um homenzinho baixo e um pouco grosseiro.

— Cheio de rugas?

— Isso... cheio de rugas e anda com as pernas assim. – Antonio tentou encurvar as coxas transformando-as em parênteses. – Tudo bem, não consigo, mas, quer dizer...

— Tipo um jogador de futebol? – disse Italo.

— Hã, alguém que jogou futebol... mas com o Mazzola, porque tem no mínimo setenta anos.

Rocco olhou Scipioni, sério.

— Você está caçoando do Sandro Mazzola?

— Eu? Não, por quê?

— Porque Sandro Mazzola é o que de mais próximo da essência do futebol este país já teve. Guarde esta frase na cabeça, escreva na parede do teu quartinho, compre um pôster do campeão e o venere a cada dia que passa.

— Mas ele era da Inter... – objetou Italo – e não da Roma!

— Imbecil! Quando se fala de um campeão assim, a camiseta é um detalhe insignificante. É patrimônio da humanidade inteira, entendeu? – Tornou a olhar a foto. – Na opinião de vocês, por que alguém leva um groom para jantar?

— O que é um groom? Uma especialidade valdostana? – perguntou, sincero, Scipioni.

— Não. Fale pra ele, Italo.

– Um groom? É um cara, lá... aquele que tem as coisas... não? – e, com as mãos, estava desenhando no ar um tipo de círculo. Rocco ergueu os olhos para o céu.

– Ignorantes medonhos. Groom, palafreneiro, estribeiro, no nosso caso... cavalariço. Então, repito: por que dois empreendedores e uma *entraîneuse** levam um cavalariço para jantar?

– Uma *entraîneuse*?

– Sim, Italo. Amelia é isso. Então?

– Não sei. Querem falar de cavalos?

– Ou então este tipinho aqui é algo além de um cavalariço, não?

Se estivesse em boas condições, talvez lavado e embelezado com uma boa passada de cera, se o espelho retrovisor estivesse íntegro, se o para-brisa não tivesse uma rachadura que ia de um canto para o outro, se os aros dos pneus não estivessem sem as calotas, se as lâmpadas das luzes de ré e dos faróis não estivessem expostas e sem as lanternas, se os pneus não tivessem sido esvaziados e rasgados, nenhum agente da polícia rodoviária de Pescara teria notado o Fiat Multipla verde estacionado fazia dois dias perto da estação rodoviária. Por outro lado, aquela carcaça atraíra atenção, e o aviso de que o carro de Corrado tinha sido encontrado chegou à delegacia municipal de Francavilla al Mare, província de Chieti. A coisa havia, de repente, assumido contornos pavorosos. De nada tinham valido as palavras de consolo que Ciro e Luca disseram para Tatiana, e nem os abraços da dona da livraria. Estava claro para todos que aquele carro abandonado marcava o início de algo trágico, sombrio e assustador.

---

* Jovem mulher que trabalha em bares, boates etc., levando os clientes a dançar e ou/consumir. (N.E.)

– Por que o teria deixado ali? – continuava a se perguntar a russa, apoiada no parapeito do cais que dava para o mar. O vento despenteava seus cabelos e enxugava suas lágrimas. Tinha fechado o bar e estava ali com Barbara, que tentava reorganizar as ideias.

– Na estação rodoviária, talvez tenha pegado um ônibus. Senão, o quê?

– Também poderia ser... – arriscou Barbara, porém mais para confortá-la que por uma verdadeira convicção – que alguém tenha roubado o carro e depois o tenha largado ali para voltar para casa.

– E por que teriam roubado o carro? – perguntou Tatiana com um lampejo de esperança.

– Talvez seja um idiota que queria chegar a Pescara, viu aquele calhambeque e o pegou. Corrado é do tipo que deixava no carro... quero dizer, deixa até as chaves.

– E para não pegar um ônibus onde nunca sobe um fiscal, e que te leva para Pescara em menos de meia hora, alguém se arriscaria a ir para a prisão?

– E se tivesse rodado com o carro antes? Se tivesse usado para um assalto?

– Um Fiat Multipla detonado?

Barbara sabia, devia haver outra explicação. Qualquer uma, mas não a que ela ou Tatiana já haviam entendido fazia um tempo. Tentou outra cartada.

– Escute. E se ele queria desaparecer? Talvez tenha aprontado alguma coisa em Roma que não podia contar pra ninguém. Lembra, os últimos dias, ele estava assustado, pensativo...

Tatiana a olhou nos olhos.

– Quer dizer que ele não fugiu com o carro...

– Para ninguém o encontrar. E também largou o celular. Exatamente para não deixar traços. Sabe o que a gente faz? Vamos ao banco e perguntamos se por acaso ele fez um saque grande nestes últimos dias. Minha amiga, se ele fez, nós chegamos ao xis da questão! Corrado está com um problemão, mas ainda está em algum lugar tentando resolvê-lo. Eu acho que logo ele aparece!

Sem saber como, tinha conseguido animar a amiga, que esboçou um sorriso. O lampejo de esperança era mais luminoso. Barbara agradeceu a Simenon, Le Carré e P. D. James e, junto com Tatiana, foi à Cassa di Risparmio para verificar aquela intuição que, se fosse confirmada pelo caixa, mudaria as cartas na mesa, devolvendo Corrado Pizzuti à vida para sempre.

Pela janela aberta entrava o perfume de flores do campo. Conseguia superar o mau cheiro dos canos de escapamento dos carros. Durante todo o inverno, ele só havia sentido o cheiro da lenha queimada. E da resina dos bosques. Até a neve devia ter tido um cheiro. Mas Rocco nunca conseguira catalogá-lo, ocupado como estava em xingar aquele manto gelado que lhe destruía um par de sapatos depois do outro. Só agora que a ameaça havia se afastado procurava dar-lhe um nome. Mas não conseguia. Decidiu que, assim como o disco de Newton soma todas as cores, transformando-as em branco, isso também valia para o cheiro da neve, que sobrepujava a todos para aniquilá-los em sua brancura. Apesar de alguém, uma vez, ter conseguido explicar-lhe aquele cheiro. Um carpinteiro, em uma localidade da Valtournenche. Vai saber por que lhe deu aquele exemplo. Talvez com dó de seu *loden*, de seus sapatos encharcados. Pegara nas mãos um punhadinho de neve, o achatando e aproximando do nariz.

– Tem quem sinta aqui o cheiro dos bosques – lhe dissera. – Outros, uma rosa. Para mim, a neve tem cheiro de creme – e havia aproximado a palma da mão do nariz dele. Mas Rocco só sentia o cheiro de madeira que emanava, potente, das mãos do homem, misturado com cola e serragem molhada. Mas o velho parecia sincero. Sentia o cheiro de creme. Sorriu pensando que ele também sentia o cheiro de Marina, quando o procurava. O creme, as agulhas dos pinheiros, Marina. No fim, cada qual sente os cheiros que prefere sentir.

Voltou para a escrivaninha. Pegou o celular. Digitou o número de Amelia, que havia encontrado no site da internet. Depois de dois toques respondeu uma voz de mulher, quente como um abraço.

– Oi... – disse. – Quem é você?

Não tinha pensado no nome.

– Um amigo.

– E o que esse amigo quer de mim?

– Quer te conhecer.

– Quando, amor?

– Agora mesmo.

– Ah, ah... – a mulher deu uma risadinha. – Temos uma urgência.

– Isso.

– E quer me encontrar na sua casa ou na minha?

– Na sua. Eu não tenho casa.

– Então você não é daqui.

– Ou então eu seria um sem-teto, não? Difícil que um sem-teto possa se permitir alguém como você... Amelia...

– Você é simpático.

– Ouça. As fotos na Internet...

– Sim?

– É você mesmo? Não vou chegar e ter uma surpresa?

– Meu amor. Você está falando com uma profissional!
– Fingia estar brava. – Sou eu, cem por cento. Só o rosto você não pode ver. Mas esse é reservado para quem... Bom, está entendendo?
– Claro que entendo. Então, pode me passar o endereço?
– Tem uma caneta?
– Estou tremendo...
– Então venha para Arpuilles... na estrada regional... assim que entrar, é a terceira casa à esquerda. Vermelha. Mas você precisa me dizer em quanto tempo chega. Está na cidade?
– Sim. O tempo de sair... Digamos, uns quinze minutos?
– Então te espero... – e aí a voz ficou fria e profissional, como os locutores de televisão no fim dos anúncios de um remédio. Disse rapidamente. – Só aceito dinheiro, nada de cartão de crédito, nem de débito, nem cheque, o pagamento deve ser feito antes do serviço.
– Desconto para estudantes?
Clic. Fim da ligação.

Sebastiano e Brizio tinham ido procurar Flavio Buglioni, que morava no bairro Ostiense, mas tinham encontrado só a mãe. Uma mulher de 85 anos que não ouvia nem os carros buzinando lá embaixo na rua, no semáforo.
– Dona – urrava Brizio, enquanto a mulher o escutava com um sorriso vago no rosto. –Estamos procurando o Flavio! Flavio, entendeu?
– Flavio é meu filho! – disse, orgulhosa, a mãe. – Querem um café?
– Não, não queremos um café. Queremos o Flavio!
– Flavio é meu filho!
– Deus do céu! – interveio Sebastiano. – Nós entendemos, sabemos que Flavio é seu filho, mas onde ele está?

A mulher demonstrou não ter compreendido. Sebastiano repetiu a frase acompanhando cada palavra com a mímica da mão direita. "Flavio...", e indicou a foto sobre a mesinha de mármore na entrada. "Seu filho...", e apontou o dedo indicador para a velhinha, "agora", e mostrou o relógio. "Onde está?", disse, juntando as pontas dos dedos e abanando a mão para cima e para baixo.

– Não sei que horas são. Você tem relógio, meu filho.

Sebastiano fechou os olhos. Brizio interveio de novo.

– Dona, a senhora consegue ler? – e indicou os olhos. – Quer dizer, a senhora enxerga bem?

A mãe de Flavio deu de ombros. Brizio enfiou uma das mãos no bolso. Pegou uma nota fiscal velha, pegou a caneta do móvel e escreveu, *Cadê o Flavio?*, depois entregou o papelzinho para a mulher, que o leu afastando-o bastante do rosto.

– Ah! – e sorriu. – Vocês querem saber onde o Flavio está?

Por pouco Seba não a abraçou.

– Hum. Viajou faz três dias!

O diálogo em altos brados tinha prejudicado as cordas vocais dos dois amigos. Brizio resolveu não abandonar a estratégia comunicativa recém-encontrada, que parecia funcionar. Pegou outra folhinha e escreveu, *Para onde ele foi?*

A mulher leu aquele papel também.

– Não, meu filho. Num sei – berrava. – Talvez encontrar o irmão. Ou então, ver algum amigo.

Brizio escreveu: *Ele fez as malas?*

– Sei lá! Não vi. Ele saiu quando eu estava fazendo compras. Querem um café?

– Não, obrigado – berrou Sebastiano.

Os papeizinhos haviam se acabado na carteira de Brizio.

– Seba, me dá um papel.

O amigo tirou um recibo do mecânico do bolso do casaco. Brizio escreveu, sempre sob o olhar atento da velha, *A senhora tem o número do celular do seu filho?*

A velha levou um tempinho para ler.

– Mas que é isso! Eu nem tenho telefone em casa! Não, não, eu não falo naquele treco. O Flavio tem, mas vai saber o número!

Esgotados, eles se renderam. A última mensagem escrita por Brizio foi: *Até logo, senhora!*

– E se ele voltar, quem devo dizer que veio procurar ele?

Sebastiano respondeu:

– Gino Bramieri e Corrado.

A mulher sorriu, assentiu em agradecimento e acompanhou os dois até a saída.

– Vá tomar no rabo! – urrou, sorrindo, Sebastiano.

– Obrigada. Para o senhor e a sua família também – e a mãe de Flavio fechou a porta devagar.

– Não escuta mesmo – murmurou o urso. Começaram a descer as escadas remendadas e manchadas de umidade.

– Paoletto não avisou ele. Se ele partiu faz três dias, quem avisou não foi ele...

– Talvez – disse Brizio. – Ou talvez não. Pense que eu e Rocco falamos sobre a pistola com o Paoletto quarta-feira passada. E vai saber se o Paoletto não disse, e ele, para evitar encrenca, não decidiu sumir.

Saíram para a rua, acolhidos pelo fedor de automóveis e pelo barulho do tráfego.

– Quer ir ver o Paoletto de novo? – berrou Sebastiano por cima do barulho do cruzamento.

– Não. Vamos esperar. Talvez seja o caso de falar com o Rocco. E aí, se depois de um ou dois dias não houver nada, então voltamos para a casa do Paoletto, de lá ele não sai.

Seba assentiu. Voltaram para o carro em silêncio e com a garganta irritada.

Terceira casa à esquerda na estrada regional. Era a vermelha, térrea. Rocco estacionou. Voltou-se. No banco de trás, Lupa estava deitada, tendo entre as patas um osso de borracha.

– Come isso aí, não vai morder o volante ou o câmbio; é um Volvo e as peças para reposição custam os olhos da cara. Fique quietinha, tá? – abriu duas frestinhas de janela para deixar entrar o ar e desceu do carro. A casinha tinha um jardim pequeno e bem cuidado, delimitado por uma cerca de madeira branca. Um belo lugar, ensolarado, rodeado por prados e silencioso. As rosas despontavam junto com outras flores amarelas que salpicavam o arco de ferro do portão. A campainha não trazia nome. Só duas letras, A. A. Rocco sorriu. Parecia o início de um anúncio econômico. Apertou a campainha. A fechadura elétrica fez barulho e o portão se escancarou. Percorreu um caminhozinho de pedra e chegou à porta da casa. Tocou de novo. Depois de poucos segundos a mulher abriu a porta. Assim que viu Rocco, não mostrou nenhuma emoção. Sorriu.

– Por favor – lhe disse. – Viu que eu tinha razão? Que você queria meu celular?

Rocco entrou.

Uma casa moderna, com uma lareira central, um sofá Chesterfield e quadros pendurados em todos os cantos. Bastou uma olhada para catalogá-los: paisagens montanhosas de pouco valor. Amelia usava um tailleur cinzento na altura dos joelhos, muito sério.

– Reconheci a sua voz no telefone – disse, e deu-lhe um beijo no rosto.

Tuberosa, aos montes.

— É?
— Sim... quer beber algo? — e com um gesto convidou-o para sentar-se no sofá.
— Não, obrigado.
— É a primeira vez? — perguntou-lhe.
— O que...
— Que marca um encontro deste tipo?
— Não.
— Como conseguiu me encontrar?
— Como as abelhas, você vai de flor em flor. Mas deixa rastros — lhe disse. Amelia sorriu. Sentou-se.
— Tem alguma preferência?
— Está se referindo ao seu serviço?
— Isso mesmo.
— O que a casa oferece? — perguntou Rocco.
— Penetração dupla? Gosta de ser amarrado? É um masoquista? É um sádico? Gosta da chuva dourada? Gosta de se travestir?

Rocco alongou o pescoço.
— Trepar é muito simplista?
— Não. Diria que dá para fazer. Tem preferências sobre a roupa?
— Normalmente, não uso nada. Nem eu, nem a parceira.
Amelia sorriu.
— Sim, mas talvez tenha alguma fixação fetichista? Meias, body de renda, sapatos, sutiãs?
— Não. Como a mãezinha te fez... é uma perversão?
— Não sei... Acho que não. — E se levantou. — Porque normalmente me pedem tudo quanto é coisa. Ontem à noite um cliente me pediu para eu me vestir de policial. Tive de algemá-lo.

– Bobagem. Eu faço isso tantas vezes. – Disse com uma vaga impressão de ameaça, que Amelia, no entanto, pareceu não perceber.

– Então, ouça, vou até ali. Você pode...? – e estendeu a mão. Rocco entendeu na hora. Pegou a carteira e contou quatro notas de cem. Deu-as para a moça.

– Nota fiscal? – perguntou Rocco.

Amelia sorriu e saiu da sala, desaparecendo por trás de uma porta.

– Assim que eu estiver pronta, volto.

Tinha poucos segundos.

Levantou-se e correu até a bolsa que havia visto ao entrar. Dentro só havia maquiagem e um pente. Nada de carteira. Abriu a gaveta do armário. Dois molhos de chave e um fio prateado para amarrar pacotes. Saiu da entrada e foi ao canto onde se localizava a cozinha. Procurou em todas as gavetas: vazias. Vazios também os armários. Olhou ao redor. Havia outros dois móveis. Mas também neles só encontrou novelos de poeira e clipes de metal.

Não era uma casa habitada. Sobrava a caixa do correio lá fora, no jardim, mas não teve tempo. A moça, coberta por um robe transparente, o chamou.

– Estou pronta.

Eu não, pensou Rocco.

– Quer tomar um banho primeiro?

– Estou cheirando mal?

– Não. Talvez a gente comece com um belo banho, e depois... a gente vê o que acontece.

– Me parece uma ótima ideia – mentiu. Mas lhe daria um pouco mais de tempo.

– Vou ligar o chuveiro – e desapareceu de novo por trás da porta. Rocco se levantou de um salto. Devagar, abriu a porta da casa. Deixou-a encostada. Foi à caixa do correio que, por sorte, não estava fechada à chave. Publicidade, publicidade e mais publicidade. Nada, não tinha um boleto, nem uma carta registrada. Tornou a entrar. Fechou devagar a porta e resolveu dar uma olhada no resto.

Ouvia a água correndo no banheiro. Abriu a primeira porta e encontrou um quarto de dormir cor-de-rosa. Só havia duas mesinhas de cabeceira, nenhum armário. Elas também estavam vazias. O segundo quarto, uma espécie de estúdio cheio de fotos de uma viagem para a Índia. As gavetas do escritório também estavam vazias. A terceira porta era a do banheiro. Sentada na borda da banheira, Amelia passava a mão na água, perdida em seus pensamentos.

– *De qué hes? Apéra'm s'as besonh d'ajuda.*
– Não entendo... O que disse?
– Encontrou o que procurava? – perguntou.
– Não.
– Precisa de ajuda?
– Por que você se relaciona com gente como Cremonesi?
Amelia não afastava os olhos da água.
– Porque são muito generosos.
– Não é gente boa.
– Você conhece gente boa?
– O que Cremonesi, Grange e o doutor Turrini fazem?
– Negócios.
– De que tipo?
– Não sei. Não sou confidente deles.
– No entanto, vai jantar com eles.
Finalmente Amelia ergueu o olhar.
– Mandou me seguir?
– Digamos que foi uma casualidade...

– Doutor Schiavone, vamos transar ou prefere me chamar à delegacia com o meu advogado?

– Imagino que eu não recuperaria os meus quatrocentos euros.

– Imaginou bem.

– Então vamos esquecer a poesia e vamos transar.

– Já vou avisando, eu não beijo.

– Nem eu.

Ela estava dando o melhor de si. Amelia era doce, sensível e tinha certa experiência. Tocava onde tinha de tocar, foi muito fácil penetrá-la. E enquanto a possuía, a olhava no rosto. Ela mantinha os olhos fechados. Os seios abundantes pareciam ainda mais bonitos agora que não era preciso lutar contra a força da gravidade. A pele dela era bem cuidada, sem estrias, e as pernas, musculosas. A abelha tatuada no pescoço pulsava sob a veia e uma leve camada de suor lhe aparecera na testa. Os cabelos negros esparramados no travesseiro pareciam agitados pelo vento. Não precisava pensar. Só sentir o corpo. Acariciou-lhe os braços, segurou-lhe os seios, tocou-lhe as coxas. O pênis ardia apesar do preservativo, mas era um ardor tênue, quase agradável.

Fechou os olhos. As imagens surgiram como uma avalanche. O rosto de Caterina, o rabo de Lupa, os cabelos de Marina e sua mão branca, diáfana, Giuliana Berguet arrumando o colar, Adele que ria, de novo o rabo de Lupa, o cadáver de Cuntrera, o perfume de tuberosa, dos prados, o livro de Anatole France, os quadros de Fontana dos Turrini, os óculos do comissário. Tornou a abrir os olhos. Amelia o olhava. Parecia impaciente. Resolveu encerrar a coisa naquele ponto e gozou.

Enquanto se vestia, não disse uma palavra. A moça ficara deitada na cama, iluminada pela janela com as cortinas cor-de-rosa plissadas. Ele calçou os Clarks, levantou-se e segurou a maçaneta da porta.

— Acho que voltamos a nos ver – disse para ela.
— Por quê? Ficou satisfeito?
— Não. Acho que quatrocentos euros é um exagero. Eu me referia à delegacia. Tchau, Amelia. — Antes de sair, deu um conselho de graça. — Olha, coxas não se escreve com *ch*.
— Italiano não é minha língua. É o provençal... *Dab plasèr*... foi um prazer!

Por que motivo todas aquelas imagens lhe passaram pela cabeça ele não entendia mesmo. Seriam notas mentais, post-its colados ao cérebro? O comissário e os seus óculos certamente eram um lembrete, era provável que o estivesse procurando. Marina e Caterina, simples demais dar uma resposta. O rabo de Lupa? Por que o rabo de Lupa? Giuliana Berguet e seu colar... Por que lhe tinha voltado à cabeça o livro de fábulas de Chiara? São só imagens, pensou, como os fotogramas de um velho filme. Um amigo seu, psiquiatra, com quem passara noites esplêndidas quando ele ainda estava vivo, lhe havia explicado que pensamentos e sonhos raramente são casuais. Com frequência, imagens e ideias ficam sepultados sob as cinzas, mas basta um sopro de vento para que readquiram vida. Voltou para o carro. Lupa havia lambido as janelas. Feliz com a volta do dono, pulou para o banco da frente e o cumprimentou cheirando o pescoço e o rosto dele.

— O que foi, tá sentindo um perfume estranho? – lhe disse, rindo. Ela latiu. — Tá com ciúmes? Mas você sabe como é, não? Os homens são assim...

A cachorrinha continuava a lambê-lo.

– ...os homens têm dois cérebros. Um no alto, e o outro embaixo! E muitas vezes o segundo leva a melhor sobre o primeiro. – Colocou a chave eletrônica ao lado do volante. Assim que as luzes se acenderam no painel, teve a sensação de que também em seu cérebro se acendiam dezenas de luzinhas. Tinha entendido: o livro de Anatole France na cama de Chiara! A fábula. *Abeille*. Que quer dizer abelha. Teve uma dúvida. Pegou o celular e ligou para Italo.

– Você fala provençal?

– Não. Patois. É um pouco diferente, mas tudo bem, sim... por quê?

– Você tem de me dizer como se diz *abelha* em provençal.

Italo ficou em silêncio.

– Vou perguntar para a minha tia. Ela é de Castagnole Piemontese, sabe?

– Que me importa; vai, rápido!

Desligou o telefone. Não esperou nem um minuto. Um bip sonoro lhe indicou a chegada de um sms. Era de Italo. "*Ape* é abelha. Assim a tia se lembra."

Abelha. Abela. O sobrenome do jovem guarda do presídio de Varallo. A. A. escrito na campainha da casa da moça. "Amelia Abela?" Talvez o quadro finalmente ganhasse uma moldura.

– *Out*! – gritou o árbitro de cadeira. Ao redor das lâmpadas de quartzo que iluminavam a quadra de tênis, voavam centenas de mariposas.

– Mas como, *out*! – protestou Vittorio Abrugiati, que vira o voleio cair dentro.

– Pai, se saiu, saiu – lhe respondeu do alto da cadeira o filho.

– Vittorio, nem tente. Saiu – disse Dario Cantalini, que havia batido Vittorio no primeiro set com um 6 a 1 preciso e liderava o segundo por 2 a 0, e o serviço era dele. Vittorio deu um chute na bolsa esportiva, que voou vomitando três bolas amarelas e uma toalha de mão.

– Porra, mas estava um metro dentro!

O filho, forçado pelos dois amigos a servir de árbitro por entender mais de tênis que o pai, e também por ser um dos cabeças de série da região de Abruzzo, virou os olhos para o céu.

– Vai, pai, saiu!

Dario Cantalini esfregou as mãos.

– Quarenta a zero, e tenho três bolas para o terceiro game, meu amigo! E olha que você tem de lavar o meu carro por dentro e por fora, hein?

– Ainda não está definida! – protestou Vittorio. – Claro, ainda mais se o árbitro está contra mim!

– Pai, para com isso ou eu te dou uma advertência! – berrou o filho, Carlo.

Vittorio se preparou para receber. Dario lançou uma bola que bateu na linha, e Vittorio nem tentou rebater.

– *Ace*! Jogo Dario 3 a 0, trocar! – disse Carlo.

– Vai tomar no rabo! – disse entredentes Vittorio. – Eu não enxergo bem com as luzes elétricas! – protestou, aproximando-se da cadeira para enxugar o suor.

– Agora são as luzes elétricas, depois as bolas murchas, a raquete sem corda boa! A verdade, Vittò? Comigo você não tem chance!... Seu pai ainda tem muita estrada pela frente! – Dario e Carlo riram juntos.

– Boa noite! – Vittorio ergueu o olhar. Atrás da cerca da quadra estavam duas mulheres, Barbara e Tatiana.

– Oi, Barbara... boa noite... – respondeu Vittorio.

– Depois você tem cinco minutos pra mim? – perguntou a dona da livraria.

– Se você esperar cinco minutos, eu acabo com ele e você me tem à disposição a noite inteira! – Dario gritou para ela, enquanto abria uma garrafa de água mineral.

– Árbitro, tempo! – disse Vittorio, e se aproximou das mulheres. – O que está acontecendo?

– Me desculpe, fomos ao banco, mas já estava fechado. Então a Federica disse que nós encontraríamos você aqui... Ah, é... – colocou as mãos em concha na boca e gritou para Carlo. – Sua mãe disse que esta noite vai precisar do carro e não pode te emprestar!

No alto da cadeira, Carlo fez um gesto de raiva.

– E como eu vou pra Pescara? Pai, você me empresta o seu?

– O voleio saiu, não? Você já deu a resposta por si! – o bancário da Cassa di Risparmio voltou a olhar para Barbara e Tatiana.

– Ouça, temos um problema. Corrado desapareceu já faz dois dias...

– Como, desapareceu?

– Ninguém sabe onde ele está – disse Tatiana. – Não está em casa, o celular está sempre desligado, e encontraram o carro dele na frente da estação rodoviária, em Pescara.

– Porra...

– Escute, Vittorio, por acaso o Corrado recentemente foi ao banco? Fazer um saque volumoso...

O caixa do banco olhou Barbara. E depois Tatiana. Tinha os olhos cercados de olheiras.

– Foi sim... – disse. – Três dias atrás. – Um choque elétrico passou sob a pele da russa. – Mas fez um depósito. Dois cheques. – Teve a impressão de que a moça murchava.

– Nenhum saque?
– Não. Por quê?
– Porque, se tivesse sacado dinheiro, poderia significar que ele estivesse fugindo, vai saber para onde, para se esconder...
– Fugir? Se esconder? Mas o que vocês estão dizendo?
– Era só uma hipótese – respondeu Barbara.
– Não. Sinto muito. Amanhã posso verificar se ele usou o cartão do banco em algum lugar.
– Você poderia me fazer esse favor?
– Sim, claro. É óbvio que eu não disse nada pra vocês.
– Com certeza.
– Mas aconteceu alguma coisa?
– A gente não sabe, Vittorio. Ele estava estranho, fazia dias. E deixou tudo sem dizer nem uma palavra.
– E então? – gritou Dario, da quadra. Já havia tempo que estava a postos. – Vai me dar o jogo de bandeja?
– Vai jogar, Vittò... e obrigada. – A dona da livraria o beijou no rosto. Tatiana se limitou a apertar-lhe a mão.
– Eu aviso vocês... – e, saltitando, Abrugiati voltou para a partida recolhendo as bolas. O serviço era dele.

Barbara e Tatiana saíram do cone de luz dos refletores que iluminavam a quadra e mergulharam na escuridão do Tennis Club, seguindo pelo caminho que as levaria de volta para o carro.

– Sinto muito – disse a dona da livraria. – Sinto muito mesmo.

– Nós tentamos. – Tatiana apertou o casaco contra o corpo como se tivesse sido tomada por um arrepio repentino de frio. Mas a temperatura estava amena, primaveril, e a brisa trazia o cheiro do mar e do verão que estava para chegar.

– Espero que pelo menos encontrem o corpo.

Dessa vez, Barbara não teve forças para contradizê-la. Não tinha mais argumentos. Só esperança. E sabia que, perante a lógica, a esperança costuma sair perdendo.

– Não te esperava a estas horas – disse Alberto Fumagalli, fechando a porta do necrotério. – Mas esta noite não posso te pagar o jantar. Tenho compromisso – e piscou o olho para ele.

– Você, com uma mulher? – perguntou Rocco.

– Mas que mulher! Pôquer, em quatro, até a última gota de sangue. Eu, o médico-chefe da traumatologia, um anestesista e um maldito enfermeiro que sempre arranca a pele da gente.

– Quanto vocês apostam?

– Mil euros!

– Mas...

– A dez por cento – corrigiu o médico-legista.

– Cem euros? Esse barulho todo por cem euros? Quando vocês aumentarem a aposta, me chamem.

Alberto colocou as mãos nos quadris.

– Me deixe entender... quer dizer que por mil euros você vem?

– Vou e limpo vocês.

– Não se preocupe. Eu organizo! – e levantou a mão para ameaçar o subchefe de polícia. – Fique atento!

– Ouça, Alberto, uma coisa importante. Aquele remédio, o que você encontrou no corpo do Cuntrera.

– Alto lá! Precisão! Soubemos que era uretano através do exame das glândulas. Mas a substância é volátil. Para ter os traços, ainda precisamos esperar.

– Mas então, é ele ou não é?

– É!

– Santa mãe de Deus, que trabalhão falar com você!

– Nem me diga. Então, o que quer saber?
– Onde você disse que se encontra?
– É raro... Agora não se usa mais. Alguém ainda pode usar na área veterinária, mas eu te disse, é coisa difícil de encontrar. Muito complexa. Quer dizer, se você acha que pode haver um vidro no presídio de Varallo, está enganado. Ou no hospital. Ou neste necrotério.
– Entendido. Veterinário, você disse?
– Sim. Mas por quê?
– Porque bem devagarinho o seu subchefe de polícia favorito está colocando no lugar as pecinhas do quebra-cabeça. Boa sorte no pôquer.

Alberto coçou as partes baixas.

A pilha de papéis na escrivaninha havia aumentado. D'Intino e Deruta estavam fazendo o serviço com uma precisão germânica. Colocou um pouco de ração que conservava na sala na vasilha de Lupa e deu uma olhada naquelas listas infinitas. Hostellerie du Cheval Blanc, Hb, Le Pageot, Milleluci. Tinham ido até ao Vieux Aosta. Os cretinos haviam sublinhado o nome dele três vezes e colocado um ponto de exclamação. Italo entrou sem bater.

– Oi, posso incomodar?
– Entre – e colocou de lado as folhas. Seu agente favorito estava com o rosto acinzentado e os olhos com olheiras.
– Posso? – disse, indicando o sofá.
– Eu te aviso, esse sofá é da Lupa. Depois, se ela pular em cima de você, não fique irritado comigo.

O agente sentou-se e, nem três segundos depois, a cachorrinha se postou ao lado dele, procurando carícias que Italo não lhe fez.

– Que é isso, tenho outros problemas.

– Quais?

– Caterina... – disse Italo.

Rocco estendeu os braços.

– Mas o que está acontecendo com vocês? Até você me acha com cara de consultor matrimonial? Vamos ouvir, qual é o problema?

Italo fungou.

– Os problemas, Rocco. Em primeiro lugar, me parece que ela não tem vontade de ter uma família. Não quer que eu vá morar com ela.

– É uma coisa normal. Já se olhou no espelho?

– Por que você não leva as coisas a sério ao menos uma vez? Ela diz que precisa do espaço dela. Não me quer andando pela casa, prefere ficar sozinha. Eu acho que ela tem outro!

– Você não entende nada. Vocês mal começaram; precisa dar tempo para o relacionamento crescer, sabe? Vocês são como papel de seda, se colocar algo um pouco pesado em cima, *crac*! Quebra tudo.

– E quanto tempo?

– E eu sei, Italo? Você vai ver que ela te pede quando se sentir pronta.

– E se eu já não estiver pronto?

Rocco caiu na risada.

– Italo, alguém igual à Caterina você não encontra mais. Fique calmo e se comporte!

– Sabe o que vou te dizer? Não sei se me interessa continuar desse jeito.

Rocco interrompeu na hora.

– Se você der uma olhada no cartaz que você mesmo colocou ali fora, vai ver que as consultas amorosas eu acho que estão no nono grau das enchções de saco. Então, procure apreciar o meu esforço. Agora eu vou te fazer uma pergunta que resolve as coisas de uma vez por todas: Você é capaz de imaginar uma vida sem ela?

Italo pensou no assunto. Olhou para as mãos.

– Uma vida sem ela?

– Isso mesmo!

– Não sei.

– Bom, então quando você tiver a resposta, volte aqui e a gente termina a conversa. Mas deve ser uma resposta honesta. Pensada e repensada. Fui claro?

– Claro...

Sabia que fazer essa pergunta criava constrangimento. Poucos homens teriam sabido responder com certeza. E a incerteza de Italo Pierron, para ele, equivalia a uma autoestrada rumo à inspetora Caterina Rispoli.

– Agora me ouça. O que você vai fazer esta noite?

Italo abriu os braços.

– Ótimo. Você e eu temos um compromisso. E vá à paisana. Possivelmente de preto.

Uma luz de excitação apareceu nos olhos de Italo.

– Tem algum dinheiro pra gente?

– Não. É pra descobrir alguma coisa. É serviço, meu amigo.

– Que pena. Não acontece mais nada, não é?

– Você passou a mão em uns milhares de euros não faz nem uma semana! Ou já se esqueceu do saco de dinheiro que encontramos no restaurante do Mimmo Cuntrera? Tenha paciência. E não seja ganancioso.

A "Ode à alegria" de Beethoven soou de repente, fazendo o celular de Rocco vibrar na escrivaninha.

– Cadê ele? – o procurava sob as folhas de Deruta e D'Intino. – Cadê essa porra? – finalmente o encontrou naquele caos. – Schiavone...

– Oi, Rocco, sou eu, Furio!

– Oi, meu amigo... – o subchefe de polícia fez um gesto para Italo sair da sala. Esperou que o agente fechasse a porta. – O que está acontecendo?

– Escuta uma coisa. Seba e Brizio encontraram a pistola que atirou em Adele.

– Essa é uma boa notícia. E...?

– Paoletto Buglioni a usou. Depois, parece que deu para o irmão.

– Flavio?

– Isso mesmo. Só que parece que o Flavio desapareceu. Está claro que ele deu a pistola para o assassino da Adele. Mas ele se escondeu em algum canto. E a gente não encontra mais ele, acho.

– Mas é um belo avanço. Um belo avanço. Você está em Roma?

– Faz umas horas. Seba e Brizio não queriam te colocar no meio, mas acho que você devia saber disso.

– E por que eles estavam me deixando de fora? – perguntou Rocco, falando mais alto.

– Seba... ele acha que, se você encontrar o assassino, ele para nas mãos do juiz. E ele quer, antes, trocar umas palavrinhas com o camarada...

– Entendi. Não sei o que pensar.

– Ele que chegue na frente, Rocco. Foi ele quem pagou mais caro.

– Na verdade, foi a Adele – corrigiu o subchefe de polícia.

– Depois da Adele, bem entendido.

Quarta-feira

A fumaça dos cigarros enchera o carro. A noite prosseguia tranquila, e parecia que na casa dos Turrini só o que se fazia era organizar festas. As luzes estavam acesas, e havia uns dez belos automóveis estacionados no caminho de cascalho. Um labrador estava deitado embaixo de um poste de luz e mastigava alguma coisa vermelha. Uma bola, talvez.

– Quanto a gente ainda tem de esperar? – perguntou Italo.

Rocco espichou as pernas.

– Até os convidados irem embora.

O relógio no painel da viatura marcava três horas.

– Por que você me perguntou aquela história da abelha?

– Era útil...

– Posso pelo menos ligar o rádio, Rocco?

– Não!

Italo bufou.

– Tô com o saco adormecido – se lamentou. – De vez em quando, formiga. Isso nunca acontece com você?

– Não. Comigo é a bunda.

– Posso dar uma esticada no corpo?

– Fique aqui dentro! – ordenou, sério, o subchefe de polícia. Depois ergueu o dedo e indicou um ponto aos pés da pequena colina onde eles haviam estacionado. A uma dezena de metros da mureta da *villa* dos Turrini se encontrava um carro azul com os faróis apagados.

– Tá vendo?

– Quem são? Seguranças?

– Não. São os primos.

Italo não entendeu.

– Carabinieri.

– Ah! De novo? Estão vigiando a *villa*?

– Acho que são os mesmos que impediram o Antonio.

Uma risada repentina, distante e cristalina, atraiu a atenção deles. Da porta principal da *villa* saíram algumas pessoas.

– Luca Grange, a esposa, talvez... – começou Rocco.

– Cremonesi e duas mulheres...

– A da direita eu conheço – disse Rocco. – Se chama Amelia.

– Não é de se jogar fora.

– Custa quatrocentos euros!

– E como você sabe?

– Sabendo... Os outros, quem são? – perguntou o subchefe de polícia.

– Bom, aquele de casaco cinza... caraca! É um secretário de obras públicas!

– E a esposa, eu diria... ali na porta estão os Turrini...

– Olha! – disse Italo, e indicou de novo a viatura dos carabinieri. Mesmo estando a uns cinquenta metros de distância, via-se claramente que o homem no banco do passageiro tinha abaixado a janela e tirava fotos. – Estão mesmo vigiando eles...

– É, estão...

– Mas a gente está aqui pelo mesmo motivo?

– Não. A gente tem de fazer uma coisa muito mais interessante. Acredite em mim!

Os convidados entraram nos carros e, um por um, saíram da *villa* dos Turrini. Saíram pelo portão principal e pegaram a estrada para Aosta. Os donos da casa, por sua vez, tendo voltado a entrar, já haviam apagado as luzes do piso térreo. Agora, somente as do primeiro andar e da pequena torre iluminavam a noite.

– Foram fazer naninha? – disse Italo, acendendo o enésimo cigarro.
– Foram, vamos esperar mais um pouco...

O canto de uma ave noturna soou à distância. Os ramos das árvores fragmentavam a lua quase cheia. A respiração dos dois policiais era uma fumaça densa. À noite, a temperatura voltava a ser a do inverno recém-acabado. Andavam silenciosamente, só um galho quebrado, de vez em quando, denunciava a presença deles. Chegaram ao muro da *villa*, bem do lado oposto à entrada principal. Rocco o observou. Tinha pouco mais de dois metros de altura, mas no alto havia cacos de garrafas quebradas. Notou um buraco entre as pedras. Botou o pé nele e se levantou com a força dos braços. Olhou atento os cacos de vidro. "A pistola", disse para Italo, em voz baixa. Ele a entregou. O subchefe de polícia verificou se não havia balas, tirou o carregador, pegou um lenço no bolso do casaco, que, para aquela ação, havia preferido no lugar do fiel *loden*, e o colocou ao redor do primeiro caco. Com quatro golpes do cano da pistola e pouquíssimo barulho quebrou o fundo de garrafa cimentado. Passou ao segundo.

– Quanto tempo você vai levar nisso?
– O tempo que for preciso, cagão!

Seis minutos para abrir um espaço decente e não se arriscar a cortar a pele no alto do muro. Devolveu a pistola para Italo, que recolocou o carregador, enquanto o subchefe de polícia pulava para passar ao outro lado do muro. Logo em seguida, o colega se uniu a ele. Encontravam-se na parte interna da propriedade dos Turrini.

– Tem cachorro? – perguntou Italo, assustado.
– Claro. Tem um labrador e um cão-lobo. Então, vê se não faz barulho.

Atravessaram um bosquezinho de abetos. Umas tílias delimitavam o local. A *villa*, além dos troncos, estava escura. Com exceção de uma luz solitária na pequena torre, nenhum sinal de vida.

– Agora, rápido! – o subchefe de polícia e o agente, encurvados, atravessaram rapidamente o gramado que refletia a luz de um farolete colocado a uns vinte metros sobre o muro. Chegaram a uma construção de pedra. – Bom... agora, deixa eu me lembrar... – Rocco olhou ao redor. Depois, decidiu. – Por ali... – e se dirigiu para a direita. Italo, que ainda não havia entendido qual era a missão deles, o seguia fielmente. O fedor de urina e de fezes de cavalo, misturado com palha, era sempre mais forte. – Bom... agora, por aqui! – sussurrou Rocco. Finalmente, chegaram aos estábulos. Em algum lugar, um cavalo batia as patas no chão de modo ritmado. O subchefe de polícia se apoiou no portão de madeira. Abaixou a maçaneta e abriu devagar. Rangia. A operação durou mais que o previsto. Schiavone abriu lentamente até conseguir um espaço largo o bastante para poder entrar. E como dois peixes noturnos, rápidos e silenciosos, os policiais deslizaram para dentro do estábulo. O subchefe de polícia tornou a fechar o pesado portão de duas folhas. Na frente deles havia um longo corredor com as baias dos cavalos à direita e à esquerda. Um cavalo negro com a crina longa colocara a cara para fora, para vigiar. Na passada, o subchefe de polícia o acariciou. – Se eles botarem as orelhas para trás, nunca faça isso!

– Mas nem pensar! – disse o agente. – Você quer me contar o que estamos procurando?

Schiavone não respondeu. Passaram por todas as baias. No fundo da construção havia duas portas. Tentou abrir a primeira. Nada. Pegou o canivete suíço enquanto Italo continuava a olhar, nervoso, para trás.

– Se pegam a gente, vai dar problema, Rocco!
– Se pegarem, ponto final.
Um cavalo relinchou. Italo teve um sobressalto e quase caiu nos braços do chefe.
– Se você não me disser o que a gente tá fazendo aqui, eu vou embora!
– Calma.
Rocco enfiou a lâmina na fechadura. Forçou-a duas ou três vezes. Ela cedeu. Abriu a porta e entrou, seguido por Italo. A sala não tinha janelas. Seguro, Rocco acendeu as luzes.
Selas. Penduradas em inúmeros ganchos presos às paredes. De couro negro, marrom, reinava um cheiro de couro encerado. Sobre uma mesa havia cilhas, mantas, gel, almofadas de sela. Ao lado, dois grandes baús. Traziam etiquetas com os nomes dos proprietários, Max e Laura Turrini. Rocco os abriu. Potes, escovas e graxa para os cascos, um boné, dois chicotes, tênis, botas, uma carteira vazia, um casaco azul com um brasão costurado no peito.
– Nada!
Apagaram a luz e saíram da sala. De novo o corredor escuro que recebia luz da iluminação externa e da lua, vinda da janela do alto. Um passarinho voou de uma viga para outra. Pierron se assustou de novo.
– Cacete, Italo, mas você parece feito de mingau! Força!
– Rocco se aproximou da segunda porta. Estava aberta. Também essa sala não tinha janelas, e eles acenderam de novo as luzes. Rédeas, cordas de cânhamo, mosquetões e chicotes. Em outra parede havia peitorais, testeiras, caneleiras para cavalos, protetores de cascos. Uma estante cheia de potinhos de graxa para os cascos. Ferraduras amontoadas em um canto. Duas espreguiçadeiras e três ancinhos com palha enrolada nos dentes.
– Nem aqui tem porra nenhuma.

– Depende – disse Italo. – Eu estou vendo um monte de coisas. – Como resposta, Rocco apagou a luz.

Estavam de novo no longo corredor das baias. Havia uma terceira sala sem porta, mas servia apenas como depósito para dois carrinhos de mão e um cortador de grama. Retrocederam. Outro cavalo botou a cara para fora da baia. Era cinzento com manchas negras. Como se tivesse chamado a atenção dos companheiros, outros três o imitaram.

– A gente acordou eles... Agora pensam que é hora da comida. Shhh, vão dormir, vão – dizia Rocco, dando palmadinhas no focinho deles. No centro havia uma baia maior que as outras. Do lado de fora, uma etiqueta com um nome: Winning Mood.

– Parece que este é um campeão. Um cavalo que vale centenas de milhares de euros – e Rocco lançou um olhar para dentro, para examiná-lo.

– Sequestrar ele está fora de discussão? – perguntou Italo.

O cavalo estava deitado de lado. Com os olhos enormes, fitava o rosto daquele intruso que perturbava seu descanso noturno.

Rocco observou que a baia seguinte estava vazia. Depois da porta de correr, haviam construído uma parede com uma bela porta blindada.

– E isto? – o subchefe de polícia abriu a porta de correr e entrou. Tocou a parede. Aproximou-se da porta.

– Olha só que tipo de fechadura!

– Essa você sabe abrir?

– É meio difícil. É uma Mottura. – As duas paredes de madeira que sustentavam o batente estavam cimentadas na base. – Não, eu estava pensando em tirar o revestimento, mas por baixo tem cimento. É uma sala blindada, então...

– O que a gente vai fazer?

— Não sei – respondeu Rocco. Depois olhou para aquele obstáculo de madeira e ferro com ódio. Chutou-o. – A coisa tá ficando muito mais complicada...
— E agora?
— Agora vamos procurar as chaves. – E disse isso com simplicidade, como se propondo uma ida ao bar para beber alguma coisa.

Ao lado da *villa*, a uma centena de metros de distância, uma pequena construção servia de garagem para os carros. As portas estavam abertas. Dentro havia um Jaguar, um SUV e um pequeno off-road. Acima da garagem, três janelas com cortinas. Rocco e Italo, escondidos no meio de um arbusto espinhento de rosa-mosqueta que estava dando as primeiras flores, observavam a construção.
— Vamos torcer para que ele more ali – disse o subchefe de polícia.
— Quem?
— Dodò.
— Quem é Dodò?
— O cavalariço.
— Ah! – disse Italo, lembrando a lição recebida na delegacia. – Aquele que estava jantando com eles?
— Isso mesmo, Italo. Está começando a entender?
— De jeito nenhum.
Saíram silenciosamente dos arbustos.

A porta de entrada da pequena construção estava fechada à chave. O subchefe de polícia tentou abaixar a maçaneta umas vezes, mas ela não se abriu.
— A gente precisa subir no telhado.
— No telhado?

– Isso... você não viu uma coisa? – E, sem esperar resposta, contornou a casinha de pedra. Italo não teve alternativa a não ser segui-lo.

Rocco pegou uma mesinha de ferro de jardim, em silêncio a colocou ao lado do muro. Subiu nela. Estendeu as mãos e se agarrou à calha.

– Vamos torcer para que aguente – sussurrou para Italo –, senão vou pro chão! – Deu um impulso para cima. A calha rangeu, mas aguentou o peso. O subchefe de polícia estava em cima do telhado. – Vai, tranquilo, você pesa menos que eu.

Italo bufou e imitou o chefe. Com certa dificuldade, se ergueu e eles se viram em cima da construção.

– Agora vai devagar. Um pé depois do outro, e veja bem se a telha aguenta; se não, não arrisque o passo.

As duas sombras lentamente começaram a atravessar o teto. Um passo depois do outro, equilibrados, prestando atenção para não escorregar e não deixar cair nada, ou então acordariam a casa toda. Depois de alguns minutos, se detiveram.

– Olha, aqui – disse Rocco, inclinando-se sobre uma claraboia. – Tá vendo? Está aberta! – Dentro, tudo estava às escuras. Italo se voltou na direção da *villa*. Até a luz da pequena torre agora estava apagada. À distância, um cachorro latiu. Schiavone já pegara seu canivete multiuso e estava soltando os parafusos que uniam o plástico da claraboia ao mecanismo de abertura. – Prontinho! – disse, tirando a cobertura de acrílico. Agora poderiam entrar na casa. Rocco desceu primeiro.

Ele se encontrou em um cômodo pequeno, com uma máquina de lavar roupa, uma pia e uma estante cheia de produtos de limpeza e panos sujos. Fez um gesto para Italo descer. Ele obedeceu. Devagar, o ajudou a apoiar os sapatos a prova d'água na tampa do eletrodoméstico e, segurando-o pela cintura, o acompanhou até o agente colocar os pés no chão.

O subchefe de polícia abriu a porta do cômodo. Entraram em uma salinha com uma lareira que ainda tinha as brasas acesas.

– O que a gente tá procurando? – perguntou Italo em voz baixa.

– Chaves...

Do quarto ao lado vinha um ressonar lento e contínuo. Dodò dormia. Por sorte, a tarefa foi muito fácil. Ao lado da porta de entrada, em um painel de madeira cheio de ganchos, havia seis molhos de chaves. Três de automóveis; as outras, desconhecidas. Rocco reconheceu na hora a chave blindada dos estábulos. Com delicadeza, tirou-a do aro. Mostrou-a ao agente, que piscou para ele. Um objeto atraiu a atenção de Italo. Na mesinha na entrada, colocado bem à vista, estava uma carteira. Italo pegou-a. Rocco percebeu e tirou-a das mãos dele.

– Eu não queria roubar – disse o agente.

– Eu sei. Mas eu não queria te impedir. Preciso ver uma coisa. – Abriu a carteira. Poucas cédulas, mas, acima de tudo, o que Rocco procurava. A carteira de motorista suíça do cavalariço, que continuava a ressonar no outro quarto. Leu o nome.

– Dodò uma porra! – disse. – Olha só como se chama o nosso amigo?

Italo forçou a vista e leu, com a pouca luz vinda da lareira:

– Carlo...

– Cutrì! – E o subchefe de polícia olhou o agente nos olhos. – Agora você tá entendendo?

Italo assentiu.

– Caralho...

– É. – E colocou a carteira no lugar. Abriu a porta principal da casinha e saiu.

– Ande, vamos logo.

– E a gente deixa tudo assim?

– Depois eu arrumo. Agora, se mexa!

Voltaram para o estábulo. Os cavalos estavam acordando. Muitos mantinham o focinho para fora das baias, agitando as patas. Rocco e Italo se aproximaram da baia ao lado daquela de Winning Mood e entraram. O subchefe de polícia enfiou a chave na fechadura e abriu a porta da salinha secreta.

Três metros por dois, uma geladeira; nas paredes, fotos inglesas de cavalos. Rocco abriu a geladeira. A luz azulada iluminou seu rosto. Estava cheia de remédios. Fenilbutazona, Zylkene, Equanimity, Calmitane, Equiworm... Rocco examinava caixa por caixa. Lia a etiqueta e a recolocava no lugar. Stanozolol, Teofilina. Broncodilatadores, corticosteroides, antiinflamatórios, hormônios. Rocco não entendia de medicina esportiva, mas investigara alguns casos. Naquela geladeira, metade dos remédios era dopante, coisa para se manter trancada. Depois uma caixinha chamou sua atenção. Drontal plus, vermífugo para cães. Ele o conhecia, era o mesmo que dava para Lupa. Pegou a caixa. Pareceu-lhe estranho encontrar aquele remédio junto com os dos cavalos. Trancado à chave, e na geladeira. Abriu a caixa. Dentro havia três vidrinhos. Com um monte de etiquetas: carbamato de etila. Uretano.

– Pronto! – disse Rocco. Recolocou os remédios na geladeira. – Agora vamos, Italo. Preciso colocar tudo no lugar e logo vai clarear. Vamos fechar aqui e a gente se encontra no muro da propriedade.

– Aonde você vai?

– Recolocar as chaves no lugar e arrumar a claraboia.

De novo sobre o telhado. O céu começava a clarear. Por um lado, era um aspecto positivo, porque ajudava na difícil operação de parafusar o mecanismo de abertura da claraboia. Por outro, se alguém acordasse e chegasse à janela, com certeza o descobriria. Ele era tão evidente quanto uma mancha de sangue na neve. Respirava fundo e mantinha a calma. Tinha colocado as chaves no lugar e fechado a porta da casinha ao sair. No teto, com todo o frio e a umidade que havia apanhado durante a noite, os ossos e os nervos das mãos pareciam colados entre si. Mexer os dedos era difícil, e os parafusos tinham poucos centímetros. Já tinha recolocado os dois primeiros no lugar. Passou ao terceiro. Esperava que Italo tivesse encontrado o ponto onde haviam pulado o muro e já tivesse passado para o outro lado. Pelo menos, se ele fosse descoberto, assumiria sozinho a responsabilidade pela coisa, sem precisar colocar no meio o pobre Pierron. O terceiro parafuso também se encaixou. Pegou o quarto. O indicador e o polegar da mão direita não responderam ao comando. O parafuso escorregou-lhe das mãos e, pulando, caiu nas telhas. Continuou na direção da calha, onde foi parar com um barulho metálico.

– Puta que pariu!

Não podia perder tempo procurando-o. Seria obrigado a deixar o trabalho incompleto. Levantou-se. Passo a passo, cruzou o teto, prestando atenção para não escorregar. A sola lisa dos Clarks não era própria para a missão, mas, por sorte, ele passou ileso pela prova. Desceu da calha para a mesinha de ferro, que então recolocou no lugar. Pronto! Estava se afastando da casinha quando alguma coisa atraiu sua atenção. Lá na janela da *villa*, no andar de cima, Max o observava. Rocco se deteve no meio do gramado. Olhou para o moço. Max levantou a mão, devagar, e o cumprimentou. Rocco respondeu. Depois Max abriu a janela e lhe fez sinal para se aproximar. O subchefe de polícia olhou ao redor. No gramado e na casa não havia ninguém. Rápido, se aproximou da *villa*. O moço ainda estava com cara de quem está mergulhado nos sonhos.

– Olá.
– Oi, Max.
– Chiara deu os documentos para o senhor?
O subchefe de polícia assentiu.
– E o senhor descobriu alguma coisa?
Assentiu de novo.
– Faça todo mundo pagar, doutor!
– Veja bem, seu pai e sua mãe estão metidos nisso!
– Eu sei. Mas tô pouco me lixando. Eles podem fazer o que quiserem, mas não com a minha vida.
– Tem certeza? Se eles entrarem na história, o que você vai fazer?
O moço deu de ombros.
– Não sei. Sou maior de idade. Talvez vá para os Estados Unidos, com o meu tio. Ou, talvez, finalmente termine o ensino médio. Se precisar, estou por aqui. E nunca vi o senhor! – Tornou a fechar a janela. Rocco sorriu para ele e, veloz, desapareceu por trás dos arbustos. Enquanto corria na direção do muro da propriedade, se surpreendeu com aquele moço, ao qual nunca havia dado grande valor. Se arrependeu da facilidade com que o julgara. É típico dos velhos condenar os mais jovens. Mas é só inveja das coisas perdidas para sempre.

Quanto aquela decisão havia custado a Max? Quantas noites passara em claro vigiando os pais, os amigos deles e aquele clã de malfeitores que andava por sua casa? Eles o haviam forçado a conviver com pessoas como Walter Cremonesi, Carlo Cutrì e aquele bundão do Luca Grange. Outros jovens teriam fechado os olhos, interessados somente em um carro novo e uns cartões de crédito no bolso. Max não. Tinha tomado a decisão de mudar a própria vida, que ele sabia que se tornaria um inferno. Mas, finalmente, passaria a noite na cama, dormindo, e não postado à janela, fumando e destruindo o fígado.

– São seis e meia, Schiavone!
– Eu o acordei, doutor Baldi? Já estou na delegacia...
– O senhor não é normal. Ou desaparece por dias ou está na delegacia nas horas mais impensadas. Espero que tenha algo de realmente importante para me dizer.
Rocco apoiou os Clarks úmidos no peitoril da janela.
– Digamos que eu encontrei Carlo Cutrì. É suficiente?
Do outro lado, houve silêncio.
– Onde?
– Trabalha como cavalariço para os Turrini. Se faz chamar de Dodò.
– Tem... tem certeza disso?
– Posso botar a mão no fogo. Preciso de duas ordens de prisão. Daniele Abela e Federico Tolotta. Homicídio de Domenico Cuntrera.
– Peraí, peraí, peraí, o senhor está dizendo o quê?
– O mandante, e esta é a coisa mais interessante, é o próprio Carlo Cutrì. Por intermédio de Amelia Abela, irmã do guarda, profissão acompanhante de luxo.
– O senhor está vomitando uma série de coisas que...
– Que eu vou lhe explicar direitinho no tribunal. Mas da ordem eu preciso agora mesmo.
– Não é um tiro n'água?
– Não, doutor. – Rocco ouviu, à distância, uma buzina.
– Doutor, mas o senhor não está em casa?
Um momento de constrangimento. E então:
– Não... ouça, Schiavone. Não podemos nos encontrar na Procuradoria agora. Não é o momento.
– Não é o momento?
– Não. Agora me faça um favor, espere até depois do almoço. Vai ver que também eu vou lhe explicar tudo com calma.

– Está me deixando preocupado, doutor Baldi.

– Não sou eu quem tem de se preocupar. É outra pessoa. Até mais tarde. – E desligou o telefone.

Rocco ficou com o celular na mão, sem saber o que pensar. Lupa o olhava, com o focinho enfiado entre as patas dianteiras.

– Bom... – disse para ela. – Acho que ele estava com a amante e interrompeu o telefonema. – Bateram à porta. Lupa latiu.

– Entre!

Deruta e D'Intino entraram. Estavam pálidos, perturbados, e tinham nas mãos um bloco de folhas.

– Doutor! Estamos aqui! Oi, Lupa!

– O que foi?

– Terminamos. Só faltam Val d'Ayas e Cogne – e colocaram umas vinte folhas na escrivaninha do subchefe de polícia. – Estamos mortos de cansaço, mas fizemos um belo serviço, não?

– Com certeza – disse Rocco, olhando as listas que eles acabavam de entregar. Também elas cheias de manchas de marcadores de texto. – Podem me explicar por que marcaram todos os nomes?

– Claro – disse D'Intino. – Então, o rosa é pras mulher; o azul pros homem, o verde pras família, e o amarelo pros estrangeiro. Bom, não?

– Estrangeiros homens ou mulheres? – perguntou Rocco.

D'Intino olhou o colega, perdido.

– Todos os estrangeiros.

– E se eu procurasse um homem estrangeiro, ou uma família de estrangeiros, ou uma mulher, como eu faço?

Ele lhes propusera um problema.

– Como faz? – perguntou D'Intino, para ganhar tempo.
– Não dá – Deruta se rendeu. – Tem de ler um por um.
– Tá, tudo bem – disse Rocco. – Não, não, vocês têm de achar um método.
– Eu tenho! – berrou Deruta. – Agora a gente passa todos os estrangeiros em outra folha, com hotéis e horários, depois os homens a gente pinta de azul, as mulheres de rosa, e as famílias de verde.
– Então o amarelo vocês não vão mais usar?
– Acho que não, doutor.
– Muito bem. Me parece uma boa ideia! – Rocco pegou as folhas e as devolveu para os policiais. – Agora, bom trabalho!
– Obrigado! – responderam, felizes, os agentes.
– Me devolvam o marcador amarelo! – E o subchefe de polícia estendeu a mão.

Com uma expressão de enfado, D'Intino os tirou do bolso do casaco e os entregou para Schiavone.
– Tá aqui, doutor... – disse, olhando os dois marcadores como uma mãe olha para o filho que parte para sempre.
– Tudo certo agora. E bom trabalho!
– Tchau, Lupa! – Disse D'Intino, triste, e saíram da sala.
Era um servicinho que os manteria ocupados por mais uns dois dias, pelo menos.

Agora a escrivaninha estava livre da papelada dos irmãos De Rege, o apelido oficial da dupla D'Intino-Deruta. Rocco viu um bilhete de Caterina. "De Silvestri, de Roma. É importante!"
Rocco olhou o relógio. Era cedo demais para telefonar para a delegacia Cristoforo Colombo do bairro EUR. E Rocco não tinha o número particular do agente romano. O fax piscava, só naquele instante percebeu. Rocco se levantou. Se dirigiu à máquina e pegou a folha.

"Prezado doutor Schiavone, talvez não seja nada, talvez possa ser útil. Chegou uma denúncia de uma pessoa desaparecida. O nome me deu um susto. Talvez possa ajudar o senhor. Corrado Pizzuti. Parece que ele desapareceu sábado passado da casa dele, em Francavilla al Mare, província de Chieti. Eu me lembro bem desse homem, e com certeza o senhor também. Enquanto isso, continuo a pesquisar as pessoas que fugiram da prisão ou foram libertadas recentemente e que possam se relacionar ao senhor. Entro em contato assim que tiver notícias. Seu, Alfredo De Silvestri."

Rocco amassou a folha. Corrado Pizzuti! Claro que lhe dizia alguma coisa. Era o dia 7 de julho de 2007. Ele que dirigia o carro.

Levaria quase oito horas para chegar a Francavilla al Mare. Não podia perder tempo.

Flavio Buglioni tocava o interfone fazia meia hora. Por sorte, uma mulher saiu pelo portão e avisou:
– Olha, o interfone num tá funcionando.
– Eu preciso ir à casa da Roberta Morini... ela está?
– E eu sei? – respondeu a mulher. – Num sou a mãe! – Depois, com uma gentileza inesperada, deixou o portão aberto. – Fica no segundo andar!
– Obrigado.

O predinho era uma construção feia da década de 70, e as escadas não tinham sido pintadas desde então. Entre rachaduras, manchas e pedaços de reboco caído, palavras gigantescas avisavam os moradores: "Bebbo e Marta juntos desde 27/11/2010" e "Cinto falta de você como de água", com *c* mesmo. Não quis arriscar a pegar o elevador e subiu os dois andares a pé. Os moradores tinham resolvido usar os cartões para os sobrenomes de modo autárquico. Uns tinham o nome em papel, outros, em ferro; outro havia escrito diretamente na porta. O apartamento 7 do segundo andar tinha dois nomes: Morini, Baiocchi. Flavio encostou a orelha à porta e apertou a campainha. Ouviu o som lá dentro. Pelo menos aquilo funcionava. Passos rápidos. E então uma mulher de uns 45 anos apareceu. Tinha cabelos negros das raízes até a metade; o resto era de um loiro semelhante a estopa. O rosto tenso, os olhos avermelhados, jeans e um moletom verde escrito "University of Ohio".

– Pois não?

– Sou Flavio Buglioni. Estou procurando Enzo... Enzo Baiocchi.

– Meu pai não está.

– Ouça, por favor, é algo grave.

– Olha, pra mim meu pai não faz a menor diferença. E nem o que ele fez. Por mim, pode morrer no meio da rua! – e tentou tornar a fechar a porta. Flavio se apoiou à porta.

– Não, espere, espere. Por favor, deixe-me entrar!

O homem era gentil, seu rosto estava desesperado. Nem soube o motivo, mas se convenceu e o deixou entrar.

– Tudo bem, mas é rápido, né? Que eu tô limpando a casa.

O cheiro de espinafre e de cebola empesteava o ar. Um menino de uns nove anos estava sentado à mesa da cozinha, que também servia como sala, e segurava umas canetas. Tinha um caderno à sua frente. Ele se limitava a olhar Flavio sem um sorriso.

– Tommà, cê faz a lição! Num foi pra escola. Diz que tá com febre...

O menino finalmente sorriu, faltava-lhe um incisivo, e voltou a escrever.

– Então, me diga?

– Na frente do menino? – disse Flavio.

– Na frente do menino – respondeu Roberta.
– Num sabe onde que posso encontrar seu pai?
– Não. Quem o senhor é?
– Sou um amigo. Ele foi à minha casa, faz uns dez dias. Desde então não o vi mais.
– Deve dinheiro pro senhor?
– Também...
– Esquece. Bota uma pedra no assunto. – Roberta olhou para a mão do homem. No polegar tinha uma tatuagem. Cinco pontos. Não era da polícia. – Seja como for, ele veio aqui, faz exatamente dez dias. Dormiu aqui. Depois, com a graça de Deus, foi embora.
– E a senhora não soube mais dele?
– Se um dia ele telefonar, bato o telefone na cara dele. Posso saber por que o senhor tá procurando ele? Tirando o dinheiro, claro...
– Uma história complicada. Quanto menos a senhora souber, melhor. Tem ideia de onde ele tá?
– Não. Não sei. Por mim, devia de estar na prisão. Em vez disso, tá andando por aí. Então, em algum lugar ele se escondeu. Se o senhor encontrar ele, me diz onde ele tá. Assim eu denuncio e faço botarem ele atrás das grades, aquele infeliz!

Flavio sabia que Enzo Baiocchi não deixava boas recordações por aí, mas ouvir o que a filha pensava dele o deixou um pouco perturbado.

– Além da senhora, tem algum outro parente?

Roberta pensou no assunto.

– Não... acho que não. Tirando uma prima velha no interior, vai saber se inda tá viva. Eu, quando era pequena, fui à casa dela uma vez. Meio maluca. Vivia com doze gatos e uma cabra. Era a filha menor da tia do meu pai. Mas agora deve tá morta.

– Onde no interior?

– Há... espere, não lembro... – Então se voltou para o filho. – Tommà, como se chamava aquele lugar onde morava a prima do teu avô? Aquela que eu te conto que vivia com os gato e as cabra?

O menino pensou um pouquinho.

– Pitocco! – disse, com uma voz estranhamente baixa e catarrenta.

– Isso aí. Pitocco.

– E onde que fica?

– Perto de Guarcino.

Flavio esboçou um sorriso.

– Lembra como se chama essa tia?

– Não. Mas o senhor pergunte pela casa da maluca. Vão saber indicar pro senhor. Um conselho? Esquece o meu pai. Só traz problema.

– Já percebi...

Eram quase quatro horas da tarde quando Rocco parou o carro na frente da polícia municipal de Francavilla al Mare, pertinho de Pescara, mas na província de Chieti. Tinha levado mais tempo do que o previsto por causa das necessidades de Lupa. Parecia que a cidadezinha estava em toque de recolher. Com exceção das lojas ainda abertas, pelas ruas não andava vivalma. Poucas árvores castigadas pelo inverno que ainda não haviam revivido, palmeiras raquíticas em um calçadão à beira-mar estreito e sem vida como as casas, todas de veraneio, fechadas esperando o sol e a alta temporada. As grandes ondas se abatiam sobre os escolhos e na praia.

Ciro Iannuzzi, cansado e enfadado, folheava uma revista de motos e não olhava para o interlocutor.

– Pode falar...

– Preciso de uma informação – disse Rocco, aproximando-se do vidro divisório.

– Tem o centro de turismo – respondeu o outro, mascando chiclete. Fazer ruídos ao mascar chiclete era uma dentre as milhares de coisas que faziam Schiavone ficar pê da vida. Ele se conteve e insistiu.

– Não tem nada a ver com turismo. É um caso delicado, ouça...

O policial olhou para Rocco. Sorriu.

– É a sua esposa?

– Vocês fazem aulas de comediante para serem policiais aqui?

– Escute, meu bom amigo, se você não tem um problema urgente, vai tomar ar... – e indicou a porta.

– Vamos recomeçar do início? Então, boa tarde. Agora, senhor policial, é a sua vez de dizer boa tarde.

– Você também fez curso de comediante, é?

– É mesmo. Na academia de polícia. – Rocco olhou o policial, que arregalou os olhos sem entender. – Sou um subchefe da polícia do Estado, me chamo Rocco Schiavone, e dê graças a Deus que entre mim e você tem um vidro, senão a estas horas você estaria catando os dentes no asfalto. Achou graça?

O policial ficou sério. Levantou-se.

– O senhor poderia ter dito antes.

– Por que, cabeça de bagre? Pra você não deve haver diferença entre mim e uma pessoa que não é da polícia, bundão! Faça o serviço pelo qual te pagam. Agora posso ter a sua atenção? Me responde?

– Pode falar.

– Corrado Pizzuti.

– Certo, o Corrado! Quando foi, sábado? Tatiana disse que ele estava perdido!

— Mas o quê? O cara é um guarda-chuva?
— Quero dizer, não, ele desapareceu.
— Quem é Tatiana?
Nesse instante, entrou Lisa, a policial com os cabelos pintados de vermelho, sorrindo.
— O que está acontecendo, Ciro?
— O doutor aqui, ele tá procurando o Corrado. — Então abaixou a voz. — É um subchefe de polícia...
— Ah! — disse a policial. — Isso, a Tatiana denunciou o desaparecimento.
— E isso nós já confirmamos. Essa Tatiana, onde posso encontrá-la?
— Lá no bar Derby, na piazza della Sirena. Era o bar do Corrado. Agora ela o mantém aberto.
— Obrigado. — Rocco deu meia-volta.
— Doutor, mas então o caso é sério? — perguntou Ciro.

Tatiana e Barbara, uma com lágrimas nos olhos e a outra empolgada, tinham contado tudo para o subchefe de polícia. As suspeitas, as hipóteses, os dias de angústia e então a notícia de que o carro havia sido encontrado na estação de ônibus de Pescara.
— Mas o senhor conhecia o Corrado? — Tatiana lhe perguntou.
— Digamos que a minha vida e a dele se cruzaram faz uns anos...
— Ele tinha antecedentes criminais, não é? — disse Barbara, enquanto andavam no calçadão para chegar ao apartamento de Pizzuti.
— E como — Rocco se limitou a responder. Certamente, não poderia contar para elas sobre o dia 7 de julho de seis anos antes. Aquilo era coisa sua, pessoal, que só De Silvestri na

delegacia Colombo e seus amigos Seba, Furio e Brizio sabiam. Lupa seguia o trio, atraída por odores que nunca sentira. Por trás da mureta do calçadão se encontrava a praia, e depois da praia, o mar. De vez em quando, a cachorrinha subia na pequena mureta de pedra e observava aquele estranho líquido azul-acinzentado que fazia tanto barulho e soltava espuma branca como se estivesse babando por um biscoito.

A via Treviso estava deserta.

– Aqui, este é o portãozinho do condomínio. Corrado mora no bloco A, no mezanino. Vamos tocar e pedir para abrirem para nós?

Rocco assentiu. Lupa se uniu a eles.

– Senhora, eu sou Tatiana, amiga do Corrado. A senhora pode abrir para mim?

– Não! – respondeu uma voz ácida e esfarelada pela idade. Colocou o interfone no gancho.

Rocco suspirou:

– Que saco! – tocou o interfone de novo.

– Já disse que não abro!

– Polícia do Estado, senhora, abra essa porra desse portão!

Do outro lado, a mulher pensou um pouquinho.

– Polícia?

– Isso mesmo. E ande rápido!

A velhinha do primeiro andar obedeceu. Entraram no pátio e se dirigiram ao bloco A, e a mulher apareceu à janela para vigiar. Mal Barbara ergueu o olhar, ela se postou atrás da cortina.

Interfonaram de novo para que a moradora abrisse o portão de ferro e de vidro. Dessa vez a velha nem respondeu. Se limitou a apertar o botão.

— Mas aonde a gente vai? – perguntou Barbara. – A gente não tem as chaves.

Rocco não respondeu. A porta de Corrado era a primeira à direita.

— Estou acabando com este treco – disse Rocco, pegando o canivete suíço. De uns tempos para cá, não fazia outra coisa além de forçar fechaduras. A coisa boa é que estava voltando a pegar jeito.

— O que o senhor está fazendo? – perguntou a dona da livraria.

— O que a senhora acha? – E, vinte segundos depois, o mecanismo da fechadura cedeu. Barbara e Tatiana se entreolharam, incertas. Barbara encontrou coragem para fazer a pergunta.

— A gente tem certeza de que o senhor é da polícia?

Rocco, com metade da porta aberta, a olhou:

— Sim senhora, mostro o meu distintivo?

O olhar do policial a atingiu.

— Fiquem aqui fora, talvez eu não encontre um espetáculo bonito aí dentro.

Acendeu a luz. As duas mulheres obedeceram, mas ficaram espiando da porta para dar ao menos uma olhadinha. Rocco foi à cozinha. Dois pratos na pia e a torneira pingando. Lá fora, o mar rugia. Lupa o seguia com o focinho no chão. Tinha se transformado em um aspirador de pó. No quarto, a cama estava desarrumada. No banheiro havia uma escova de dente e artigos de higiene. Um vidrinho de água oxigenada vazio estava dentro do bidê. A toalha pendurada atrás da porta estava seca. Assim como estava seco o tapete de banho. Foi para a sala. Um sofá com almofadas. Uma televisão velha. Um armário com cacarecos. Ao lado do sofá, no piso claro, se destacavam manchas escuras. Pareciam ferrugem. Rocco se inclinou. Imitou Lupa, encostando o nariz no chão. Não havia dúvidas.

Sangue.

Evitou que Lupa o lambesse e, juntos, saíram do apartamento. Fechou a porta ao sair. Os olhos das duas mulheres eram quatro pontos de interrogação.

– Em sua opinião, ele não estava sozinho, não é?

– Não. Tinha alguém com Corrado. Mas o que o senhor encontrou?

Como única resposta, Rocco pegou o celular.

– Vou telefonar para a delegacia de Chieti.

Tatiana e Barbara ouviam em silêncio. Barbara abraçou a amiga.

– Subchefe de polícia Schiavone... Me transfiram para a esquadra local... Francè? É o Rocco Schiavone... Bem, obrigado... Aqui em Francavilla tem um problema. Via Treviso 15... te espero aqui...

– Qual é o problema? – perguntou Tatiana com voz trêmula, ainda que já soubesse.

– Senhora, não veremos mais o Corrado.

Só então, ao ter finalmente a resposta para aquele pesadelo que a perseguia fazia dias, Tatiana virou os olhos para o céu e desabou como um lenço velho e usado.

Lupa corria solta pela praia deserta, se divertindo de montão. Aproximava-se da água, latia para as ondas que quebravam ali pertinho tentando mordê-las. Ficava espantada ao constatar que elas não tinham corpo e se desfaziam assim que as tocava com os dentes. Sentado no murinho, Rocco havia deixado o serviço nas mãos dos colegas de Chieti. Corrado Pizzuti tinha sido assassinado. Por quem e por quê? Revistando a casa, procurando em todas as gavetas, no armário, até na máquina de lavar roupa, não encontrara nada de interessante, com exceção dos dois pratos na pia e do sangue no chão. Sentia o cansaço nas costas. O vento lhe despenteava os cabelos. À distância, no meio do mar, alguém se divertia pilotando um barco a vela a toda velocidade.

A "Ode à alegria" do celular interrompeu seus pensamentos. Era da delegacia.

– Rocco, onde você está?
– Em Abruzzo, Italo.
– Em Abruzzo? Fazendo o quê?
– Problema meu. O que você quer?
– Aqui aconteceu um desastre! O comissário está te procurando, o juiz está te procurando. Uma coisa das grandes. Vai haver uma coletiva de imprensa em meia hora! Mas você não ouviu o rádio?
– Não. Por quê?
– Uma operação policial. Os ROS prenderam o casal Turrini, Walter Cremonesi, Luca Grange e uns assessores por causa da história das licitações. É coisa grande! Quando você volta?
– Caralho! – disse Rocco. E desligou o telefone.

Barbara havia colocado Tatiana na cama. O contador De Lullo assistia a um programa no Canal 5.

– Vamos deixá-la descansar – disse a dona da livraria, e ele pegou o controle remoto e desligou a televisão.
– Então ele morreu?
Barbara assentiu.
– Tatiana tinha um pressentimento.
– É.
– Por que ele morreu?
– Não sei, senhor, não entendo. Tinha alguém em casa com ele, e provavelmente essa pessoa o matou. Acho que tem que ver com o passado dele.

Uma tosse convulsiva abalou o contador. Barbara correu para a cozinha, mas quando voltou com um copo d'água a tempestade havia passado.

– Eu sinto muito, eu sinto muito – disse ele, enxugando os lábios com um lenço. – Nunca gostei daquele Corrado. Tatiana gostava.

A dona da livraria baixou os olhos.

– Posso lhe contar um segredo? Não, não gostava mesmo, mas ele era importante. Porque me resta pouco tempo. E saber que Tatiana não ficaria sozinha me dava alegria. Quero dizer, quando chega a sua hora e você tem bastante tempo, tem de ir embora deixando todas as coisas em ordem, não?

– Não vamos falar disso, por favor.

De Lullo riu baixinho, mantendo a boca fechada.

– O que se esperava de um contador? São palavras tristes, mas por que não as dizer? A vida é assim. – Olhou para o apartamento. – Vou deixar esta casa para ela. Agora que a papelada está pronta, também uma pensão. Mas a pergunta que não me deixa dormir é: ela vai encontrar alguém que assuma o meu lugar?

Barbara não sabia responder. Não queria responder.

– Estou falando sinceramente. Corrado, para mim, era um pouco uma garantia para a felicidade de Tatiana. Ela merece, sabe? Não teve uma vida feliz. Desde que era menina, só trabalhou. Estudava e trabalhava. Para casa, levava dinheiro e boas notas. – De Lullo olhou o próprio rosto refletido na tela apagada da televisão. – Merecia algo mais que um caco velho. Sabe, Barbara? Estou tão estragado que nem as minhas peças de troca ninguém quer.

– Quer que eu faça alguma coisa para o senhor comer?

– Não, eu esquento uma comida congelada. Tem nhoque à sorrentina.

No outro quarto, Tatiana escutara tudo. Às lágrimas pela morte de Corrado se acrescentaram as lágrimas pelo contador. Depois os dois prantos se somaram e excluíram um ao outro. Levantou-se. Arrumou a blusa, ajeitou os jeans, calçou os chinelos e foi para a cozinha. O marido odiava comida congelada.

Mais sete horas de viagem de Abruzzo a Aosta, depois da noite cheia de faróis ofuscantes e de sono. Lupa, suja de areia, dormia no banco traseiro. Rocco recebeu cinco telefonemas longos e complexos, e agradeceu ao misterioso engenheiro que havia inventado o bluetooth, que lhe permitia falar no rádio do carro e ouvir a voz da outra pessoa diretamente nas caixas do estéreo, em vez de ferir os ouvidos com os fones. O primeiro, longuíssimo telefonema do comissário, durou da saída Teramo até a saída Ancona sul. Costa se lamentava da sua ausência na coletiva de imprensa pela prisão. "Graças ao trabalho de todas as forças da ordem, Schiavone, incluindo o senhor!" Depois os três com Baldi. De Senigallia a Rimini norte o primeiro, em que o juiz lhe agradecera pelos documentos e pela revelação sobre Carlo Cutrì. "Não se preocupe", lhe dissera. "Não mencionarei seu nome. Não sairá em nenhum jornal amanhã!" O segundo, de Ímola a Módena, em que Rocco teve de lhe explicar toda a história do presídio, do pátio e das chaves da ala 3 umas boas quatro vezes. Para o terceiro foi necessário todo o trecho Reggio Emilia–Milão sul. Neste, fez o juiz entender que havia sido resolvido, e rapidamente, o problema da prisão dos assassinos de Cuntrera. Agora que os mandantes haviam sido colocados atrás das grades por outras contravenções, a operação deveria começar antes que eles se assustassem e levantassem acampamento. Finalmente, em Pont-Saint-Martin, massacrado pelos quilômetros acumulados em um só dia, a uma e meia da madrugada, com as pálpebras se fechando e os olhos inchados de sono, foi o quinto telefonema, desta vez com Anna, feito de silêncios, de fungadas, de "Não sei por que eu te telefonei". Iniciado com uma agressão no limite da histeria, depois se transformara em uma confissão. Anna estava mal, sentia um vazio físico e existencial, tinha medo de ter errado a vida inteira, não tinha mais uma migalha de autoestima. Por fim, quando Rocco havia conseguido levar a conversa para o caminho da despedida final, Anna desencadeara uma nova agressão feroz que havia concluído com um "vá tomar no rabo, Rocco!", dito entredentes, e a subsequente interrupção do telefonema. Quando às duas e quinze Rocco estacionou o Volvo na frente do Vieux Aosta, sabia duas coisas: precisava dormir e nunca mais iria olhar para uma mulher em toda sua vida.

Quinta-feira

As Mãos sobre a Cidade

No dia de ontem, as forças da Direção de Investigação Antimáfia comandadas pelo coronel Gabriele Tosti e homens do ROS efetuaram a prisão de um grupo mafioso-empresarial que assumiu o controle de numerosas licitações e que agiu à sombra de uma série de sociedades ítalo-suíças. Numerosos são os nomes de prestígio envolvidos. Luca Grange e o cunhado Daniele Barba, presidente e diretor administrativo de Architettura Futura; o doutor Berardo Turrini, médico-chefe do hospital e sua esposa, Laura, ex-diretora da Cassa della Vallée; Walter Cremonesi, atualmente dono de uma vinícola, ex-terrorista ligado ao crime organizado de Milão; e, por fim, Carlo Cutrì, cavalariço do doutor Turrini, na verdade membro da 'ndrina calabresa de Mileto, envolvido no sequestro de Chiara Berguet, filha do conhecido empreendedor Pietro Berguet, crime que há menos de duas semanas foi resolvido graças à ação dos policiais da delegacia de Aosta. No centro da investigação está a outorga da licitação para os serviços do hospital e dos ambulatórios regionais que a Architettura Futura havia tirado com uma manobra da Edil.ber, de Pietro Berguet.

    Hoje é um belo dia para a nossa cidade, mas esse câncer que se apoderou da parte boa e honesta da nossa sociedade, extirpado pelo trabalho minucioso e heroico do doutor Baldi, da Procuradoria de Aosta, deve ser uma advertência à...

    Rocco virou a página. Precisaria dormir, se refazer das horas de sono perdidas; em vez disso, às seis horas já estava acordado e sentado no bar. O café de Ettore não havia ajudado a botar as ideias em ordem, e a leitura do jornal o enfadava mais que um ensaio de dança.

O Homicídio de Cuntrera estaria ligado às importantes Prisões?

E enquanto a Procuradoria e a Direção de Investigação Antimáfia efetuam importantes prisões na nossa cidade, revelando meses de investigações e de trabalho, cabe indagar que fim teria tido o caso da rue Piave. A morte de Adele Talamonti na casa do subchefe de polícia Rocco Schiavone ainda está envolta em mistério. Nenhuma notícia escapa da Procuradoria. Desse caso se ocupava Carlo Pietra, subchefe adjunto da esquadra de Turim, que partiu de Aosta já faz uns dias. A única notícia que vazou é que Schiavone foi mandado ao presídio de Varallo para a investigação sobre o homicídio de Domenico Cuntrera, homem ligado à 'ndrina mafiosa de Mileto, responsável pelo sequestro de Chiara Berguet. Automaticamente nos perguntamos se esse detento estaria de algum modo ligado à sociedade mafiosa-empresarial que há tempos mandava e desmandava aqui em Aosta. Na Procuradoria, contudo, as bocas estão ainda fechadas sobre o caso Talamonti. Um homicídio talvez deixado de lado pelas mesmas forças da ordem, e que nós, nas páginas deste jornal, continuamos a recordar, pedindo em alto e bom som explicações e resultados. No dia de ontem, o comissário Costa não mencionou o caso e evitou as nossas insistentes perguntas, preferindo não responder. Costa se esconde por trás do caso Talamonti? Quais tramas as altas esferas da Procuradoria estão tecendo para não atribuir a um de seus membros responsabilidades objetivas e penais? O que esperam a Procuradoria e o tribunal desta cidade para abrir uma investigação séria e para tentar dar um nome e sobrenome ao assassino da pobre Adele Talamonti?

Sandra Buccellato

Talvez fosse chegada a hora de fazer uma visita à jornalista. A mulher continuava a atacá-lo. Mas uma coisa ele havia aprendido em todos esses anos. Nunca responder. Nunca entrar na briga. Isso era o que a Buccellato queria. Procurava uma reação e, se ele caísse na armadilha, a mulher se aproveitaria por mais uns três meses. Schiavone, em vez disso, havia escolhido a via do silêncio. Da intangibilidade. Ignorar esses artigos, ficar em outro plano, reduzindo os tiros de canhão do jornal a balas de festim. Para o leitor atento, que nunca havia encontrado uma resposta do subchefe de polícia nas páginas do jornal, ficaria claro que o policial não perdia tempo com briguinhas, mas estava em sua sala, trabalhando, apresentando resultados e fazendo por merecer seu salário. Porém, as mãos lhe coçavam. Se fosse um jornalista homem, teria ido à redação, o agarrado pelo colarinho e lhe dado uma cabeçada bem no septo nasal. Mas com Sandra Buccellato não era possível. Amarrotou o jornal e se levantou da mesinha.

– Vamos, Lupa!

Ela o seguiu com o focinho sujo de migalhas de brioche recolhidas da calçada.

Fumou o baseado no trajeto da piazza Chanoux ao tribunal. Não era a mesma coisa que estar esparramado na sua poltrona de couro, mas era melhor do que nada. Quando entrou na Procuradoria, a descarga de adrenalina provocada pelas prisões do dia anterior ainda não havia se dissipado.

Dezenas de pessoas andavam de uma sala para outra, vozes se sucediam nos corredores, carabinieri de uniforme transportavam pastas junto com um arquivista. A sala de Baldi estava aberta. Em pé, inclinado sobre a escrivaninha, o juiz examinava uns documentos. Lupa se lançou ao tapete para continuar sua obra.

– Schiavone! – foi ao encontro dele, sorrindo. – Que dia! – e lhe apertou a mão.

– Sim, um belo dia. Tem sol...

Baldi caiu na risada.

– Mas quem se importa com o sol! Eu estava falando das prisões!

– Isso. Tem uma coisa, contudo...

– Não estrague tudo, por favor. Tenho uma grande notícia para lhe dar. A licitação vai ser reaberta e Pietro Berguet volta a concorrer. Contente?

– Muito. Agora, ouça...

– O quê?

– O caso Cuntrera.

Baldi mexeu em dezenas de documentos até encontrar as folhas que lhe interessavam.

– *Promissio boni viri est obligatio!** Estas são as ordens de prisão para Daniele Abela e Federico Tolotta.

– Bom. E com atraso, já que a notícia da conexão entre as nossas investigações no presídio e a prisão que foi feita já está nos jornais de hoje. Ainda tem alguém dando com a língua nos dentes.

– Ninguém da Procuradoria! – como sempre, Baldi se defendia dessa acusação de corpo e alma.

– E ninguém da delegacia. Até porque na delegacia ninguém sabia. Tudo bem, doutor, é uma velha história. Mas,

---

* A promessa de um homem honesto é uma obrigação. (N.T.)

como eu lhe dizia ao telefone esta noite, o senhor precisa acrescentar mais uma ordem de prisão.
— Uma terceira?
— Isso. Amelia Abela, profissão acompanhante de luxo. Ela foi a ligação entre os mandantes e os assassinos.
— Mas essa Amelia... Abela. É parente do Daniele?
— Irmã. Mandei investigar.
— Quem são os mandantes do homicídio?
Rocco pensou no assunto.
— Cutrì, Cremonesi, Turrini... Todos os envolvidos no caso da licitação?
— Por que está me perguntando?
— Porque tem uma coisa que...
Baldi o interrompeu abrindo os braços.
— Não, Schiavone, por favor! Nada de dúvidas! Nada de ficar se questionando. Chegou a uma conclusão? Bem, vamos encerrar essa história, estou dizendo!
— Sim, talvez o senhor tenha razão. Ainda que uma coisa não me convença.
— Vamos ouvir — disse Baldi, paciente.
Rocco observou que a foto da esposa havia desaparecido da escrivaninha de novo.
— Se nós prendemos o Cuntrera e ele tinha documentos que ajudaram a fazer todas essas prisões, por que eliminá-lo?
Baldi deu de ombros.
— Vingança? Medo? Resumindo, Cuntrera era alguém que sabia. Talvez ele os tenha chantageado; algo do tipo: ou vocês me tiram daqui ou eu acabo com vocês pra sempre... E vai saber quais segredos ele levou para o túmulo. Segredos que nós temos de descobrir espremendo aquele grupinho de filhos da mãe que colocamos atrás das grades! O que o senhor acha, que prendendo quatro pessoas a guerra foi vencida? É só uma batalha, Schiavone!

Rocco olhou o juiz.

– Acha mesmo? Talvez sim... por que não? Só preciso confirmar que tenha havido contato entre Cuntrera e Cutrì durante a detenção.

– Bem. Pois verifique. Verifique, mesmo. E sorria, pelo menos uma vez! Nós fomos bem-sucedidos!

– Outra coisa... Cremonesi, eu gostaria de tê-lo prendido. Chegar com a coisa feita não me agrada nem um pouco.

Baldi sorriu.

– Se quiser, ele está aqui. Está esperando o advogado, aquele tal Ferretti. Eu e Messina começamos a esprimê-lo. Quer bater um papinho? É um favor que concedo em nome da nossa amizade.

– Então o senhor e eu somos amigos?

– Hoje, sim.

Desceu as escadas junto com Baldi, atravessou uns corredores por onde nunca havia passado e chegou a uma porta onde havia um carabiniere montando guarda que, ao ver o juiz, ficou em posição de atenção.

– Meu colega, Messina, está aí dentro? – perguntou Baldi.

– Não, doutor. Só está o Cremonesi.

– Só ele?

– Sim, mas está algemado.

Baldi abriu a porta e fez um gesto para Rocco entrar.

– Espero o senhor lá em cima...

Na sala só havia três cadeiras e uma mesa de ferro. Cremonesi estava sentado, camisa desabotoada e amarrotada, não tinha mais o ar arrogante do último encontro deles. Só os olhos continuavam negros e penetrantes. Sua cabeça quadrada de serpente venenosa se voltara de repente na direção da porta, impaciente e nervosa.

– Olha só quem está aqui – disse. A corrente das algemas que o mantinham preso à mesa tilintou. Rocco deu dois passos. Encostou-se à parede, não queria sentar-se na frente daquele homem, queria observá-lo à distância.
– Como está, Schiavone?
– Estou bem. Eu lhe disse que iria arrancar a sua pele...
– Deixe a tempestade passar, o pó assentar, ninguém mais se lembra de nada, e eu saio por aí, livre e feliz. Quer saber um segredo? As prisões são como uma peneira. Um sujeito como eu passa por entre os furos – e esboçou um sorriso que destacou a cicatriz no queixo. – Tem um cigarro?
– Não fumo.
– Por que veio me ver?
– Está envolvido com o homicídio de Cuntrera?
– De novo? Mas você acha que eu mexo um dedo por causa de um micróbio como Mimmo Cuntrera?
– Que, contudo, tinha em mãos documentos que ferram você e os seus bons amigos.

Cremonesi cuspiu no chão.

– Besteira! Eu te disse, dois anos, no máximo três, e estou andando por aí de novo.
– Você acha. Está vendo? Talvez isso valha para o Turrini, a esposa dele, o assessor e Grange. Eles são burgueses, têm apoio político, ainda fazem parte da ala respeitável. Mas você? Onde estão os seus amigos de Roma e de Milão? Não valem mais porra nenhuma, ou então você não viria produzir vinho aqui no norte. Você ficaria em sua casa no Coliseu, ou estou enganado? Você não tem mais as costas quentes, bundão. E vai pagar tudo. – Aproximou-se do criminoso. – Aqui na Procuradoria eles são mauzinhos, sabe? Vão fazer picadinho dos teus ovos. E você vai envelhecer na prisão, me ouça.
– Saio e vou trepar com a sua mulher.

– Mas é uma fixação sua, Cremonè!

– Você é patético, Schiavone.

– Continue tentando me encher o saco, assim talvez eu meta a mão em você, agora que está algemado, e depois você se entende com o juiz. Mas veja, Cremonesi, você vai pra cadeia. E vai ficar lá. E se alguma vez você conseguir sair, eu te juro, faço você voltar com um pontapé na bunda. Agora você está no centro dos meus pensamentos. – Abriu a porta. – E, acredite em mim, pra você não é uma boa coisa. Porque eu não tenho porra nenhuma pra fazer!

Uma igrejinha em ruínas na estrada estadual, um posto de gasolina, casas esparramadas de modo casual, um cruzamento e uma velha faixa que avisava aos moradores de Pitocco, pequeno lugarejo de Vico nel Lazio, província de Frosinone, onde em julho haveria o festival dos abortos. Ou pelo menos foi o que Flavio Buglioni leu em um cartaz estendido entre duas velhas árvores.

O frentista, um homem com uma barriga que acolheria um frigobar inteiro, lhe explicou que não era o festival dos abortos, felizmente, mas sim dos *abbotos*, um tipo de salgado envolto em tripa que, em julho, era de dar água na boca.

– Eu tô procurando a casa da prima de um amigo meu. Ele se chama Enzo Baiocchi. Mas não sei qual é o sobrenome da mulher.

– Não lembra nem o nome de batismo dela? – disse o homem, mordendo o palito de dentes que mantinha entre os incisivos escurecidos.

– Não. Só sei que me disseram para perguntar pela maluca!

– Ahhh... – disse o homem. – Sei quem é. Mas num sei se tá viva, sabe? Faz muitos anos que não vejo mais ela.

— Sabe me dizer onde ela mora?

— Tem que subir... por ali, tá vendo? — e indicou uma estrada de terra que se aventurava pelos campos. — Cê vai uns quinhentos metros... encontra um cruzamento, pega a direita, mais uns quinhentos metros e chegou. A casa, se ainda existe, tá toda descascando e tem um fedor de gato que cê pode morrer. De qualquer forma, é uma velha esquisita. Ninguém fala com ela, sabe? Precisa de gasolina?

A casa ainda estava ali. Térrea, sem acabamento, o teto havia cedido em duas partes, no meio das telhas despontava uma chaminé torta, e as janelas estavam tão cobertas de fita adesiva que não havia necessidade de cortinas para proteger a intimidade e a privacidade, supondo que isso ainda existisse naquela casa. Um murinho sem grades rodeava a propriedade. A carcaça de um Fiat Ritmo repousava sobre quatro tijolos. Mato infestava o que antes era um jardim, e tinha coberto uma velha fonte de pedra com uma bacia circular sem água e um cupido coberto de mofo. Flavio desceu do carro e colocou os óculos escuros. Maio explodira. Flores emplumadas voavam no ar e um cheiro de flor misturado com ferrugem corria impelido pelo vento.

— Alguém em casa? — disse, abrindo os restos de um portão de ferro arruinado pelo tempo. Na metade do caminho o portão se deteve em um montinho de terra, e Flavio conseguiu passar de lado entre os velhos ferros pontiagudos e entrar no jardim. Antigamente, sob o mato e as flores do campo, deve ter havido um caminho de terra batida. Uma lagartixa saiu correndo detrás de uma pedra. As formigas estavam ocupadas, marcando o chão com riscos negros.

— Licença? — Flavio chegou à porta da casa. Procurava com os olhos algum gato, sinal da presença da dona, mas não havia. Nada do fedor da urina deles, tampouco alguma vasilha velha com restos de comida ou água. Uma velha campainha saltara de seu buraco na parede, mantida em equilíbrio precário por fios elétricos vermelhos. Não se atreveu a tocá-la. Bateu na madeira com os nós dos dedos. A porta tremeu e fragmentos de verniz velho caíram. Esperou alguns segundos, bateu uma segunda vez. Mais forte. Nada a fazer. Resolveu se aproximar da janela ao lado. Apoiou as mãos no vidro e espiou lá para dentro. Uma sala com o piso empoeirado e lajotas quebradas. Havia uma poltrona de veludo verde, uma velha lareira enegrecida pela fumaça. Nas paredes, quadrinhos ou fotografias haviam deixado a marca no papel de parede descolado em vários pontos. Papéis velhos. Uma mesa empoeirada com pedaços de reboco caídos diretamente do teto. O estado de abandono era evidente. Afastou-se do vidro e voltou a observar a casa. Resolveu contorná-la, talvez atrás houvesse algum sinal de vida. Com passos largos, para evitar os dentes-de-leão e o mato rasteiro, viu uma casinhola com a porta arrancada. Aproximou-se. Havia duas pás enferrujadas, a roda murcha de um carrinho de mão e uma serra pendurada em um gancho. Teias de aranha revestiam uma série de garrafas vazias colocadas em uma prateleira de madeira apodrecida. Na parte de trás, a casa tinha duas janelas. Uma com as persianas fechadas com pregos, a outra com o vidro sujo de caca de passarinho e uma rachadura bem no meio. Procurou espiar o interior, mas só viu um velho banheiro com uma privada preta de mofo e uma pequena banheira marcada pela ferrugem. Só lhe restava a janela com as persianas pregadas. Mas dela não se via o lado de dentro de jeito nenhum. Não deu importância, mas os pregos usados eram novinhos em folha.

Do outro lado, no silêncio da casa abandonada, uma sombra observava o rosto de Flavio. Fumava em silêncio. Em segurança, na escuridão, sabia que mais cedo ou mais tarde aquela amolação iria embora. Só tinha de ficar ali, como uma aranha, à espera. Se ele tivesse tentado entrar, a 6.35 que mantinha apoiada nas coxas teria cumprido seu dever, de novo. A sombra sorriu com o pensamento de que, se tivesse de apertar o gatilho, aquela pistola teria matado o próprio homem de quem a comprara.

Flavio se afastou da janela. Olhou ao redor. O mato estava pisoteado, mas talvez tivesse sido ele.

– Enzo! – gritou. – Enzo, você tá aqui? Sou eu, Flavio! Preciso falar com você!

Não obteve resposta. Refez o caminho, contornando de novo a casa. Passou de novo pelo portão de ferro entreaberto e entrou no carro. Deu uma última olhada naquelas ruínas e foi embora.

Enzo Baiocchi apagou o cigarro nos sapatos. Deitou-se no colchão velho que tinha sido de sua tia, pegou a cerveja Peroni e bebeu de um só gole. Jogou a garrafa contra a parede e ela se espatifou em milhares de pedaços.

– Bem-vindo, Rocco!
– Toquem os sinos! Corram rios de champanhe! Marquem com tinta vermelha o dia de hoje! – exclamou o subchefe de polícia. – Caterina Rispoli aprendeu a me chamar pelo nome!

Caterina enrubesceu e bem que gostaria de pegar as palavras e enfiá-las na boca de novo.

– Eh... eh... – conseguiu dizer.
– Então, Caterina, como é que você está na minha sala na hora do almoço?
– Tem uma visita para você. Um casal...
– Um casal?

— Os Berguet. Querem te cumprimentar e agradecer.

— Que saco, não! Mas o que é isso? Eu me casei com eles? – gritou Rocco.

— Sshhhh... – fez Caterina, levando o indicador aos lábios. – Fala baixo, senão eles te ouvem.

— Não quero vê-los. Não aguento mais eles! E primeiro é a mulher que tem problemas com o marido, depois é a filha, depois é o marido que enlouqueceu... Tão me achando com cara de que, de psicólogo? Eles que procurem ajuda! Diz pra eles... Diz que não me encontrou, que eu morri, que estou com uma doença contagiosa, invente uma bosta qualquer e tire eles do meu pé!

— Não posso. Eles sabem que você está aqui.

Rocco pensou no assunto.

— Então, se eles não acreditam, faça com que eles entrem; assim veem com os próprios olhos que não estou aqui!

Caterina fez uma careta.

— Mas se eu os mando entrar, eles vão ver você.

— Só vão ver a Lupa, acredite. E depois que você os tiver mandado embora, volte para a sala e apareça na janela!

Caterina assentiu, perplexa, e saiu da sala. Rapidamente, Rocco abriu a janela, pulou-a e se viu do lado de fora da delegacia, no telhado que cobria a entrada. Agachou-se. Esperou. Aproveitou para pegar umas bitucas de baseado. Passou um minuto. Caterina não aparecia.

— Que porra ela tá fazendo? – xingou-a entredentes. Esperou mais um pouco. Talvez fosse o momento de voltar para a sala. Quanto precisa para botar a cara na janela e ver que o subchefe não está na sala?, pensou.

Enquanto era tomado pelas dúvidas, alguém saiu da delegacia, bem embaixo do teto onde ele estava escondido. Era o casal Berguet! Se eles tivessem se voltado naquele momento, o veriam agachado em equilíbrio precário no telhado da entrada. Um passante ergueu o olhar e o viu naquela estranha postura. Rocco fez um gesto para ele cuidar da própria vida e continuar a andar. O homem riu e se afastou. Bem no momento em que os Berguet abriam a porta do carro, a "Ode à alegria" de Rocco começou a tocar. Com um salto felino, o subchefe de polícia se deitou no teto. Pietro Berguet havia voltado o olhar na direção da janela do primeiro andar, atraído pelo som do celular. Rocco, enquanto isso, conseguiu pegar o aparelho que berrava. Era Baldi. Tinha de responder.

– Diga, doutor – respondeu com voz sufocada.

– Estou telefonando por uma coisa importante. Daniele Abela e Federico Tolotta pressentiram o perigo. Desapareceram.

– Caralho... e a Amelia?

– Está presa. Quer bater um papo com ela?

– Vou ver...

– O que o senhor está fazendo? Sua voz está estranha... forçada. Está subindo escadas?

– Não – respondeu com as costas apoiadas no teto. – Tudo em ordem.

– E vou lhe dizer mais. O fato de os dois guardas terem fugido com a notícia da prisão do grupo Turrini-Cremonesi denuncia a altos brados a culpa deles.

– Claro...

– Até mais, Schiavone! – Baldi desligou sem cumprimentar. Rocco colocou o celular no bolso. À janela, um metro acima dele, estava a inspetora Caterina Rispoli, que o olhava ainda deitado sobre o teto.

– Você não está bem, Rocco. Talvez seja melhor entrar antes que o comissário olhe pela janela.

– É. Melhor... – Rocco se levantou e pulou a janela com ajuda da inspetora.

– O que os Berguet disseram?
– Ficaram chateados. Mas te agradecem tanto...
– Bom. Que horas são?
– Uma e meia.
– Vamos comer alguma coisa?
– Na verdade, eu comi já faz uma hora!

Rocco bufou.

– Esse vício que vocês têm por estas bandas de comer em horário de hospital!

– Olha ele aqui! Doutor subchefe de polícia! – um berro ecoou na sala, Lupa latiu. Era D'Intino. Tinha um pacote enorme de folhas. – Feito!

– O quê?

– A história dos estrangeiros. Agora nós coloquemo tudo em evidência. E também acabemo com os hotéis. O que eu e Deruta fazemo?

– O que fazem? Eu já lhes disse, não? Têm de me fazer a lista de todos os hóspedes de todos os hotéis, provenientes de Roma. Tudo bem?

D'Intino arregalou os olhos.

– Todos?

– Não está ouvindo? Quer que eu passe esse serviço minucioso e importantíssimo para Caterina?

D'Intino olhou a inspetora com ódio e, ferido em seu orgulho, quase ficou em posição de atenção:

– Nem pensar, doutor! Nós comecemo o serviço, nós acabemo com ele! – e saiu da sala com uma meia-volta.

– Você não tem um serviço mais útil para mandar os dois fazerem? – perguntou Caterina.

– Não. E, vai saber? Talvez seja muito útil!

– Você tinha me pedido o endereço de Amelia Abela em Aosta.

– Sim, onde ela mora; não onde ela recebe.
Caterina o olhou, perplexa.
– E o que você sabe sobre onde ela recebe?
– Sou um policial, Caterì, e certas coisas os policiais sabem.
– E então por que não sabe onde ela mora e pergunta pra mim?
Rocco abriu os braços.
– Ahn... De qualquer modo, Amelia Abela mora na via Laurent Cerise, atrás do tribunal.
– Vou dar uma olhadinha no apartamento.

Amelia morava no terceiro andar de um predinho da via Laurent Cerise, exatamente onde o comissário havia encontrado casa para Rocco. Este já havia preparado o canivete suíço e o cartão de crédito para abrir a porta, mas um homem de uns sessenta anos foi ajudá-lo. Era o porteiro do edifício e, ao ver o distintivo da delegacia, tratou de ir pegar as chaves da casa.
– Boa moça – tinha dito para o subchefe de polícia, abrindo as três voltas da chave. – Trabalha em uma firma de construção... a polícia precisa dar uma olhada na casa dela a troco de quê?
Rocco colocou a mão no ombro dele.
– O senhor se chama Paolo, certo?
– Paolo Chinoux – afirmou, orgulhoso, o porteiro.
– Bem, sr. Chinoux, tenho medo de que alguém queira colocar Amelia em apuros. E preciso de alguns documentos para livrá-la da acusação.
Paolo balançou a cabeça.
– É, eu sei. Hoje em dia, com as licitações e essas histórias horrorosas, é preciso ficar de olhos abertos.
– É mesmo.

Schiavone entrou no apartamento. A primeira coisa que chamava a atenção era a mobília moderníssima. A sala, bastante ampla, recebia luz de duas janelas voltadas para a rua. Os móveis eram revestidos de couro claro, da mesma cor das paredes. O cheiro de tuberosa predominava.

– Pode ir, Chinoux. Chamo o senhor assim que tiver terminado.

O sr. Chinoux se afastou como um mordomo inglês, fechando a porta. O policial olhou a casa, desconsolado. Lugares onde procurar tinha às dezenas, vai saber quanto tempo levaria. Em primeiro lugar, verificou se não havia um cofre em alguma parede. Olhou atrás dos quadros, no quarto de dormir, nos dois armários de parede. Até no banheiro e na cozinha. Verificou todos os interruptores, sabendo que os mais recentes modelos de cofres eram feitos de modo muito semelhante ao daquelas placas. A busca toda lhe consumiu mais de meia hora. Tirou o *loden*, jogou-o sobre o sofá e se preparou para olhar todas as gavetas. Começou pelo quarto de dormir. E, dessa vez, a boa estrela lhe deu uma mãozinha. Na cômoda, ao lado de um caixa de joias, encontrou um pequeno álbum de fotografias com capa de couro. A terceira o fez sorrir de alegria. Devagar, tirou-a do invólucro de plástico e colocou-a no bolso. Essa prova dava e sobrava.

– Tudo ajeitado, sr. Paolo – disse, saindo pelo portão do prédio.

– Encontrou o que procurava?

– Claro! Amelia está em um lugar seguro!

Gostaria de acrescentar, "com um monte de grades", mas não lhe pareceu o caso.

Esperava Amelia sentado na sala de interrogatórios da cadeia de Aosta, uma sala que Schiavone conhecia bem. Uma mancha de umidade em cada canto, a cadeira de plástico, a janela lá no alto, as paredes verdes cor de mofo. Estava começando a se cansar das prisões. Sentado com as pernas esticadas, não se mexeu quando Amelia Abela entrou. Usava uma roupa de ginástica cor-de-rosa com um coelho Swarowski desenhado na parte da frente. Tênis de ginástica sem laços, cor-de-rosa, os cabelos soltos e os olhos iluminados por uma sombra, ela também cor-de-rosa.

– Olha só quem tá aqui – disse, sem a sombra de um sorriso. Sentou-se. O perfume de tuberosa agrediu o nariz de Rocco.

– Como tem passado?

A moça riu:

– Voltamos a um tom oficial?

– Tudo bem?

– Tudo uma merda, obrigada. Agora, se você não ficar chateado, eu faria tudo rápido, não tenho muita vontade de ficar aqui com você.

– Por quê? – perguntou Rocco, olhando-a.

– Você não é uma companhia agradável.

– Eu queria dizer: por que você entrou na história para eliminar Cuntrera?

– Não sei de que você está falando.

– Ai, que saco – bufou Rocco. – Sempre a mesma história. Que é isso, Amelia, teu irmão está no presídio de Varallo falando há uma hora e meia com os juízes. Eu só queria entender quem te fez entrar nisso.

Amélia esquadrinhou Rocco antes de responder:

– Não acredito.

– Não acredita uma porra – pegou um cigarro do maço e o acendeu.

– Então aqui se pode fumar? – perguntou a moça.

– Eu sim. Você, não. – E deu uma bela tragada. – Não me faça repetir sempre a mesma história de que se você colaborar é melhor, mas se colaborar é melhor. Você não conhecia Mimmo Cuntrera, colocou o seu irmão nessa história por quê? Dinheiro, imagino... Quem te pagou está atrás das grades junto com você, e para eles falarem é só questão de tempo. Tá vendo? Com exceção de Cremonesi, que está acostumado com a prisão, os outros não fazem ideia. Médicos, diretores de banco, arquitetos, pequenos políticos. Para eles, a prisão tem um péssimo efeito. Eu só estou dizendo: passe na frente deles. Você se safa com pouco tempo se admitir que apenas os colocou em contato com o seu irmão.

– O meu irmão está em uma situação tão ruim assim?

"Ai, tiro n'água", pensou Rocco.

– Teu irmão está enfiado até o pescoço, e está enfiando você. Alega que não sabe por que precisou eliminar o Cuntrera, só obedeceu àquilo que você mandou. – Rocco apagou o cigarro jogando-o no chão.

– Não acredito.

– Amè, faça o que bem quiser. Mas que aquele lá se chamava Carlo Cutrì e não Dodò, você sabia!

– Quem? Dodò? E quem é?

– Agora vou te mostrar estas belas fotos que um esperto agente meu tirou no restaurante Santalmasso uns dias atrás. – Tirou um envelope do bolso. Escolheu a primeira foto e a mostrou para Amelia. – Tá vendo? Você com Cremonesi e aqui, de costas, está o velho Dodò, que não era cavalariço dos Turrini, e sim Carlo Cutrì...

– Esta foto não mostra nada! – e a devolveu ao policial.

– Por isso eu trouxe esta outra! – E, do mesmo envelope, tirou uma segunda foto, que mostrava Amelia e Carlo Cutrì, abraçados e sorridentes. No fundo, dois cavalos comiam grama. – Reconhece? Olhe atrás!

Amelia virou-a. Atrás estava escrito: "Winning Mood – 2 de maio de 2012".

– Onde a pegou?

– Na sua casa. Não onde você recebe, a da via Laurent Cerise. Você tem coragem de morar atrás do tribunal. Mas, neste caso, pode ser útil para o seu advogado. Sabe? Também tinham arrumado um apartamento para mim ali, mas eu recusei.

– Eu tinha apostado cem mil euros nesse Winning Mood – disse Amelia com um sorriso amargo. – É um campeão, sabe?

Rocco sorriu para ela.

– Você está na merda até o pescoço, Amelia. Pense nisso. É igual ao beisebol, você entende de beisebol?

– Não.

– Se o batedor chega primeiro à base, ele se salva, mas se o receptor pega a bola antes que o outro bote o pé na *home base*, o batedor cai fora! Com os juízes acontece a mesma coisa. Chegue primeiro que eles. E talvez você se salve.

Rocco se levantou arrastando a cadeira sobre o velho piso.

– Tempo para pensar você tem. Cuide-se!

Para o jantar haviam escolhido a enoteca Croix de Ville. Rocco e Alberto Fumagalli, sentados à mesa, bebericavam o fumin esperando a sobremesa, duas tortas de chocolate que, só de olhar, faziam a pessoa ficar babando. Tinham limpado todos os pratos, Alberto havia até mesmo pedido uma segunda porção do escalope de frango com limão.

– É a primeira vez que jantamos juntos – disse Alberto.

– Está emocionado?

– Enfadado é o adjetivo mais adequado, em minha opinião. – Depois ergueu o cálice. – Este é para você, por ter

encontrado o assassino do Cuntrera – e esvaziaram os cálices de um só gole. Alberto os encheu de novo. – E este, por sua vez, à morte de quem entrou na sua casa! – Repetiram o brinde.
– Novidades?

– Talvez algo esteja acontecendo, mas a única coisa de que tenho certeza é que o sujeito estava na prisão. Senão, teria atacado antes.

– Ou talvez no exterior?

– Ou talvez no exterior.

Uma moça trouxe os doces. Alberto não lhe deu nem tempo de colocar os pratos na mesa e já começou a comer.

– Parece que você não come faz anos.

– Eu estou convidando, não? – perguntou o médico com a boca cheia. – E agora, se me permite...

O doce se desmanchava na boca.

– Me diz uma coisa? – disse o médico-legista. – Por que você está com a cara triste?

– Mesmo?

– Tá sim...

– Acontece sempre.

– Você está mais triste do que de costume.

– É um problema hormonal, acho. Quando chego ao fim de uma merda como essa, me sinto mal.

– Pelo contrário, deveria estar contente. Você os descobriu, os botou na prisão... Tudo bem... não vamos pensar nisso, e se concentre na sua torta.

– E, no entanto, estou com uma sensação horrível.

– Qual?

– O homicídio no presídio. Estou sentindo que a história não é bem assim. Não me convence que aquele grupo de boas pessoas seja mandante do homicídio daquele pobre-diabo do Cuntrera. Tenho certeza de que alguma coisa está me fugindo.

— Esqueça por algumas horas. Amanhã você vai estar com as ideias mais claras.

— Agora que estamos longe do necrotério, dos cadáveres, de sangue e de outras amenidades, tenho de te fazer uma confissão.

Alberto parou de mastigar e olhou Rocco.

— Você é homossexual?

— Não. E, de qualquer modo, você seria o último homem em quem eu pensaria.

— Eu, por minha vez, tive umas fantasias a seu respeito...

— Tá bom, quer ouvir a confissão ou não?

— Manda ver!

— Você é um cara ímpar. E agradeço a Deus por ter te encontrado aqui. Sem você, as coisas teriam sido muito mais difíceis.

Alberto limpou os lábios, colocou o guardanapo nos joelhos, bebeu um gole de vinho. Rocco o imitou. Ficaram em silêncio até a chegada da conta.

Comi demais. Não consigo dormir. Tinha de aprender com a Lupa. Fico olhando a luz no teto. Cor-de-rosa.

"Bom, a gente vai logo embora daqui", digo. Pra ninguém. Não tem ninguém. Só eu e um cachorro dormindo. O rosa, que era claro, ficou escuro, depois roxo. Um dois três. Um dois três.

Você não está aqui. Não vai voltar. Falava sério, então. "Você estava falando sério?" Estou com frio nos pés e nas mãos.

"Li uma coisa sobre os quanta. Tem partículas do elétron que só aparecem na realidade quando colidem entre si. E depois desaparecem. Você sabia?"

Desaparecem onde? Tem alguma coisa que nunca disseram. Alguma coisa que, de vez em quando, aparece na nossa frente, mas depois com a mesma velocidade com que apareceu vai embora e não deixa traços. Nem um cheiro.

"*Onde você está?*"

Faz bem em ir embora. Por aqui tem dentes, sangue e falanges, Marina. Eles cortam, arranham, fazem sangrar. Olha a minha pele, como está. Parece que estou cheio de tatuagens.

Mas se fecho os olhos eu a vejo. De costas. Sentada à beira--mar. Eu a chamo. Não se vira. Chamo-a de novo. "Marina, me responde?" Ela dá de ombros. Está rindo. Depois se vira devagar. Mas o sol me cega e não consigo ver o rosto dela. Ela colocou uma das mãos na frente dos olhos, para evitar a luz. Me manda um beijo.

Sexta-feira

— Italo, me desculpe se eu estou te incomodando em minha sala — disse Rocco, assim que entrou. O agente estava estirado no sofá e segurava umas fotografias. — Então, quer acrescentar outra encheção de saco no cartaz ali fora?
— Me diga — respondeu, levantando-se.
— A invasão do perímetro existencial. Sei que, para você, é um conceito incompreensível, mas coloque-o no oitavo grau. Ou melhor, nono.
— Invasão...
— ...do perímetro existencial. Entendeu? Cada um tem o seu espaço, o seu tempo...
— Caterina diz a mesma coisa. — Italo se levantou. Estava com o rosto triste. Até mesmo acariciou Lupa entre as orelhas.
— Você estava aqui para isso? Para me asfixiar com a sua história de amor?
— Não. Estava aqui para te dizer que o juiz telefonou. Daniele Abela foi detido em San Remo. Tinha vinte e cinco mil euros em dinheiro na mochila.
— Queria jogar?
— Ahn... Quanto ao outro, Tolotta, até agora, nada.
— Ele não vai muito longe, né?
— Estava olhando esta foto por acaso... — mostrou-a para Rocco. Era a de Amelia abraçada a Carlo Cutrì.
— E daí?
— Já vi esta moça.
— Na internet. Ela é garota de programa.
— Mas eu não vou na internet pra procurar essas coisas.

— O que você quer de mim, Italo? Você deve ter encontrado ela por aí em Aosta. Ela é bonita, deve ter despertado a sua fantasia. Ou melhor, não! Agora que estou pensando, claro que você já a viu. A noite passada, quando fomos visitar a casa Turrini, lembra?

— Dá pra eu esquecer?

— Ela estava lá. Tinha saído da casa junto com outros convidados.

— Você acha?

— Acho. Agora são nove horas, se você não se importa, me deixe sozinho?

— O que você tem de fazer? – Rocco ia responder, mas Italo o antecipou. – Coisa sua. Entendo, me desculpe...

O agente saiu da sala de cabeça baixa.

O menino está precisando de umas férias, pensou Rocco. Se acomodou na poltrona. Tinha chegado o momento. Abriu a gaveta fechada à chave. Pegou um baseado, o acendeu. Não deu nem tempo de soltar a fumaça da primeira tragada e o som do telefone lhe atingiu os ouvidos. Pegou-o:

— Schiavone...

— Suba! – era o comissário.

— O que está acontecendo, doutor?

— Eu disse, suba!

Encontrou Costa sentado à escrivaninha. Sério, o rosto cinzento apesar do dia ensolarado.

— Sente-se! – e lhe indicou a poltrona na frente da escrivaninha. Costa lhe jogou um jornal. – Leia!

Rocco o abriu. Na página, o cabeçalho era um soco nos olhos:

É Assim que Gastam o Dinheiro do Contribuinte?

Embaixo, uma foto mostrava Rocco agachado no teto da entrada da delegacia. Seguia um artigo cortante e irônico sobre a atividade da polícia do Estado na cidade, e não faltava a habitual flechada no caso da rue Piave ainda mergulhado no mais absoluto mistério. Obviamente, trazia a assinatura de Sandra Buccellato.

– Tenho certeza de que o senhor vai ter um milhão de explicações para me dar, Schiavone. Mas eu quero uma só. A verdadeira. O que o senhor estava fazendo ali fora?

– Estava fugindo.

– E de que, se posso perguntar?

– Do casal Berguet. Tinham vindo me agradecer. Tive de passar por três sessões de psicanálise com mãe, pai e filha. Não aguento mais eles, estão me dando ânsia de vômito.

– E o senhor, para evitá-los, me sai pela janela?

– Foi um gesto intempestivo, eu sei, ditado mais pelo desespero que...

Costa caiu na risada.

– Eu juro, Schiavone, esta faz par com o filminho dos irmãos De Rege contra os traficantes. Vou mandar emoldurar!

Rocco não sabia se começava a rir também. Uma coisa era certa: a cidade inteira, naquele momento, incluindo a Procuradoria, estava olhando aquela foto. E talvez o casal Berguet também.

– Que papel de merda colossal, Schiavone. Coisa para mandar transferir para o outro lado da península.

– Aceito de bom grado o convite!

Costa se levantou de repente.

– Mas não, eu queria lhe agradecer. Fez um ótimo trabalho. E esse povo do papel impresso eu levo todos eles pela mão, tenho a coletiva ao meio-dia. Desta vez, o senhor me compreende, não o convido para participar. Qual é a

versão... digamos, oficial, de sua presença digamos assim... felina... no telhado?
— Estava consertando uma telha?
— Não.
— Um controle de segurança?
— Mas o senhor é o que, um encanador?
— Sugira...
— O senhor estava no telhado para recuperar a aliança que havia perdido.
— A aliança?
— Assim insistimos no fato de o senhor ser um homem de família, na sua devoção a uma promessa feita e damos um toque romântico à sua figura.
— Minha esposa está morta, doutor Costa.
— Esse é um detalhe dispensável.
— Pra mim, nem tanto...
— Eu sei. Mas para grandes males... sabe como são esses jornaleiros, não?
— Por falar nisso, o senhor conhece essa Sandra Buccellato?
Costa assentiu, como um velho sábio:
— Quer saber a verdade?
— Estamos falando de homem para homem, doutor.
O comissário inspirou profundamente.
— É a minha esposa; ou melhor, a minha ex-esposa.
Rocco ficou de queixo caído pelo espanto.
— Sua ex-esposa?
— Isso — afirmou, sério, o comissário.
— A mulher que trocou o senhor por um redator do *La Stampa* agora é jornalista?
— Não só isso. Ela também veio morar aqui.
— Não acredito.

— Acredite. E, de qualquer modo, um dia ela cai na minha mira. Sabe como dizem? O mundo gira de leste para oeste, e mais cedo ou mais tarde...
— É uma ameaça?
— Não, é geografia — e sorriu, mostrando os dentes.
— O senhor percebe que essa mulher já faz dias que me ataca com os artigos dela? E é tudo responsabilidade sua!
— Schiavone, mas o que está dizendo? De qualquer modo, eu é que tenho de acertar as contas com essa idiota! Abandonou o teto conjugal, ainda que, hoje, nem pensar falar de teto com ela, ela me largou de um dia para o outro! Ela é contra toda a corporação policial *tout court*. E o senhor é parte da corporação. Ainda que, se o senhor me permite, a coisa continue a soar estranha. Pelo menos quanto a isso estamos de acordo?
— Acho que sim.

— Já me mostraram na delegacia — disse Rocco, ao ver o jornal que Baldi, com um sorriso nos olhos, havia colocado na sua frente. Lupa evitava comer as franjas do falso bukara. Estava pensativa, observando a janela atraída pelo puxador da persiana.
— Acho a foto hilária. O policial no teto! Juro que é a primeira vez que me acontece algo semelhante!
Estava alegre, Baldi. O retrato da esposa havia voltado magicamente para a escrivaninha. Rocco, por picuinha, ou talvez para dar uma explicação definitiva para aquele vai e volta, perguntou de supetão:
— E já que estamos falando de fotografias, o senhor me explica por que a foto da sua esposa aparece e desaparece da sua escrivaninha?
Baldi franziu as sobrancelhas.

— A foto de minha esposa? Esta? Mas o que o senhor está dizendo, Schiavone! Ela sempre esteve aqui!

Rocco, por sua vez, ergueu as sobrancelhas, cético:

— Mesmo?

— Claro. Por que eu a tiraria? É minha esposa! — Mas não parecia convencido. Parecia recitar um texto aprendido de cor. — Em vez disso, vamos falar do Cuntrera. Aqueles lá... — e se referia ao grupo de colarinho branco recentemente preso — negam qualquer ligação com o homicídio. O único que não fala é o Cutrì. Ele está metido nisso até o pescoço. Turrini e a esposa dizem que nunca encontraram o Cuntrera. Mentem. O sequestro de Chiara Berguet fazia parte de um plano muito sutil, sabe?

— Isso eu entendi. Eles a pegaram para agir em duas frentes. A parte do resgate, e nisto Cutrì tinha o papel predominante, e a do descrédito.

— É isso. Comprando o braço direito de Berguet para fazê-lo tomar parte do bando que sequestrou Chiara e acabar com a reputação da Edil.ber para sempre. E acho que este é um bom motivo para eliminar Cuntrera.

— Por que, ele poderia revelar para nós esse acordo?

— Isso mesmo! — e Baldi deu um soco na escrivaninha. — O sequestro. Os acordos feitos. Espertos, eu digo. E aquela garota de programa, Amelia, irmã do guarda, falou alguma coisa?

— Nada. Ela, é claro, sabe tudo. Bastaria descobrir quem deu os 25 mil para o irmão...

— Difícil. Estamos monitorando as contas bancárias, mas sabe de que Turrini, com uma das suas sociedades suíças, precisa para sacar essa soma e pagar o assassino?

— Nada.

— Doutor Schiavone! — a voz de Caterina ressoou às suas costas.

– Voltamos de novo à formalidade?

Caterina abaixou a voz.

– Não, mas, quer dizer, aqui no meio do corredor talvez seja melhor...

– Me diga o que é.

– Dois telefonemas. Agente De Silvestri, delegacia Cristoforo Colombo, Roma.

Rocco foi correndo para sua sala, seguido pela inspetora.

– O agente disse que era urgente. De que se trata?

Rocco ligou na hora para sua antiga delegacia. Caterina não sabia se saía ou se ficava. Rocco lhe fez um gesto para se sentar.

– Delegacia Colombo, digaaaaa...

– Agente De Silvestri, por favor.

– Quem devo anunciar?

– Subchefe de polícia Schiavone!

Barulhos ao fundo. Passos no corredor, eletrostática. Uma impressora lá longe, mais passos.

– Doutor? – a voz familiar de Alfredo De Silvestri.

– Alfrè, o que está acontecendo?

– Lembra daquela pesquisa que me havia pedido? A de pessoas foragidas ou recém-saídas da prisão?

– Claro que lembro. Por falar nisso, topei com um cadáver. Ou melhor, o cadáver ainda não foi encontrado, mas é certo que ele está morto.

– Quem?

– Corrado Pizzuti. Aquele que desapareceu.

– Então acho que acertei em cheio.

– Diga!

– Umas semanas atrás, houve uma fuga. Da enfermaria do presídio de Velletri. A princípio, não dei importância. Mas depois pensei de novo no assunto, relacionando com o Pizzuti...

– Quem é?

– Enzo Baiocchi!

Rocco desligou o telefone sem cumprimentar o velho amigo de Roma. Procurava, ansioso, as folhas de D'Intino e de Deruta. Todas coloridas como um arco-íris, pareciam exercícios de crianças. Encontrou a última anotação dos seus agentes. Corrado Pizzuti havia se hospedado no Hotel Piedimonte, em Pont-Saint-Martin, no dia 9 de maio à noite.

Empalideceu.

– Por que não li antes, cagão? – E deu uma palmada na testa com a mão aberta. Caterina o observava, os olhos do subchefe de polícia estavam brilhando. Piscava rapidamente, como se uma corrente elétrica atravessasse seu corpo.

– Escute, Caterina, vou me ausentar um pouco, tenho de ir até Roma e...

– Não! – se opôs a inspetora. – Você acabou de ir para Abruzzo, está com olheiras medonhas. Quer me deixar aqui com a cachorra e tomando conta de D'Intino e de Deruta? Tem o Antonio pra fazer isso. E o Italo também.

– Quer me impedir de...

– Não te impeço de fazer nada. Vou com você e nos revezamos na direção. Se, no entanto, você me explicar o que está acontecendo.

– O homicídio em minha casa. Talvez tenhamos um nome.

– Melhor ainda, sou uma policial e trabalho no caso.

– Caterina, eu...

– Não é uma proposta. É uma ordem!

Rocco sorriu.

– E desde quando uma inspetora dá ordens a um subchefe de polícia?

— Desde que o subchefe de polícia raciocina como um menino entupido de anfetaminas!
— Você não pode ir de uniforme.
— Tenho uma muda de roupa na sala! — e saiu correndo pela porta. Rocco correu para a escrivaninha. Pegou as chaves do carro.
— Lupa! — a cachorrinha se aproximou. — Por favor. Fique boazinha com a Caterina! — e correu para fora da sala.

A casa de detenção de Velletri se eleva em um platô não muito distante da Cisterna di Latina, no Agro Pontino. Naquele vale, outrora um pântano habitado por mosquitos anófeles que desafiavam Búfalo Bill, hoje uma pradaria habitada por mosquitos-tigre-asiáticos e camorristas que desafiam o Estado, a silhueta do presídio parece um abcesso de cimento.

Rocco conhecia o diretor, bem como alguns guardas. Levaram-no ao pavilhão C, à enfermaria de onde Enzo Baiocchi fugira quinze noites antes.

— Saiu forçando as grades, depois no pátio esperou o caminhão do lixo, deve ter subido nele e voltou à liberdade... — disse Francesco Selva, o diretor do presídio, quarenta anos muito bem vividos. — Procuramos entre as coisas dele. Nada que possa fornecer um indício. Fomos até atrás da filha, que mora em Roma, na Casilina, mas ela disse que não o viu e nem teve notícias. Digamos que, com o pai, ela não tinha um relacionamento dos melhores.

— Posso dar uma olhada também?
— Por favor, fique à vontade.

Selva o levou ao depósito onde guardavam os pertences dos detentos.

— Com o pessoal reduzido ao mínimo, agora nós viramos uma verdadeira peneira.

Rocco assentiu.

– Estamos com uma defasagem de pelo menos quarenta por cento do pessoal. Turnos massacrantes por um salário de fome. Me diga como fazemos...

– Haverá um belo indulto e soltarão um punhado de pessoas. Como sempre.

– Isso. Posso te dizer o que penso?

– Claro, Francè.

– Legalizar o uso de drogas leves. Sabe como as celas esvaziariam?

– Só posso concordar...

Passaram por duas portas de ferro que se abriam pela parte interna, depois finalmente um guarda foi ao encontro deles com uma caixa. Entregou-a ao diretor e se afastou. Francesco a colocou em uma mesa de ferro.

– Olhe, isto é o que o Baiocchi deixou de lembrança.

O subchefe de polícia abriu-a. Umas camisetas, um bracelete de prata. Uma revista pornográfica que escondia um santinho. São Franco eremita.

– Ele era devoto?

– Rezava.

– Lugar estranho pra esconder um santinho, não?

O diretor folheou a revista. Na terceira felação, jogou a revista no lixo.

– É, eu diria que sim.

– São Franco eremita. Tem uma enciclopédia?

– Na sala.

– Aqui diz que é padroeiro de Francavilla al Mare, província de Chieti. Faz sentido – disse Rocco, com o volume apoiado nos joelhos, sentado em uma poltrona de couro sintético verde.

– O que está querendo dizer? – perguntou Selva na escrivaninha onde examinava a pasta do agora do ex-detento.

— Baiocchi era de Roma. Como a família, ou estou enganado?

— Não está.

— E por que alguém tem um santinho de São Franco se se chama Enzo? Nos documentos consta qual era o nome do pai dele?

Selva revirava as folhas.

— Pai Giovanni e mãe Concetta; um irmão, Luigi; e uma irmã, Clara. Nenhum Franco.

Rocco virava as páginas da enciclopédia.

— Quer dizer, um devoto teria um São Vincenzo, não? Em vez disso, São Franco eremita. Que não é nem um santo conhecido.

— Então por que você diz que faz sentido?

Rocco fechou a enciclopédia.

— É uma mensagem que ele recebeu, vai saber de quem. Estava procurando Corrado Pizzuti, é claro, e alguém lhe disse onde encontrá-lo. Foi ele que o matou.

— Enzo Baiocchi matou...?

— Corrado Pizzuti, um delinquente de meia tigela. E Adele Talamonti, uma amiga querida. — Rocco fechou a enciclopédia. — Tenho de botar as mãos nele.

Era uma noite de maio, daquelas que, em Roma, deixam você sem fôlego e com o estômago revirado, em que o perfume das tílias finalmente vencia o cheiro do gás de escapamento, o Tibre não era mais como uma lama que corre lentamente rumo ao mar, mas como uma faixa de ouro que envolvia um presente. O céu estava cheio de estrelas, e tinha até lua. Da varanda de Furio, na frente da Ilha Tiberina, via-se o tráfego na marginal, e as pessoas que faziam slalom entre os carros parados no semáforo. Uma menina levava uma bexiga amarrada ao pulso. Furio chegou com uma bandeja e quatro mojitos.

— Tá aqui... – e distribuiu os copos para os amigos, depois se sentou. Acendeu um cigarro e se preparou para escutar. Seba olhava Rocco nos olhos, Brizio com as pernas esticadas brincava com um cortador de unhas. O vento agitava as plantas nos vasos.

— Estamos prontos, Rocco – disse Seba.

— Descobri quem foi. E, ao contrário do que você e Brizio fizeram, eu compartilho as informações.

Seba fungou. Brizio continuava a brincar com o objeto de metal.

— O que posso te dizer, Rocco? A gente descobriu quem tinha feito o assalto e...

— Eu sei tudo. Por sorte, um amigo me contou!

Seba lançou um olhar fulminante para Furio que, como única resposta, lhe mostrou o dedo médio.

— E o que você descobriu?

— Enzo Baiocchi.

Brizio e Furio deram um pulo na cadeira. Sebastiano, por sua vez, ficou impassível.

— Fugido do presídio de Velletri uns quinze dias atrás. Depois, matou Corrado Pizzuti.

— Corrado? Num era ele que, tantos anos atrás, dirigia o carro? – perguntou Brizio.

— Ele mesmo.

Seba estralou os dedos.

— E ele fez isso pra vingar o irmão?

— Acho que sim – respondeu Rocco. – E acertou na Adele.

Seguiu-se um silêncio de dez segundos. Cada qual perdido em seus pensamentos.

— O que a gente faz?

— Você me prometeu, Rocco. Ele é meu – e Sebastiano sorriu, embora fosse uma ameaça. – Tenho que arrancar o coração dele! – acrescentou. – O meu ele pegou, né?

Brizio assentiu. Furio observava Rocco. Sabia que o subchefe de polícia queria botar as mãos na presa em primeiro lugar. E que não cederia com tanta facilidade.

– Vocês têm ideia de onde ele se esconde?

– Não. Sei que tinha uma filha... mora em Casilina – disse Brizio.

– Mas imagina só se aquele rato ia se esconder lá. É o primeiro lugar onde alguém ia procurar ele. Onde que ele acabou com o Pizzuti?

– Em Francavilla al Mare, Furio. Uma cidade no Abruzzo.

– Não, acho que não está em Roma.

– Por que diz isso, Brì?

– Porque aqui ele se arrisca. Arrisca muito. Um murmúrio, um boato fugaz como este pôr do sol, e tchau e bênção! Não, ele está escondido em algum lugar. Talvez tenha voltado pra Aosta, não?

Furio encarou Rocco. Parecia lhe perguntar se estava sempre com a pistola ao alcance da mão. Na verdade, naquele momento ela estava na gaveta da escrivaninha da sala dele.

– É verdade, ele poderia voltar. Mas agora tem uma diferença. Não é mais uma sombra. Tem nome e sobrenome!

Sebastiano pegou o copo. Ergueu-o.

– À morte de Enzo Baiocchi, que o sangue dele jorre com força!

Os três amigos o imitaram no brinde.

"*Que reste-t-il de nos amours...*"* Alguém na rua havia começado a cantar uma velha canção francesa.

– Essas porra desses turista – disse Brizio, enxugando os lábios com a manga da camisa.

---

* "O que resta do nosso amor..." Canção francesa de Charles Trenet, da década de 40. (N.T.)

Sábado

Ele não tinha conseguido fechar o olho na velha casa de via Poerio. Durante o cochilo, tinham se amontoado sonhos e recordações, fantasias sexuais e locais onde nunca estivera, mas que conhecia como a palma da sua mão. Tudo se confundia em um novelo de fios de milhares de cores. Inútil procurar as pontas, tinham se enrolado umas nas outras, e a melhor coisa era deixar o cérebro correr como uma pipa, se deixar tomar pela sequência ilógica e observá-la como se fosse um filme sem legendas de um cineasta tchecoslovaco. Acolheu os primeiros raios de sol como um maná, um aspirador de pó que lhe tirou todas aquelas teias de aranha, restituindo uma visão real das coisas. A cama, os móveis cobertos com plástico, os quadros de Marina, suas três fotos emolduradas, o armário. Tomou banho e saiu na varanda. Olhou para as plantas, descobriu os limoeiros com sua cobertura invernal. Roma se estendia à frente com os tetos iluminados que refletiam os primeiros raios de sol. Algumas nuvens apareciam à distância, na direção do mar. As flores exalavam seu perfume por toda a varanda e dezenas de insetos se lançavam em meio às pétalas para sugar o néctar e sujar as patinhas com o pólen. Rocco, de cuecas e camiseta, olhou a própria imagem refletida na janela. Teve a sensação de ser a única coisa em preto e branco por ali.

Ao entrar na delegacia de Aosta, após seis horas de carro e com o sabor do vinho positano ainda na boca, Italo foi encontrá-lo com a expressão ainda mais deprimida.

– Você esteve em Roma? – perguntou.

Rocco assentiu.

— Talvez não seja muito importante. Mas desde ontem estou pensando e repensando e, finalmente, me lembrei.

— Se você dissesse de que porra está falando, eu poderia tomar parte na conversa.

— A acompanhante de luxo, sim, quero dizer, a da foto.

— Amelia. E daí?

— Eu tinha razão, já a tinha visto. E não na noite da incursão na casa dos Turrini.

— Ah, não?

— Não. Eu a vi na frente do Hotel Pavone, em Nus, faz uns dias.

— Você não me disse que o Pavone é um hotel para encontros clandestinos? Não vejo nada de estranho nisso.

— Não, nem eu, mas era uma coisa que estava martelando na minha cabeça e agora eu finalmente resolvi o problema.

— Ótimo, Italo. Muito bem! — e lhe deu uma palmada nas costas. Dirigiu-se à sua sala. Depois se deteve com a mão na maçaneta. Voltou-se. Italo estava indo para a sala de denúncias.

— Italo! — chamou-o.

— Pois não?

— No Pavone em Nus, você disse?

— Isso.

— Mas ela não estava com o Pietro Berguet?

— Isso mesmo. Lembra? Eu te disse que a esposa tinha razão ao dizer que o marido tinha outra.

Rocco assentiu.

— Cadê a Caterina?

— Aquela lá? — disse Italo, com desprezo. — Estava na sala do comissário. Precisa falar com ela?

— Neste instante!

Rocco Schiavone e a inspetora Caterina Rispoli desceram do carro e foram pela via Aubert.

– Deixe eu entender... Lupa está na sua casa!

– Isso – respondeu, mordaz, Caterina. – E só levo ela pra você quando eu quiser!

– Está com raiva de mim?

– Claro! Você fugiu e me deixou lá plantada como uma idiota. Eu tinha de ir a Roma! Pelo menos, me diga quem é!

– Agora não. Quando você me trouxer a cachorrinha.

– Se você a quer, tem de ir buscar. Eu não sou sua empregada. Sou uma inspetora de polícia, não uma babá de cachorro!

Rocco apressou o passo.

– Você faz chantagens de baixíssimo nível.

– Mas mantenho a palavra.

– Tem certeza de que esta perfumaria tem variedade?

– É a melhor da cidade, pode ficar tranquilo. Como se chama o perfume?

– *Carnal Flower.*

– Nunca ouvi falar...

– Sem dúvida o senhor tem bom gosto. – A vendedora, uma mulher gorducha vestida com um casaco elegante e saia azul na altura dos joelhos, levou o dedo indicador aos lábios, acompanhando o gesto com um sorrisinho cúmplice. – Vou pegar agora mesmo. – Balançando perigosamente entre as prateleiras, foi abrir uma gaveta de raiz de nogueira. As dezenas de espelhos da loja refletiam a imagem de Rocco com um terno de veludo amarrotado e Clarks puxando para o preto, e o uniforme da inspetora, que era elegante como um saco de juta sobre uma estátua de Bernini.

– É um perfume para poucos... Muito, muito bom mesmo. – A mulher voltou para o balcão com uma caixa na mão. Preta e vermelha. – É um perfume de Frédéric Malle – sussurrou, como se estivessem falando de uma dose de heroína para traficar na cidade.

– Me desculpe a ignorância, não sei quem é – disse Rocco. – Você o conhece?

– Não – respondeu Caterina.

A comerciante arregalou os olhos.

– É o neto de Serge Heftler-Louiche, um dos fundadores da *maison de parfums* Christian Dior! – e, para a pronúncia francesa, arredondou a boca.

– *Pour dieu*! – disse Rocco.

– Estão entendendo? Neste caso, não estamos perante um perfume, mas perante o perfume. Não tenho um provador, o senhor há de entender, não é mercadoria de supermercado – e riu sozinha da frase. – Gostariam de experimentar?

– É possível? – perguntou o policial.

– *Bien sûr*! – berrou a mulher. Tirou o vidrinho como se fosse uma relíquia, tirou a tampa e fez um gesto para Caterina estender-lhe o pulso. – Por favor – disse –, eu coloco só um pouquinho. Na pele. A senhorita não o esfregue, pelo amor de Deus!

– Não, não – disse Caterina, intimidada.

– Sabe? Muitas pessoas, para sentir os perfumes, cometem o lamentável erro de esfregar e, adeus! Mudam o aroma. É preciso dar tempo para que a essência se deposite na derme e interaja com a pele. Aproxime o braço.

Devagar, Caterina estendeu o pulso na direção da mulher, olhando para Rocco, que revirava os olhos para o teto. Já estava de saco cheio com aquela história.

Zás! Uma ligeira borrifada, e o cheiro forte se espalhou ao redor.

– Bom, é bom – disse Rocco. – Tuberosa?

A mulher sorriu, feliz.

— Sim — disse, fechando os olhos como se admitisse vai saber qual culpa. — Tuberosa. A rainha, símbolo da *haute parfumerie*! O senhor tem bom nariz. — Então olhou para Caterina. — E bom gosto, se me permite.

— Bom. Ótimo. Caterì, você gosta?

— Eu diria que... é excelente.

Rocco pegou a carteira.

— Quanto custa?

— Veja, só para o senhor...

— Por que só para mim?

— Porque tem bom nariz... são 170 euros.

Rocco nem piscou. Caterina interveio.

— Não, doutor. O que está fazendo?

— Permita-me, Caterina... Aceita Visa?

— *Mais bien sûr*!

— *Ça va sans dire*! — e entregou o cartão de crédito para a mulher, que transferiu seu corpo volumoso para o caixa.

— Mas não, doutor... não posso aceitar.

— E vai fazer o quê? Deixar para mim? É um perfume para mulheres...

— O senhor me deixa constrangida. Bom, sempre poderia dar para uma de suas...

— Você tem uma imagem errada de mim, Caterina... — e foi ao caixa para pagar. — E com isto eu te dou ordens para me tratar pelo nome também em público, e nunca mais voltar ao senhor, senão eu pego o perfume de volta.

A vendedora tirou o comprovante da maquininha.

— Vocês são... são colegas! Eu achava que entre os dois...

— Não, senhora; a senhorita aqui acabou de me prender e eu estou tentando corrompê-la.

Perplexa, a mulher olhou Caterina, que, por sua vez, sorria com todos os dentes à mostra.

Voltaram para o carro. Não tinham dito uma palavra no trajeto de volta. Caterina segurava o pacotinho com o perfume, Rocco fumava um cigarro. Havia se transformado. Os olhos estavam tristes, opacos, e a boca ligeiramente virada para baixo. Até os cabelos pareciam pender da cabeça.

– Aonde... para onde estamos indo?
– Você volta para a delegacia. Eu vou resolver isso sozinho.
– Por que você ficou triste?
– Porque nunca vou me acostumar com a realidade, Caterina. Os anos passam, eu vejo a nojeira, mas não consigo me acostumar com ela.
– Qual realidade... de que você está falando?
– Descobrir a verdade, Caterì. É a minha profissão. Me pagam para isso. Pouco, mas pagam. E a cada vez que eu a descubro, gostaria de fechar os olhos e fingir que a coisa não é assim. Mas os fatos, minha amiga, eles falam e são evidentes.

Caterina não entendia. Olhava para o subchefe de polícia, que havia se transformado perante seus olhos.

– É a merda, inspetora Rispoli. Que transborda sem parar, e não aguento mais esse fedor. Só isso.

A secretária havia batido à porta da sala presidencial. Tinha entrado. Depois saiu com um belo sorriso:
– Por favor, doutor Schiavone... – e Rocco entrou.
Pietro Berguet se levantou da escrivaninha e foi ao encontro dele com os braços abertos.
– Preciso lhe agradecer, doutor Schiavone! Graças ao senhor e à Procuradoria a empresa...

Rocco o interrompeu com um gesto das mãos. Pietro se deteve na metade do caminho como se tivesse levado um soco no rosto. Os dois homens se olharam nos olhos.

– Por quê? – perguntou Rocco.

– Por que lhe agradeço?

– Não. Por que o senhor fez isso?

Um sorriso tímido apareceu no rosto de Pietro, que prendia a respiração.

– Não... não estou entendendo.

– Amelia Abela. A garota de programa.

Pietro soltou a respiração e relaxou.

– Doutor, eu sei. Somos homens, e não gostaria que o senhor pensasse em mim como alguém... que anda com putas, é isso. Um momento de fraqueza, eu lhe peço que...

– Berguet, não sou da delegacia de costumes. Para mim, o senhor sair por aí transando não faz a menor diferença. Eu estou perguntando por que entrou em acordo com Amelia Abela e o irmão dela.

– Acordo a respeito de quê?

– Mimmo Cuntrera, Berguet. O senhor é o mandante.

Essas palavras soaram na sala, glaciais.

– O mandante? Mas o quê, o senhor enlouqueceu?

– O juiz Baldi está dando uma monitorada nas suas contas correntes. Na movimentação. Com certeza vamos encontrar pelo menos 25 mil euros faltando em algum lugar, dinheiro que o senhor deu para Daniele Abela, mais alguma coisa para o digno comparsa dele, Tolotta. E uma generosa gorjeta para Amelia; estou enganado?

– E muito!

Rocco apontou para a escrivaninha. O perfume ainda estava ali, com o papel de presente ao lado.

– Não se dá de presente um perfume de 170 euros para uma garota de programa se ela é contatada somente por motivos estritamente profissionais. Esse é um presente que se dá para uma mulher a quem se ama, ou para alguém a quem devemos alguma coisa. Quer saber como eu vejo tudo isso?

O rosto de Pietro Berguet havia se transformado em um pedaço de ardósia.

– Talvez o primeiro encontro tenha sido casual, ou talvez não. O fato é que o senhor ficou sabendo do parentesco e o plano lhe veio à mente. Simples e limpo. Um zé-ninguém como Cuntrera, quantos o querem morto? O senhor queria vingar a sua filha, e pronto. Só que exagerou.

Pietro começou a rir, nervoso.

– O senhor está me acusando de algo muito grave. E acho que, a estas alturas, nossa conversa termina por aqui. Só conversaremos na presença do meu advogado!

– Com certeza, doutor Berguet, com certeza. Mas, sabe? Procure um bom advogado, porque Amelia Abela já está falando com o dela. A moça tem tudo a ganhar nos dando uma mãozinha. O senhor tem tudo a perder. E a coisa não para aqui. O irmão nós acabamos de prender com o dinheiro. Federico Tolotta, o digno comparsa dele, é só questão de tempo. Agora, permita-me dizer uma coisa, vinda de quem conhece bem as cadeias. Dois guardas, dois agentes penitenciários, não têm vida fácil atrás das grades. São mandados para qualquer casa de detenção. Então digamos que, para ter um tratamento especial, esses dois estão prontos para vender a mãe. Está vendo, doutor Berguet? O senhor está na merda até o pescoço.

– Meus cumprimentos, doutor Schiavone.

– Bom dia. Uma última coisa. Se o senhor tivesse ficado tranquilo, vivendo a sua vida em vez de bancar um justiceiro de merda, hoje teria sido um belo dia. A Edil.ber venceria a licitação, tudo voltaria ao normal; Chiara teria esquecido e o sorriso voltaria aos lábios de sua esposa. O senhor é um pobre de um bundão, Berguet. Um homenzinho insignificante e desprezível.

– Não aceito lição de moral do senhor!

– Não era uma lição de moral. Era só uma constatação.

– Suma daqui!

Lupa pulou sobre ele, conseguindo com um salto exagerado lamber-lhe o rosto. Caterina, sentada no sofá IKEA, observava a reunião, séria.

– Você sentiu minha falta, pequena? Já comeu?

O ofegar da cachorra e o cuco que marcava o tempo eram os únicos rumores. Havia um bom perfume de violetas e cada canto do pequeno apartamento dizia alguma coisa. Livros, fotos penduradas na parede, duas estatuetas africanas, uma coleção de xícaras de chá.

– Você tem uma bela casa, agora estou entendendo... O Italo iria destoar aqui.

– Você não vai escapar assim tão fácil...

– Escapar?

– O nome! – disse Caterina. Ainda não havia tirado o uniforme. Rocco a olhou e ela arrumou os cabelos. – Quero saber, Rocco!

O subchefe de polícia se dirigiu à janela.

– Ele se chama Enzo Baiocchi. É um bandido foragido do presídio de Velletri.

– E o que ele tem contra você?

– Dia 7 de julho de 2007. Eu e minha esposa tínhamos ido tomar um sorvete. Eu tinha perdido uma aposta, uma bobagem, uma brincadeira que fazíamos sempre. Voltando de carro, um automóvel ficou ao lado do nosso. Dentro estavam dois homens. Corrado Pizzuti dirigindo, Luigi Baiocchi, irmão de Enzo, ao lado. Eu só tive tempo de me virar. Baiocchi tinha uma pistola na mão. Atirou duas vezes. Eu me abaixei, instintivamente. Marina não. Não se abaixou. O primeiro tiro atravessou a garganta dela. O segundo entrou na altura da têmpora esquerda. Ela nem teve tempo de entender o que... – a voz ficou presa na garganta. Fechou os olhos. Mordeu os lábios. Caterina estava pálida. Não conseguia mexer nem um dedo das mãos que mantinha entrelaçadas. Rocco voltou a falar. – ...o que tinha acontecido com ela. Morreu num piscar de olhos. Um momento antes estava ao meu lado... um segundo depois eu segurava a cabeça dela... com o sangue me escorrendo pelas mãos. Eu tentava fechar a ferida com os dedos.

Ficou olhando o céu fora da janela. As cores estavam desaparecendo, parecia-lhe que observava um quadro a óleo, vívido e luminoso, que lentamente sumia, se transformava em uma aquarela tênue, delicada, esfumada. Então caiu uma gota d'água e tudo se confundiu em uma mancha indistinta. Por fim a noite caiu.

Caterina estava atrás dele. Tocou-lhe um dos braços. Olhou o rosto de Rocco. Enxugou-lhe as lágrimas.

– Sinto muito... me desculpe.

– E o que você tem a ver com isso? Não é culpa sua.

Ela ficou na ponta dos pés e beijou, suave, os lábios de Rocco. As lágrimas se misturaram à saliva. Segurou-lhe a cabeça, os cabelos na nuca. Os lábios se entreabriram e as línguas se tocaram. Rocco segurou-a pela cintura e a puxou para junto de si. Então se separaram.

– Não podemos... – disse Rocco, em voz baixa.

– Não – disse Caterina, olhando para o chão. – Não podemos...

Domingo

Foi um domingo cheio de coisas para fazer. Rocco havia tomado posse da nova casa na via Croix de Ville. Um belo apartamento, espaçoso e iluminado. Vigas do teto aparentes, piso de madeira. Era bem mobiliado, com móveis rústicos antigos e um armário chinês preto. O quarto de dormir, espaçoso, tinha uma janela que se abria para uma pracinha. No prédio da frente havia afrescos, as varandas cheias de flores. Se não erguesse o olhar, poderia deixar de fitar as montanhas negras e ameaçadoras. A mudança durou dez minutos, o tempo de levar Lupa, a cama nova e as roupas. Não tinha mais nada de seu. Os poucos livros preferira deixar de presente para a casa na rue Piave.

O subchefe de polícia tentara se distrair com as partidas da série A, mas um raquítico empate lhe tirara a vontade de assistir às discussões dos jornalistas na televisão. Agora tinha entendido que o problema dos onze rubro-amarelos não se encontrava na capacidade técnica, mas em uma séria patologia mental. Mais que de um treinador, eles pareciam precisar de um psiquiatra.

De Roma, nenhuma novidade importante. Seba estava atrás de Enzo Baiocchi, mas este parecia ter evaporado.

Pensava em Caterina. E era um pensamento terno, puro, limpo como as flores que salpicavam as varandas do prédio da frente. Gostaria de andar com ela por aquelas ruas desertas, parar para tomar um café, respirar o ar de maio a plenos pulmões. Talvez ela, naquele momento, estivesse à janela, como ele, pensando nas mesmas coisas. Olhava para o celular colocado sobre a mesa da sala, mas as mãos estavam congeladas no fundo dos bolsos das calças. Porque com ela era diferente.

Não poderia se comportar como fazia com Nora, ou ainda com Anna. Caterina era outra história. A cada vez que a via, sentia o impulso de abraçá-la, de aproximá-la de seu peito para protegê-la das coisas ruins. Se perdia nos olhos daquela moça.

Então de que você tem medo?

De uma palavra. Uma palavra simples, em que não era capaz nem de pensar. Sentia-se observado por suas sombras, por aquela névoa que parecia não querer se afastar de sua mente e da sua casa, dos anos passados que pesavam como chumbo em suas costas e olhos.

Pois fale essa palavra! Nem é difícil.

Bastava dizê-la em voz alta e tudo mudava. Tudo ficaria simples e linear.

Sou só um velho que botou na cabeça vai saber o quê.

Afastou-se da janela. Apesar de ser domingo, Maurizio Baldi o convocara à Procuradoria e Rocco se preparou para ir ter com ele.

– Agora as coisas estão neste pé. Descobrimos que faltam uns bons cinquenta mil euros nas contas de Berguet; o presidente da Edil.ber agora está em Brignole e se entrincheira atrás de três advogados. Federico Tolotta foi encontrado na casa da mãe em Catanzaro, Daniele Abela já confessou. Digamos que o caso Cuntrera agora está encerrado.

Rocco assentiu.

– O senhor não tem nada para me dizer?

– Sobre o quê?

– A história da rue Piave. Por que o senhor foi duas vezes a Roma recentemente?

– Investigar.

– E foi bem-sucedido?

– Não – disse Rocco. – Tiro n'água.

O juiz o encarou, sério.

– Não acredito.

– Sinto muito, mas é assim. Fui mexer na lama, mas não encontrei a serpente.

– O senhor se sente seguro aqui?

– Bastante.

– Quem quer que tenha sido, poderia voltar, não?

– O senhor tem razão. Mas, veja bem, agora sei que ele pode voltar. E dificilmente vai me pegar desprevenido outra vez.

– Posso dizer como vejo a situação?

Rocco assentiu e cruzou os braços no peito em posição de escuta.

– O senhor sabe perfeitamente quem é. Mas não me diz. E sabe por quê? Porque quem quer matá-lo quer vingar alguma coisa do passado. Algo que o senhor lhe fez, algo que mantém em segredo, alguma coisa... – e o juiz se aproximou, abaixando o tom de voz – que é melhor manter escondida, Schiavone. Diga-me se estou enganado.

Rocco se limitou a dar de ombros.

– O senhor está aqui desde setembro. Nove meses. E agora já sei muita coisa a seu respeito. Não fiquei com as mãos abanando. Sabemos o motivo da sua transferência, conhecemos os seus métodos pouco ortodoxos. E conhecemos também suas amizades pouco ortodoxas lá em Roma. Sebastiano Carucci, Furio Lattanzi e Brizio Marchetti. Três belas criaturas. O senhor os encontra em Roma, e não apenas nesses dois dias. Não. Mantém com eles um contato regular e uma frequência assídua. Principalmente com Sebastiano Carucci, o namorado de Adele Talamonti. E eu acho que vocês quatro descobriram alguma coisa. E não pretendem nos dar a informação. – Baldi pegou uma caneta e começou a girá-la entre os dedos. – Preciso lembrar que, acima de tudo, o senhor é um membro das forças da ordem? Que o seu dever seria o de entregar um assassino à justiça? Ou quando alguma coisa o afeta pessoalmente o senhor se esquece desse detalhe e age como um salteador, como um de seus amigos?

– O senhor já terminou?

– Poderia prosseguir por horas.

– O senhor julga meu modo de agir com base naquilo que faço. Não em um suposto comportamento meu. E se a coisa o perturba, sempre pode se queixar com os chefões e me mandar para qualquer outro canto. Sei lá. Para Sacile del Friuli ou Gennargentu. Acredite em mim. Esta cidade, o senhor, essas montanhas não vão me fazer falta. Agora, se o senhor terminou o sermão de bom pai de família, eu vou embora.

– O fato de o senhor ficar tenso me diz que acertei.

– O fato de eu ficar tenso se deve ao fato de eu não gostar quando me enchem o saco aos domingos.

– Por que, teria algo melhor a fazer? – perguntou o juiz.

– Olhe para mim, doutor Baldi. E olhe para si mesmo. É um dia de descanso e nós dois o estamos passando em uma sala de trabalho. A fotografia da sua esposa desapareceu de novo da escrivaninha; eu perdi a minha esposa faz mais de cinco anos, somos dois trens em um beco sem saída, e se tirassem isto de nós... – e indicou a sala com um gesto – acabaríamos em algum sanatório, nos balançando em uma cadeira, virados para a parede. Eu e o senhor nos arrastamos, doutor. O senhor se agarra, desesperado, ao serviço e às regras; eu, àqueles três amigos filhos da puta que estão em Roma. Mas não saberia lhe dizer se quem tem razão é o senhor ou eu.

– Eu respeito uma palavra dada.

– Eu também. – Rocco se levantou. – E, de qualquer forma, quando descobrir quem foi, minha intenção é botá-lo atrás das grades.

– No presídio de Velletri? – perguntou Baldi, sorrindo.
– Está vendo? O senhor sabe mais que eu.
– Por que Enzo Baiocchi quer ser vingar do senhor?
– Uma velha rusga.
– Quão velha?
– Digamos... desde 2007. Faz uns anos.
Baldi pegou uma folha que estava à sua frente.
– 2007? No entanto, isto aqui me diz que o senhor prendeu Enzo Baiocchi uma vez só, em 2003. – Colocou a folha na mesa e olhou fixamente nos olhos de Schiavone. – É um engano seu? Por que fazer o senhor pagar por uma prisão de 2003? Ele ficou livre mais dois anos antes de ser trancafiado novamente em Velletri. Me diga uma coisa... é uma vingança pessoal ou Enzo Baiocchi está fazendo o senhor pagar alguma outra coisa? Um pouco como o nosso Pietro Berguet?
– Descubra! – disse Rocco, e saiu da sala do juiz.

Estava sentado no costumeiro chalé-bar fechado na frente do Arco de Augusto, olhando os poucos automóveis que o contornavam em uma espécie de carrossel. Tornava a pensar em Enzo Baiocchi, no irmão dele, Luigi. Era uma noite de agosto, quente como um forno de pizza em um restaurante cheio de gente, com suor fazendo a camisa grudar na pele, o gosto de ferro na boca, o coração que parecia ter parado de bater, em uma garagem abandonada perto do grande anel viário. A luz entrava pelas janelas sujas de pó e de teias de aranha. A porta do carro não queria se abrir, tinha armas, mãos que tremiam, fedor de urina e de medo.
Medo.
Tinha virado uma pessoa de carne e osso, e estava ali, no meio deles, para recordar que, no entanto, eram homens, feitos de sangue e de nervos. E de recordações, que o atormentariam

por anos a fio, de manhã até a noite mais escura, até que chegasse aquele dia em que fecharia os olhos para sempre, abandonando corpo e cérebro e remorsos para a terra, os vermes e as plantas.

Havia chegado às margens do rio Dora. Percebeu que fazia sol. Pegou a Ruger que Furio lhe dera. Jogou-a na água do rio. A pistola desapareceu em um rodamoinho. Desligou o celular, colocou as mãos nos bolsos e voltou para casa.

Agradecimentos

Devo agradecer a Laura, Giovanna, Francesco, Marco e Valentina, e a toda a editora, que está sempre ao meu lado. A Cristina e Monica. Um agradecimento especial para o Toni.

A lista que se segue é a dos amigos de Rocco. Por que eles estão aqui, somente eles o sabem (e Cristina, claro): Carla Zamper, Antonella Imperiali, Antonella Poce, Vesna Draskovic, Miriam Caputo, Francesca Ghiglione, Monica Malpelli, Monica Dal Fante, Simona Donna Rumma, Danilo Fattorusso, Sonia Cremonese, Laura Corvatta, Barbara Corvatta, Annetta Cinque, Giulia Favero, Valentina Azzarone, Sara De Luca, Enrico Magli, Giuliana Di, Marita Lo Iacono.

A.M.

lepmeditores

www.lpm.com.br
o site que conta tudo

Impresso na BMF Gráfica e Editora
2022